Vaclav & Lena
到莫斯科找答案

[美]黑利 · 特纳 著
Haley Tanner
马韧 译

人民文学出版社

著作权合同登记:图字 01-2011-6584 号

Haley Tanner
Vaclav and Lena

图书在版编目(CIP)数据

到莫斯科找答案/(美)特纳著;马韧译. —北京:
人民文学出版社,2011
ISBN 978-7-02-008887-4

Ⅰ. ①到… Ⅱ. ①特… ②马… Ⅲ. ①长篇小说-美
国-现代 Ⅳ. ①I712.45

中国版本图书馆 CIP 数据核字(2011)第 266626 号

特约策划:吴文娟　任　战
责任编辑:苏福忠
封面设计:陈　楠

出版发行　人民文学出版社
社　　址　北京市朝内大街 166 号
邮政编码　100705
网　　址　http://www. rw-cn. com
印　　制　山东临沂新华印刷物流集团有限责任公司
经　　销　全国新华书店等
字　　数　206 千字
开　　本　890×1240 毫米　1/32
印　　张　9
版　　次　2012 年 3 月北京第 1 版
印　　次　2012 年 3 月第 1 次印刷
书　　号　978-7-02-008887-4
定　　价　25.00 元

加文，我罪行的同谋，我可爱的助手，我的同志，
你是世界上最好的丈夫，
你是我生命中的阳光。
你让我的每一天充满惊奇、喜悦和无尽可能。
你曾在这本书的每一页里。
现在，你去了那个浩瀚、狂野、壮丽的宇宙，
我知道你在那里很快乐，我能感觉得到。
我爱你。

相　聚

没有助手就没有魔术师

“好了，我排练的时候，你也跟着一起练。啊咳。啊咳。我是杰出的瓦茨拉夫，生于五月六日。这是一个将为后人顶礼膜拜的伟大日子；在不远的将来，无论是圣诞节、光明节[①]、伊斯兰斋月，还是所有其他宗教节日，与这个日子相比都将黯然失色。我出生在离这里很远很远，很远很远的地方，那是一片古老而又神奇的土地，一片世代承传着学识与智慧的土地，一个梦幻之国(俄罗斯！)。俄罗斯，我在那里出生，现在却又出现在美国纽约的布鲁克林，这个区与以魔术闻名遐迩的科尼岛近在咫尺。在美利坚这片神奇而充满机会的大陆上，没有什么事是不可能的。今天的流浪汉，明天眨眼间可能会变为衣冠楚楚的大老板，而昨天的大老板今天下午也许就成了一个流浪汉。毋庸置疑的是，杰出的瓦茨拉夫，将会应邀为各国的公爵、总统、沙皇和阿亚图拉[②]们表演他神奇的魔术，让他们一同为之肃然起敬，目瞪口呆。这样，在未来的某一天里，他将宣告，世界从此进入了一个和平的新纪元(一段短暂的时间)。女士们，先生们，我向你们隆重介绍，向你们隆重推出，在他登场之前，我需要提醒大家，　你们如果害怕可以把眼睛和脸捂上，杰出的少年魔术师，瓦茨拉夫。”

“呃，”列娜在旁边轻轻嘀咕了一声。

“列娜，刚才是一段完美的开场介绍，篇幅虽长但完美无

---

① 每年12月期间，犹太人会庆祝光明节，为纪念公元前165年犹太人战胜侵略者并夺回圣殿。

② 回教国家对教内什叶派领袖的尊称。

瑕，措词也非常精致优雅。”瓦茨拉夫说。

“紧接着第三句，应该加上这一句，‘魔术是运用超自然的力量来操纵事物进程的一门艺术’。”列娜建议说。这是列娜最钟爱的一句，是她从《魔术大师年鉴》中背来的，那是一本很旧的镶着金角的大部头，里面讲的全都是魔术、戏法和幻术一类的东西。瓦茨拉夫过去老从图书馆借回家看。于是，去年瓦茨拉夫过生日的时候，列娜到图书馆把这本书放进自己的小书包，带回家给瓦茨拉夫作了礼物。这样，他们便能够永远拥有它了。

“这句话听起来还不错，可它不应该出现在这一幕里。我已经跟你讲过。好了，开场白就这样了，全部完毕。现在，用那个魔术生日蜡烛把它封上。”瓦茨拉夫把写着开场白的稿纸叠好，用手拿着伸到列娜跟前。列娜并没接过去，她左手拿着魔术生日蜡烛，拇指摸摸蜡烛螺旋状的边脊，右手捏着一只用来点蜡烛的打火机。用滴下来的蜡把稿纸封好，这是瓦茨拉夫和列娜的创作过程中重要的一个部分。而列娜的任务，特定指派给列娜的任务，就是先把魔术生日蜡烛点燃，再举起来，然后让滚落下来的蜡泪滴在折好的稿纸上，将稿纸封得严严实实。

瓦茨拉夫的床底下，除了一只被人遗忘的袜子，一堆沾满了灰的杂物，另外还有一只鞋盒。盒子里装的全是叠好的用列娜的蜡烛封好的稿纸。稿纸里记载的全是重要的宣言、公约、名单和一些关于这两位年轻魔术师的生平文件。

“我们总算写完了，列娜。今天晚上我就要申请搞一次演出。”

“不太可能吧，”列娜说。

“当然有可能。我能办到。就算不是今晚，也应该会很快的。

好了，我们把开场白封起来吧，这样我们就可以开始排练下面的节目了。一旦演出申请被批准，我们就可以登台了。来，把蜡烛点燃。融化。封好了。”

“把封拆开，添上这句：魔术是运用超自然的力量来操纵事物进程的一门艺术。”

“不行，列娜，不。这不是开场白的一部分，不应该夹在这里面。没错，这句话说的是挺好，但搁这儿就放错了地方。这是开场介绍，我们既然已经封上，就不再改了，好，就这样，我们开始练这一场。”

列娜看着手中的打火机，那是她从姨的衣服口袋里偷来的。列娜知道偷东西不对，但她觉得，如果是出于迫不得已，东西的主人又不在家，而且主人根本不会留意到这件事的话，那就应该另当别论。偷打火机的时候她非常害怕，但感觉很不错，很勇敢。手里攥着个打火机，列娜觉得自己很大胆很成熟。

“为什么总是你说了算？”列娜问道。

“首先，我是魔术师而你是助手，助手得听魔术师的。没有魔术师就没有助手。”瓦茨拉夫说。

“没有助手也不会有魔术师，”列娜反驳道。

“那我还比你大一岁呢，”瓦茨拉夫说。

“十岁也就比九岁十一个月大那么一丁点儿，”列娜说。

“魔术师比助手重要是因为……”瓦茨拉夫准备再想出一条列娜应该服从他的理由。他想要赢得今天的这场辩论，尽管他知道同样的争论以后保准还会发生。他们俩在这个问题上已争过无数次，就像那个有名的关于先有鸡还是先有蛋，是鸡更重要还是蛋更重要的争论一样。这样的口水仗永远都不会有结果，因为当两种名称不同的东西实质上就是一回事时，人们不可能分出谁先谁后，或者谁优谁劣。

这时传来了敲门声。列娜和瓦茨拉夫睁大双眼紧盯着门，眼里充满了惊恐。敲门声“嘭嘭嘭”响了三下，接着只见门把手转了转，却没能拧动。因为门从里面锁上了。

瓦茨拉夫心里很后悔，他不该把门从里面锁上的。对瓦茨拉夫的妈妈而言，门从里面锁上就意味着她的魔术师儿子正在卧室里做违禁的事情。

“瓦茨拉夫，马上把门打开。要不然我就从外面把它撞开了。你自己想好了。”

瓦茨拉夫和列娜赶紧手忙脚乱地把他们的魔术玩意儿全都塞到了床下，床罩的下摆镶有网状花边，长长地垂落下来刚好将床下的东西遮住。

“来了，来了！”瓦茨拉夫踉跄着站起身来，他刚把门锁拧开，门就从外面被一下推开，他不禁往后倒退了一大步。

拉西娅的眼光在屋里搜寻着，但又不是很清楚自己究竟想找什么。她开始担心不是一天两天了。每天下午五点十分一到，她就风风火火急着赶回家，因为她儿子正处在成长期，每分每秒都在变化，而她每天只有非常有限的时间来拿捏打磨这块未成型的土坯。在仅有的几个小时里，她要让他明白做作业的重要性，要叫他和家人一起吃晚饭，要教他不吸毒不偷窃，而且不能养成懒惰和不诚实的品行。她还得保护他不被那些恋童癖者、陌生人和学校里的恶霸们欺侮，还要远离枪支甚至煤气瓦斯的毒害。她担心是因为，每天儿子放学回来面对的是空荡荡的一个家，儿子是属于人们常说的“挂钥匙的少年”一族。拉西娅是个职业妇女，他们住在城市里面，瓦茨拉夫上的又是人头拥挤的公立学校。拉西娅知道，她们家的这种情况完全有出事的可能。她每天都仔细收听新闻，每次听完，她所担心的事情总会又多出一两件。

“我不喜欢你屋里的这个样子。我不在家的时候你们都干什么了？”

“没干什么！我们没干什么！写作业。除了写作业，我们什么都没干。”瓦茨拉夫说。

“三个小时，除了作业什么都没做？这个我还真不信。晚饭以后把作业拿给我检查。”拉西娅一边往门边走，一边打量列娜。她特别替列娜担心，因为她非常清楚列娜的姨从事的是份什么样的工作。

“嗯，三个小时，除了作业什么都没做，喔，可能还练了一点点魔术。”

拉西娅从门边又走回到屋里来，“可能练了一点点魔术？”

“是，我们是练魔术来着，”瓦茨拉夫摆出一副认真的神情，“也许，嗯，如果可能的话，因为我们的作业都做完了，也许……”瓦茨拉夫一边结结巴巴地说着，一边仰头看着妈妈。拉西娅低着头，往下注视着儿子那副心有所想却又不敢讲的样子，他脚上穿着双有尼龙搭扣的运动鞋，紧张地在地毯上划着圈蹭来蹭去。

“也许什么？”拉西娅问。

“也许我们吃晚餐之前……”瓦茨拉夫说。

“想说什么就直说。”拉西娅眯起了眼睛，显得有些不耐烦。

“我和列娜能不能晚饭前在客厅里面为你表演一段魔术？”瓦茨拉夫情急之下一口气把他的请求表达得极其流利。

“作业都做完了？”拉西娅问。

“是，全都做完了，”瓦茨拉夫说，其实他还有一点没做。

“列娜，你留下来吃晚饭吗？”

“Da[1]，” 列娜说。

“讲英文，”拉西娅说。

“Ye-us[2]，”列娜憋着嗓子说。

“表演魔术之前先把晚餐的桌子布置好，作业一定要先做完。”拉西娅说。

瓦茨拉夫笑了，他知道妈妈总是以这种方式来表示同意。

拉西娅紧绷着脸把屋里又扫视了一番，直到她确定没漏掉什么可疑之处，才满意地把门带上,走了出去。拉西娅转身刚走，瓦茨拉夫和列娜就开始在屋里兴奋地上蹦下跳，大嚷大叫，然后，他们便急急忙忙开始准备他们的盛大演出。

女士和先生

瓦茨拉夫和列娜关掉客厅里的大屏幕电视，然后把硕大的桃木做的矮咖啡桌推到了靠墙的位置。这张乌黑的桌子不但结实，还漆得锃亮，简直就是一个完美的舞台。瓦茨拉夫和列娜如此挪用咖啡桌当舞台已经很多次了，现在已经得心应手，因为那张波斯地毯已被他们给磨得又薄又亮了。

瓦茨拉夫和列娜站在“舞台”上，焦急地等候着观众们入座。

“爸爸，”瓦茨拉夫嚷道，“快点啊，我们都准备好了。”拉西娅已经在黑皮沙发上坐好，等着表演开始。瓦茨拉夫的爸爸这时

---

① 俄语发音，“是”的意思。

② Yes，因为主人公英语不好，读成了“ye-us”。

总算也姗姗来迟，他手里端着一杯伏特加，一屁股坐下就沉到沙发里去了。

“好了，我来了，今天我们看什么？你们打算演点什么呀？”爸爸大声问。

“只看，别出声，行吗？”瓦茨拉夫穿着去学校的衣服，绿T恤配牛仔裤，脖子上扎着个领结，头上戴着他的魔术师礼帽。而列娜只穿着平时的牛仔裤和T恤，因为她尚没有正式的演出服装。

“首先，让我对我们聪明可爱的观众表示欢迎。亲爱的女士和先生，今天你们一定会喜出望外。我是杰出的瓦茨拉夫，而这位是我的助手，迷人的列娜小姐。”瓦茨拉夫优雅地划动着手臂指向列娜。列娜正经十足地向观众来了个久久的深鞠躬。

瓦茨拉夫和两位观众们只好静静地等她重新直起身来。

“今晚我们将奉献一个特别节目，保准让你们觉得不可思议。首先，请哪位幸运的观众能借我一枚25分的硬币用来表演？”

“这就是个骗钱的把戏，”瓦茨拉夫的爸爸嚷道。

“爸！”瓦茨拉夫大声抗议道。

“奥列格，给他吧。”拉西娅抱怨地说。爸爸哼叽着伸手到屁股后面的裤兜里抠出一枚还带有体温的硬币，把它递到儿子手上。

“谢谢您，善良的先生，非常感激。”瓦茨拉夫用食指和拇指捏着硬币，缓缓地举在身前让观众仔细检查。

“列娜，请把纸拿过来。”列娜的手捏着张纸一直放在背后，这时她才把它亮出来，她走到舞台的最前方，把纸的前后左右每一面都举在灯光下一一让观众过目，然后她又退回到原来的位置。

“我可爱的助手已经向您展示过了，这是一张普通的纸，纸上没有洞，边上也没有被撕破，就是一张纸而已。谢谢你，列娜。”列娜点了点头。

“请仔细看好了，下面我将把纸折叠起来，然后把硬币包在里面。”瓦茨拉夫把纸叠了几叠，硬币被包在中间，就像被包在信封里一样。拉西娅把坐在沙发里的身体往前挪了挪，按照儿子的指令聚精会神地观看着。奥列格则双手交叉，端在胸前，他的脸上脖子上都还有睡觉压出的印痕，长长的胸毛从衬衣领子下的敞口处夺路而出。

“你可以清楚地看到，硬币已被叠起来的纸严严实实地封好了。”列娜走近瓦茨拉夫，抬起手来指向包着硬币的纸，把观众的注意力都吸引到那边去。

瓦茨拉夫全神贯注地把包着硬币的纸从左手换到右手。他并未向观众解释这个动作的目的。这时，列娜把手臂僵直地朝上举起，身子开始不停地在台上转圈，渐渐地离台沿越来越近。拉西娅吸了口冷气，真担心列娜会从台上摔下来。

“接下来，我将用我的魔杖让纸里包着的硬币不翼而飞，”瓦茨拉夫边说边把包着硬币的纸一动不动地举在右手上，左手则哆嗦着滑进身后的裤子口袋里。这时，列娜开始像着了魔一般全身发抖，小小的肩膀还在拼命地前后晃动。

在整个列娜摇摆的过程中，瓦茨拉夫的手一直都停留在口袋里。这时，只见他微笑着把手掏了出来，向观众们展示他的魔杖。

瓦茨拉夫的魔杖是他最心爱的物件之一，这是根货真价实的魔杖，是他从曼哈顿魔术用品专卖店买来的。他妈妈带着他，俩人坐了一个小时的地铁才找到那家店。在店里，他们请求店主帮他们挑出了这根最棒的魔杖。买到后，他们在旁边的一家餐馆吃饭，饭间，瓦茨拉夫一直把他的魔杖珍爱地搁在腿上。

此刻，只见瓦茨拉夫拿着这根魔杖在包着硬币的纸上轻轻敲了三下。

“啊卟啦咔嗒卟啦！”瓦茨拉夫口里在念着咒语，第三下敲过之后，他向大家宣布，“硬币已经不在了。”

“列娜，我可爱的助手，能不能请你拿着这张纸，把它撕成两半？”列娜接过纸，很轻松地把纸撕成两半，然后把两片纸举起来让观众能清楚地看到，纸里已经不再有硬币，然后她把撕开的纸高高地抛向空中，用以营造表演的气氛。

瓦茨拉夫和列娜开始在台上鞠躬，这是在提醒观众，鼓掌的时间到了。

“太棒了！”拉西娅大声嚷着，尽管她并不确定究竟这个表演的哪一段是戏法。但她很肯定自己发现了几处表演中本不应该让观众看到的细节：瓦茨拉夫把硬币悄悄顶出纸封并把它藏在手里，然后乘拿魔杖的机会把硬币塞进了后裤兜。

瓦茨拉夫和列娜在台上再一次鞠躬。

“太精彩了！”拉西娅起劲地喝彩。瓦茨拉夫和列娜从咖啡桌上跳了下来。

“我的硬币呢？”奥列格不依不饶地问。

“魔术师从来都不说穿自己的秘密，”瓦茨拉夫答道。

“奥列格，”拉西娅插了进来，示意瓦茨拉夫的爸爸别再打听硬币的下落。

“谢谢你们，”瓦茨拉夫说，“很高兴你们喜欢这个表演，这个星期六，列娜和我将在科尼岛的木板步行街上为魔术迷们再表演一次。”瓦茨拉夫乐得脸上跟开了朵花似的。

“瓦茨拉夫，”拉西娅深深吸了口气，她从没把在科尼岛表演的事当真，可瓦茨拉夫却总也忘不了。他太执着了。但他不明白的是,这个主意并不明智。

“这个主意不好，”拉西娅说。

“为什么？”瓦茨拉夫问道。

“就是不好，”该如何把真正的原因告诉他呢？总不能说科尼岛上的那帮醉鬼和小屁孩们会取笑他吧,总不能说他会在表演中出丑吧。她也不能对他说，没人会为他鼓掌，为他喝彩的。

“到底为什么呀？”瓦茨拉夫又问。

“那里不安全。”拉西娅心想这个回答也许还不失诚实。瓦茨拉夫就这么走到外头的世界里去的确很不安全。他会目睹到形形色色的人和事，他天真，他心直口快，他把自己的梦想捧在手心里，时刻准备着向人展示，向人倾诉。

“这不公平！我们一定要试着给真正的观众表演一次，”瓦茨拉夫大声抗议道。拉西娅心想，唉，就这样吧，就让他觉得她是天底下最没人情味的人好了，就让他以为她根本就不赞成他搞魔术表演好了。

“就这样了。不要再说了，”拉西娅严肃地说。

“我没法相信……”瓦茨拉夫仍嘟囔着。

“好了，去把手洗干净，准备吃晚饭，”拉西娅吩咐道，“列娜，你也一样。”

拉西娅站在客厅门口，目视着瓦茨拉夫和列娜垂头丧气地去吃晚餐。此刻,他们俩翘首以盼的可不是这顿晚饭。

晚　餐

瓦茨拉夫家的厨房里很热，气味也重，在里面吸上一口气就像用吸管吸奶昔一样困难。列娜一进厨房，就觉得里面的气味和热气已经把她的胃填满了，她已经饱了。在瓦茨拉夫家吃饭，每回都是如此，空气里的气味就足以把你喂饱，根本用不着等到真正开吃。

“今天有什么好吃的呀？”瓦茨拉夫问。

“耍贫嘴是吧？”拉西娅说，因为她觉得儿子肯定知道晚上吃什么。厨房里充斥着罗宋汤的气味，让人觉得连空气里都带着些淡淡的紫红色，似乎等空气冷却下来以后，罗宋汤会凝结在天花板上，墙上，窗棱上，到处都是。

拉西娅最后搅拌了几下锅里的罗宋汤，她宽大的背影在不停地晃动。列娜打开拉西娅身旁的抽屉，从里面拿出四把叉子和四把勺。她暗念着每个人的名字，生怕少给谁拿了一副。妈妈的勺，爸爸的勺，瓦茨拉夫的勺，我的勺。她嘴里念叨着爸爸妈妈，但其实心里想的却是瓦茨拉夫的爸爸和妈妈。她从不会把自己的妈妈和瓦茨拉夫的妈妈弄混，因为从记事以来，她还从没见到过自己的亲生母亲。

在列娜的感觉里，自己的妈妈和拉西娅是截然不同的。拉西娅浑身有股很浓的香水味，她身形硕大，臀部尤甚，她常穿着洗得褪了色或磨破了的裙子，脚上老蹬着双轻便拖鞋，她的拿手好菜是气味很重的菜汤，她坐进木椅的时候能把椅子压得“吱扭”叫唤。而列娜的妈妈，却仅仅是一个概念，一个尚未揭开的秘密。

列娜摆好餐具，便坐在自己习惯的位子上。这边挨着瓦茨拉夫，与奥列格打着对面，另一边则是拉西娅。

瓦茨拉夫也麻利地干着自己分内的工作，他负责摆餐巾纸并且在每只盘子前面摆上一只水杯。

列娜坐在桌前，看着瓦茨拉夫先往她跟前的杯子里倒满水，然后又把拉西娅和他自己的给倒上。接着，她又看着瓦茨拉夫往奥列格的杯子里斟上了伏特加酒。

瓦茨拉夫和奥列格相继入座，瓦茨拉夫是静静地，奥列格坐下的时候却从嗓子眼里发出一声难听的哼哼声。现在还没到拉西娅坐下的时候，她得一直站着，给每个人盛上一碗罗宋肉汤，然后才会坐下来。

拉西娅用双手把盛汤的锅子端在身侧，锅子上方正好是她暴露在外的黑黑的腋窝。她“咚”地把汤锅搁在餐桌上一个小猫形状的铁三脚架上，然后把一把长柄汤勺伸到罗宋汤的最底下,再像拉活塞似地兜起来。白色的汤勺柄上沾满了褐色的汤渍。这罗宋汤和学校图书馆地毯的颜色一个样,列娜在心里暗想。拉西娅往丈夫碗里盛满了汤。不，这汤更像花的颜色。拉西娅拿着勺在汤里又搅了几下,正在给瓦茨拉夫盛。这罗宋汤还是更像女王裙子的颜色。接着,列娜的碗也盛满了。这汤的颜色还是更像血，对了，像血，汤里也不是一片片的肉，而是从拉西娅的下巴颏上掉下来的痣。列娜的脑子里一旦开始了这种胡思乱想，就再也刹不住了。

拉西娅重重地坐进她的椅子。她肥胖的肚子被连裤袜的腰带勒着,很不舒服，于是,她欠了欠身，这样便好了许多。她用勺舀了一匙汤，把头凑到碗边准备喝。这时,她朝列娜看了一眼。厨房里的空气又湿又黏，列娜每吸一口气都觉得那气味是来自碗里的罗宋汤，来自拉西娅肚子上赘肉间的汗渍，来自奥列格牙齿缝里的气息，来自菜汤上漂着的那一颗颗肉痣。

“吃啊！列娜，吃！”拉西娅把注意力集中到列娜身上。列娜把勺慢慢伸进她的汤碗里，她把勺斜撇着，只想弄些汤，不想要肉。

“你怎么回事？需要我专门求你吃吗？”拉西娅的话让列娜吃了一惊，她赶紧把勺子整个伸进了汤里。

“她太瘦了，就像印度街头的那些流浪儿，瘦得跟皮包骨似的，一点都不可爱。”拉西娅一边说一边啧啧地喝着她勺里的汤。

忽然，列娜觉得有股热乎乎的东西从胃里涌到了嗓子眼，接着又涌到了她嘴里。她从桌边站了起来，想着自己也许能坚持到走进卫生间，这样别人就看不出什么来。她可以在里面漱漱口，再回来接着吃。她脸上可能会有些发烫，但除此之外，别人察觉不出什么。她就这么想着，卫生间这么近，卫生间这么近，只要不张嘴，就不会有事。但就在这时，从她胃里又翻上来一股气，她禁不住打了个嗝，再也不能按她原来设想地把牙关闭拢，嘴里的东西便哗地喷了出来，喷在她的T恤上，地板上，到处都是。此时她离开餐桌才两三步远。

奥列格将餐巾摔在桌上，把椅子往后推离餐桌。拉西娅赶紧跑到列娜身边，她先用粗壮的胳膊紧紧扶住列娜，然后搀着仍在发抖的列娜一步步向卫生间走去。这时，奥列格端着他的酒杯，坐到客厅的大屏幕电视前，看他的俄国电视剧去了。这一杯喝完，他的鼾声就该在沙发上响起，而且会一直响到该去卧室睡觉的时候。

瓦茨拉夫把脚收到椅子上盘着，以免踩到地上的脏东西。他出神地盯着地上在看。列娜吐出的东西和他自己以前吐过的不一样。

有一次在学校,他刚吃完饭就立刻玩命地荡秋千，结果就吐了，吐得不仅多而且还带着新鲜罗宋汤的颜色。列娜吐出来的东西却不同，她吐出来的像极了科尼岛沙滩上那些空空荡荡的不新鲜的海水泡沫，而且也没有像尿一样黄黄的颜色。

瓦茨拉夫从椅子上小心翼翼地站了起来，以免踩到他可爱的助手吐出来的脏东西。他从厨房里找了块抹布，打算用它来收拾这摊残局。

卫生间里，拉西娅正拿着湿毛巾替列娜擦脸。看着列娜的样子，拉西娅不禁想，是这个小丫头的眼睛本身就又大又黑呢，还是因为她的皮肤太苍白，脸太小太瘦才会显得那样呢？列娜坐在放下的马桶盖上，她的脏T恤已经脱下,卷成一团捏在她手里。拉西娅帮列娜洗脸的时候就已拿定主意，要帮列娜把衣服洗好烘干，而且也不必跟列娜的姨提及此事。

拉西娅不知道有没有人跟列娜聊过女孩子的那些事，如果她有女儿，她是肯定会跟她聊那些事的。那一天到来的时候，不知道列娜是会去向她姨索取平生第一件胸罩来保护自己的胸脯呢？还是会拿着平时省下的零花钱自己到商场去买一件？不知道她想不想自己的亲妈？拉西娅想到这里，觉得这个问题太傻，列娜怎么会不想有自己的亲妈呢？在拉西娅的心里，把列娜摆在什么地方她都觉得不妥当，列娜让她太心疼,她不知道该如何对她。拉西娅让列娜在卫生间等着，她去给她拿件干净衣服好换上。列娜便坐在马桶盖上等，上身赤裸着，两只胳膊交叉环抱在胸前，一动不动地盯着地板发呆。

很难说

晚上牵着列娜的手送她回家时,拉西娅觉得今天列娜抓她的手抓得格外紧。或许这不过是她的感觉而已。拉西娅还觉得列娜今天似乎比平时都更加瘦小。当然,小孩子的事都很难说。

拉西娅打开列娜住处的房门,带她进屋，她开灯四下审视了一番，她敢肯定屋里的东西一点都没被人动过，还跟昨晚上的一模一样。拉西娅猜列娜的姨肯定没回来过，要不屋里会被收拾得干净一些或被弄得更加邋遢。列娜被扔在这儿没人管了。拉西娅心想,这样的环境绝对不适合这么小的女孩居住，对这一点她毫不怀疑，但这种事也很难说。

瓦茨拉夫洗泡泡澡时的妙想

这天一早,瓦茨拉夫没等闹钟响就醒了，他决心一定要说服妈妈,同意让他们去科尼岛的木板步行街搞一次魔术表演。

他睡衣都没脱，便坐在他屋里的书桌前，靠着词典帮忙，着手列出一个单子。

瓦茨拉夫的父母应该允许值得信赖的瓦茨拉夫去科尼岛的木板步行街表演魔术,理由如下:

1. 打扫房间
2. 做家务
3. 吃饭前摆餐具
4. 完成家庭作业
5. 考试成绩优异
6. 参加课外活动
7. 致力魔术事业

瓦茨拉夫写完,把铅笔插回笔筒里，他对这个单子还算满意。然后,他悄悄走进卫生间去刷牙，生怕吵醒了仍在酣睡中的爸爸妈妈。

瓦茨拉夫在浴盆里放满了洗泡泡澡的水。他最出色的关于魔术的主意都是洗泡泡澡的时候想出来的。他往后仰着躺下去，除了耳朵留在外面听着动静,身子全浸到了水里。他的心跳这时听上去就如同楼上鲁宾洛娃太太家的烘干机在工作时一样，声音又响又重。他肚子里发出的咕噜声,此时也犹如墙壁后面管道里的流水声一般响亮。

瓦茨拉夫闭上双眼，想象着耳里的声音似乎变成了观众的欢呼声。而他自己，突然间变高变大了，不再是一个小孩儿。他身上穿着燕尾服，在聚光灯下发出迷人的蓝黑相间的光彩，他身后有幕布在徐徐升起，丰满的列娜被缚在一个巨大的轮盘上正被推出，他们即将开始的是扔飞刀的表演。台下的观众都紧张得倒吸一口冷气。瓦茨拉夫把手在空中一挥，不知从哪里一下变出好几把锋利的刀子，他像耍扑克牌一样拿着刀子在手里转动着，然后把刀子竖起来让观众看得更仔细。为了证实刀子的真实和锋利，他拿着刀在身后的幕布上拉了一个大口子。为了让观众体会体会列娜万一被刀刃扎到的可怕后果，瓦茨拉夫拿起一只西红柿扔向空中,然后拿着刀刷地一下把它削成两半。这时,轮盘开始转动，被缚在上面的列娜露出非常恐惧的表情。其实她一点都不担心，她和瓦茨拉夫的配合经过多年的排练已到了妙到毫巅，心有灵犀的境界。

尽管如此，列娜仍然全神贯注地应对着瓦茨拉夫的一举一动，包括他并非用动作而是用脑中的意念发出的讯号，列娜已经能够感受并听懂那些信息，就像她能通过收音机收听歌曲一样。

咚咚咚，突然,有人在使劲敲卫生间的门。

奥列格有个毛病,他在早上经常突然忍不住要撒尿，对一个五十岁的男人来说，睡前的那一大杯伏特加在他的“尿囊”里能老老实实地呆上一整晚已经够不容易了。

瓦茨拉夫已无数次告诉过奥列格,那个词正确的英文说法是“膀胱”，不是“尿囊”。但每一次奥列格的答复都一样:他从俄罗斯千里迢迢到美国来不是为了学怎么用英文说拉屎和撒尿的。他老是对瓦茨拉夫说,多花些时间在股票、美元和做生意上头，赚足了钱好有一天能让他爸在特大号的浴缸里和他梦寐以求的漂亮女招待们过过洗鸳鸯浴的瘾。

瓦茨拉夫赶紧从浴缸里爬起来，伸出一只仍滴着水的脚踩在地板的垫子上，一只手去开门，另一只手则挡着自己的重要部位，他可不想他爸又拿他开玩笑。

门锁刚拧开，奥列格也没等瓦茨拉夫钻回水里便噌地挤进门来。他见儿子的手正紧张地攥着自己的宝贝疙瘩，不禁发出一阵哈哈大笑。

瓦茨拉夫慌忙逃回到浴缸里，这时,奥列格一边撒着尿一边舒服地哼哼唧唧。瓦茨拉夫猛地把头扎进水里，他不想闻那股从尿流里溅得四处都是的黄色气味。

奥列格总算尿完了，他一边整理睡裤的裤裆，一边朝浴缸这边看过来，瓦茨拉夫从水里露出个头，但眼睛却还紧紧地闭着。奥列格开玩笑地对他“哼”了一声，然后出了卫生间，却没把门关上。

瓦茨拉夫对未来的憧憬因为这段插曲只好戛然而止，但他把那些美妙的片段都一一刻在了脑海深处，随时都可以拿出来再品味一番。瓦茨拉夫把身上的水擦干，裹着条大浴巾，蹑手蹑脚地出了卫生间，一边经过厅里的走廊,一边仔细听着爸妈屋里的动静。看来奥列格又睡着了，瓦茨拉夫能听见爸妈两人此起彼伏的鼾声。这太棒了，瓦茨拉夫还有时间准备自己的计划。

瓦茨拉夫精心地梳好自己的头发，把衬衣扎进裤子里，外面穿着妈妈最喜欢的去学校的外套。他悄悄来到厨房，也没开灯，就在那里无声无息地摆好早餐要用的餐具。他甚至把茶壶灌满了水放在炉子上，然后小心翼翼地打着火,开始煮茶。他妈曾教过他，如果拧煤气开关时不当心，就有可能火没打着但气却泄漏出来，这时如果再点火，整个屋子便会被炸掉，就像切尔诺贝利发生过的那样。所以,瓦茨拉夫一直到看见嘶嘶冒出的煤气被炉子里啪啪打出的火星点着，才放下心来。接下来,他开始切面包，然后放进烤箱里烤，再拿出来整齐地放在盘子里摆好。最后，他把妈妈早餐时最喜欢吃的果酱也拿出来摆在了桌上。这些都做完，瓦茨拉夫便坐在餐桌前静静地等候。

不一会儿，他听见爸妈屋里的闹钟响了。接着,是妈妈趿拉着拖鞋走进卫生间的声音；再过一阵,总算听到爸爸早上醒来后习惯性的咳嗽声。瓦茨拉夫心想，没有多久了。

拉西娅走进厨房的时候一下子怔住了。瓦茨拉夫注意到,她的眼光把每样东西都过了一遍，然后脸上露出了笑容。但瓦茨拉夫马上感觉到那笑不太对劲，它不是那种会心的笑，而是带着些紧张，在脸上一逝而过而凝结不出笑容的那种笑。

“瓦茨拉夫，我想跟你谈谈你在卫生间里的事。”拉西娅说。

尽管瓦茨拉夫不知道她指的是什么，但他想,自己肯定又做错了什么。他觉得有些尴尬，拉西娅一直在盯着他看，她看上去也有些紧张。事情不大妙。

“我知道你在卫生间里干的事，”拉西娅尽量把语气放得温和些，她想和儿子开诚布公地谈，别人都说与孩子谈这方面的事情时一定不要让他们产生神秘感或羞耻感。拉西娅努力让自己听起来温和，不武断，但又开门见山，就像奥普拉一样。

“你晚上钻到那里去就没人会知道吗？你每晚都这么干吗？”拉西娅能感觉到，自己听上去不是很像奥普拉的风格。

瓦茨拉夫这才反应过来拉西娅所指的卫生间里的事是什么，而他当时根本就不是在干她所指的事情。他爸进卫生间的时候，瓦茨拉夫因为羞于被爸爸看见便用手把自己的重要部位挡上了。奥列格一定是错以为他在浴缸里手淫来着。瓦茨拉夫对这档事也略知一二，他是从学校里那帮家里有兄长或者有成人电视频道的男孩那儿听来的。

拉西娅深深地吸了口气，她决定再试一次。

“这种事你是从哪儿学来的？”尽管拉西娅在心里想要把话说得温和一些，但从她嘴里冒出来的却远不是那么回事。她听起来远不像一位和蔼的美国母亲，却更像一个前苏联的克格勃审讯官。她不愿她和瓦茨拉夫的谈话变得与她曾和自己母亲有过的一样可怕。她也不愿瓦茨拉夫像她那样长大。小时候她一直都相信，如果她哪怕是因为痒痒而摸了或者是挠了自己，她的胸就会开始发烂，最后掉在地上，像一个放久了的土豆一样枯萎掉。

瓦茨拉夫知道，这种时候不管他说什么拉西娅都不会相信。如果他拼命解释，她只会说得更久，问得更多，而那只会让他更加尴尬。而如果他拼命否认，也只会让她觉得，他不仅是个晚上溜进卫生间偷偷手淫的龌龊家伙，而且还爱说谎。瓦茨拉夫深信，此时此刻最好的对策就是站在原地，不说也不动。

"瓦茨拉夫，这种事并没什么不好意思的，你可以跟我谈。"

"好，我知道了。"瓦茨拉夫说完，便拎起他上学的双肩背，嗖的一下蹿出门去，把去科尼岛木板步行街表演魔术的事也忘到了九霄云外。

"在学校好好的啊！"拉西娅冲着他的背影大声叮嘱道，她自己也为好歹结束了这场尴尬的谈话而长长地出了口气。

著名的美国人

瓦茨拉夫走后，拉西娅才注意到瓦茨拉夫不仅替她烤好了面包，摆好了餐具和果酱，甚至把茶都给煮上了。拉西娅把炉子的火关上，在桌边坐了下来。当她第一眼看到瓦茨拉夫留在桌上的单子时，她还以为他把学校的作业忘在家了，她差一点就跑出门去，把那张纸塞进他的书包。但当她看到"父母"和"魔术"等几个字眼时，才停了下来。拉西娅把瓦茨拉夫列的单子和所有应该允许他去科尼岛表演魔术的理由一一过了目。

她不想让他再碰魔术，她一直都这么想。但她却能理解瓦茨拉夫。

他们全家等了很久才得以来到美国，她也等了很长时间才决定生下瓦茨拉夫这个孩子，因为他们家以前的境况简直太糟了。好不容易等到戈尔巴乔夫实行开放政策，拉西娅本以为情况会开始好转，谁知却会变得更糟。

当时，她怀着八个月的身孕跑去登记，加入申请移民美国的长队。奥列格当时有一份不错的建筑设计师的工作，他本不想出国，但听拉西娅说，反正也不过是留个名字排上队而已，也就随她去了。那时，她既年轻又被爱冲昏了头，根本就没看出来当年的奥列格和现在的仍是一个德行，只要他屁股底下有张小板凳能将就坐着，不管坐的多么不舒服，他也不会愿意挪挪窝。

移民官告诉拉西娅，美国每年能接收的俄国犹太移民数目有限，可能得等很多年才能轮到她。他们还说，如果她愿意去美国以外的其他国家，他们可以马上给安排下个星期的飞机。但拉西娅对他们说，不用，谢谢，我愿意等。接着，瓦茨拉夫出生了。奥列格也如拉西娅所料，和其他很多人一样失业了。他初为人父，却连给儿子买尿布的钱都没有。他每天出去能做的不过是同他的那伙朋友一起发发牢骚，晚上回家时带着一身伏特加的酒气。但拉西娅却在寻思，如果能把他从那种环境里弄出来，如果他们能一起去美国，那一切就都会好起来，他会变得又跟以前一样温柔体贴，一样风趣过人。

后来，俄国的经济越来越糟，瓦茨拉夫也一天天在长大，但他们仍然得等。与此同时，拉西娅买了好些英文书和录音带来自学，完了再教瓦茨拉夫。她不想让儿子跟她小时候一样，觉得离开现在的家有多可怕，她想让他昂首挺胸作一个地道的美国人。她花高价在黑市上买了一套关于美国名人的英文幼儿读物，里面介绍的人包括亚伯拉罕·林肯，罗莎·帕克思①，乔治·华盛顿·卡弗②，独立战争中的女英雄毛莉·比彻，等等。但这当中瓦茨拉夫最百听不厌的，每晚都要拉西娅念一遍的，就是那本讲述哈里·胡迪尼③的书。

---

① 美国民权运动之母，曾因在公车上拒绝让座给白人，而遭逮捕与罚款。

② 美国教育家、农业教育家、植物学家，第一个进入爱荷华州立大学并取得农业硕士学位的黑人。

③ 一位魔术大师，享誉国际的脱逃艺术家，1874—1926，出生在匈牙利布达佩斯的犹太人家庭。

瓦茨拉夫尤其爱听书中的那一段，讲的是胡迪尼如何像瓦茨拉夫一样，四岁便来到美国，又如何成为了美国最有名的魔术大师，他的魔术如何让西奥多·罗斯福总统目瞪口呆，以及他在世界博览会上的表演。书中还描述了胡迪尼能从捆住他身体的铁链中脱身而出，他还敢双手被铐着从桥上跳入水中却又安然无恙。对那些讲述由于表演失败而使胡迪尼训练更加刻苦从不言弃的章节，瓦茨拉夫也格外喜欢。

拉西娅心里估摸着，这个叫胡迪尼的家伙，就凭他老是搞那些挑战死亡的冒险和类似中国水牢的折磨人的表演，只怕是害得他自己的母亲由于担心而少活了好些年。怎么能让瓦茨拉夫对这样的人感兴趣呢？但瓦茨拉夫就爱听这种一个自幼来到美国的男孩成长为一个勇敢而坚强的魔术师的故事，这点拉西娅倒是能够理解。

每天夜里，拉西娅都给瓦茨拉夫读那本关于胡迪尼的书，直到瓦茨拉夫能把书里的内容倒背如流。后来，他们总算等到了移民通知，拉西娅告诉瓦茨拉夫，他们很快就要搬去美国。而这时，瓦茨拉夫对他们即将前往的布鲁克林已经了如指掌：那是科尼岛所在的地方，哈里·胡迪尼就是在那举行了他第一场魔术表演。事实上，他们决定来布鲁克林不过是个巧合，因为拉西娅认识的一个熟人住在邻近的布莱顿海滩，并且答应给拉西娅一份帮忙记账的工作，还能帮他们找房子。但对瓦茨拉夫来说，这却是一个重要的征兆。

对奥列格而言，来美国使他的情形雪上加霜。因为没有在美国搞建筑设计所需的执照，他还得重新回学校上课和参加考试，以此证明他的确拥有他早就有了的相关知识和技术。奥列格曾发誓说，他要去开出租直到把上学的学费挣出来为止，但开车挣的钱后来不是被他用来买了屋顶上的卫星天线来收看俄语电视，就是买了伏特加用来看电视的时候喝。他特别烦出门，他讨厌商店里的出纳员,他们因为他不懂这个或那个东西的英文怎么说而老拿他当傻瓜看待。拉西娅还清楚地记得那个当初与她一同坠入爱河时的奥列格，他是那么吸引人，在他们住的那个小镇里没人不知道他。他总爱和上了岁数的婆娘们搭讪开玩笑，他的兜里总是能掏出口香糖或其他小玩具来分发给孩子们；他还会唱歌,每每都逗得拉西娅开心地大笑。拉西娅有时想，昔日的奥列格也许一去不复返了。

正是列娜欲笑时

瓦茨拉夫一边沿着U大道走，一边数着自己的步子。他从13街数到12街,再到11街，一直数到第7街。他拐过街角,便看见列娜正坐在公寓大楼外人行道旁边的砖墙上，两条又瘦又长的腿晃来晃去。瓦茨拉夫每次看到列娜都会很开心，尤其是今天，因为他有个重大的计划要告诉她。瓦茨拉夫笑着对列娜挥了挥手，到她跟前的时候,脚却被道上的什么东西绊得踉跄了一下，还好,总算没有摔倒。

列娜想忍却没忍住，她瞧着瓦茨拉夫的模样禁不住笑出声来。瓦茨拉夫很高兴列娜正有一个笑的好心情，因为这样一来，劝她加入他新计划的说服工作会变得容易一些。

“你爸妈同意了吗？”列娜边问边从砖墙的沿上跳了下来。

“这句英文说得不赖,”瓦茨拉夫说道。听到这句表扬，列娜的眼珠调皮地在眼眶里转了一转，她把自己的一摞书递给瓦茨拉夫,让他帮忙拿着，然后他们俩一起朝第238号公立学校走去。

“好了，好了。嘘……。观众们不好对付。求他们批准我们去表演不是个好招。这种事不需要批准。这是我们命中注定要做的事，不需要别人批准。”

“就是说你没办成啰?” 列娜埋怨道。

“如果我去问的话，他们会同意的。但这件事不该那么办。这件事是上天对我们的考验，我们必须证明自己能克服困难。我们应该为出现这样的困难而感到高兴才对，因为困难给了我们变得更加坚强的机会，就像胡迪尼一样，他从不停止作新的尝试，他总是给他的逃脱表演增加更多的链子和绑锁。”列娜的眼珠又无奈地滚动了一下，因为瓦茨拉夫这番关于胡迪尼、困难和命运的说辞她已经听过无数遍了。

“我们自己拿主意。没那么多麻烦，只会更好，行吗？”瓦茨拉夫说,他停下脚步，满怀期望地看着列娜。列娜把手叉在她纤细的腰肢上，坚决地说：“不行。 必须得你妈同意。”

“列娜！”

“没有你妈同意,我是不会去的，会有麻烦的。”列娜边说边迈了几个大步,走到瓦茨拉夫前头去了。

“列娜，不会的，不会有什么麻烦的，”瓦茨拉夫恳求道，“我们自己订好计划，没人会知道的。我们在科尼岛的表演将非常保密，节目也要保密，我们的所有准备也都将秘密进行。不会有麻烦的，绝对不会。”

瓦茨拉夫知道,列娜喜欢保密。果然,她的步子慢了下来，微微侧过头来听着。她头上扎着法国式的小辫，几绺乌黑的发丝逃出辫子的束缚，在阳光底下闪烁着光彩。

“列娜，你是最擅长保密的，所以必须由你来负责这次秘密行动的准备计划。这次你说了算。”瓦茨拉夫知道,只有这么说才会让列娜满意，这点很重要。但他也清楚,秘密计划怎么订到头来还得他说了算。

“不行。”

“什么？”

“其实你还是当你自己是老板，那不行，冒牌的，我不干。”

瓦茨拉夫紧赶了几步，盘算着可能出现的最坏结果。这个单子他也曾在脑子里列了一份，只不过没写在纸上而已。

可能出现的最坏结果：

1. 爸妈不同意在科尼岛木板步行街搞演出

并且

2. 没有父母的许可,列娜便不会同意参加演出

瓦茨拉夫也考虑过不带列娜,而是自己独自去表演，但如果那样，表演无论如何也没法进行。没有列娜,演出是搞不成的，他们以往的表演若要产生幻觉的效果，列娜的参与是必不可少的。列娜是不可替代的。即使她可以替代，也没有谁会愿意替她，在学校,没有哪个别的女孩同他搭话，她们在过道里碰上他,连瞧都不带瞧他一眼。

“这个计划不好，瓦茨拉夫……”列娜很轻地说了一句，但还是把瓦茨拉夫的思路打断了。

“现在先别想了。我们呆会儿再说。现在不说了。”瓦茨拉夫答道。

列娜在嗓子眼里嘀咕了一声。于是,他们沿着第7街继续朝位于P大道的学校走去。

学校的那些事儿

第238号公立学校是很久以前用大块的石砖搭建起来的一所学校，建筑上设计有好多硕大的门窗。学校入口处有一个高大的正门，父母、教师和访客们都从此进入学校。而学生们，包括瓦茨拉夫和列娜，都走边门。

每天早晨，学生们都在当做操场的沥青地上活动。操场上到处画着各种形状的线条，是孩子们画来玩跳房子、抢皮球、打篮球或者打玻璃弹子用的。也有的孩子们坐在暖和的沥青地上玩扑克。上课铃敲响的时候，男生们都在男生的门前列队，女孩们则在女生的门前排队。男生的门在右，门上挂着块石匾，上面刻着“男生”的字样。女生的门在左，门上也有块匾，上面写着“女生”二字。

瓦茨拉夫和列娜今天早上一路慢腾腾地，边走边讨论演出的事，等他们到学校时，自由活动的时间已经结束。瓦茨拉夫走过去站到男生的队尾，列娜则排在女生队伍的最后。

随着学生们逐个走进教学楼，两条队列缓缓地向前挪动。瓦茨拉夫和列娜边走边耷拉着头，眼睛瞅着自己的脚尖。没有别的女孩和列娜讲话，也没有哪个男生来同瓦茨拉夫寒暄。

进到教学楼里，他们拾阶而上，爬上两层楼梯来到第三层。瓦茨拉夫要去亨特先生的教室而列娜是去沃丁杰女士那间。他们要到去一楼上ESL[①]课时才能再见。上这门课的学生个个都是自己从家带气味很难闻的午餐。

① English As Second Language，专门为英语不是母语的学生开设的英语课。

亨特先生的班上，瓦茨拉夫和另外三个学生被一同分在绿桌，瓦茨拉夫是唯一一个带难闻午餐和修ESL课的。组里另外一个男孩叫尤利塞斯，两个女孩分别是娜查莉和简娜西斯。班上每一桌都是两个男孩两个女孩，每桌最多有一个带难闻午餐的学生。

每张桌上都放着一样四份亨特先生发的“现在就开始做”的课堂练习，学生进教室以后应该马上开始按上面的要求去做。

瓦茨拉夫想,现在这段时间一定是亨特先生一天中最得意的时候。每当此时,他便会站在教室门外的走廊上，一脚踏在门里，一脚在门外。即使学生们已全都坐好，他仍在不停地搜索过道里有没有迟到的学生。隔壁的卓安妮小姐也同样跨步站在自己教室的门线上，他们俩一会儿手舞足蹈地逗趣儿，一会儿又挤眉弄眼地哈哈大笑，热闹得跟电视里的表演一样。

瓦茨拉夫努力集中精力做着“现在就开始做”的练习,尽量不去想列娜和魔术演出的事。练习中有一段是讲火灾的,然后是关于防火安全的问题。它要求学生们各自所在的小组开始讨论，讨论的题目是,如果自己家失火，他们会首先抢救家里的什么东西。

对这个问题，瓦茨拉夫轻而易举便给出了自己的答案，不过这么一来，刚才他为忘掉列娜和魔术演出所做的诸般努力又都付之东流了。

“嗨，维，你会先抢救你的什么东西？”班上的同学一般不叫瓦茨拉夫的全名，而只叫他“维”，瓦茨拉夫也不清楚这是出于友好，还是出于熟稔，或是含有什么不好的意思。即使有不好的意思，它听起来也还不错。

瓦茨拉夫决定不说自己的真实想法，他不大好意思说出来。因为,他第一个想从火里往外救的是列娜。

“当然是我那套大卫·科波菲尔[1]的魔术影碟了。”瓦茨拉夫暗忖,这是个合适的答复,因为其他小孩都提到了各式各样的影碟。瓦茨拉夫立刻便知道自己猜对了，因为同组的小孩们听到他的答案后都在会心地笑。于是,他又补充道，“或者是我最喜欢的那本书，《哈里·胡迪尼：著名的美国人》。”

“我还以为他会说是波兰的什么东西呢，”简娜西斯在一旁说。

“我们家不是从波兰来的，我们是从俄国来的。你可能被我的波兰名字弄混了，我随我曾祖父的名，他是波兰人，叫瓦茨拉夫。但我本人是俄国人。”

“哦，对不起，波兰或者俄国什么的，没多大区别，是吧？”简娜西斯答道。

“不……”瓦茨拉夫刚准备接着说，话头却被娜查莉抢了过去，她是来替瓦茨拉夫帮腔的。

“简娜西斯，记得那次有个男孩说你是墨西哥人,你当时就哭鼻子了吗？就因为你父亲是墨西哥人而你和你母亲其实是多米尼加人。再说了，我们大家不都是美国人吗？”娜查莉说。

“大卫·科波菲尔是干嘛的？”这时,那个叫尤利塞斯的男孩问道。

“大卫·科波菲尔是继哈里·胡迪尼之后,仍然在世的美国最出色的魔术大师。”瓦茨拉夫无比自豪地答道。

“我觉得大卫·布莱恩更酷一些。大卫·科波菲尔老了。大卫·布莱恩可以把自己冻在冰里，真是太疯狂了。如果我想那样

---

① 美国魔术师，亦是世界知名的魔术师。

做，我也可以做得到，只不过我从来没真的想要去试。”尤利塞斯滔滔不绝地说。

“你真的想那么干？把自己冻在冰里？真够恶心的。我妈说，他只不过是看上去像被冻在冰里了而已。”娜查莉又插话道。

“不，我会演魔术，这是一门使人产生幻觉的艺术。”瓦茨拉夫边说边看着他同桌的伙伴们，他们都正专注地盯着他，听他解释什么是魔术和幻术。瓦茨拉夫越讲越兴奋，越讲越来劲，他决定做一件以前从没做过的事，他决定要在他第一批潜在的拥趸面前冒一次险。

“这个，”瓦茨拉夫边说边拉开自己双肩背包的拉链，“就是著名的大卫·科波菲尔表演的魔术和幻术的影碟。”瓦茨拉夫把装碟的盒子引人注目地放在了桌子正中央，他随身带着这套碟是因为，虽然已经过了好几个月，它的新鲜感却还没消失；只要看见它在书包里，瓦茨拉夫便会异常兴奋，有时他甚至会在课堂中悄悄把手伸进书包，就为了摸一摸那个塑料盒子。

娜查莉笑了，简娜西斯也跟着笑了，虽然她也不知道自己在笑什么。尤利塞斯拿起盒子，打开并把里面的碟片取了出来。

“这是个盗版货！”尤利塞斯大声笑着说。

瓦茨拉夫把碟片从尤利塞斯手里一把夺了回来，又想再伸手拿回盒子，但尤利塞斯的手躲开了，他看着瓦茨拉夫，似乎在说，嘿，哥们儿，别急啊。他并不觉得他做了什么值得瓦茨拉夫生气的事。但瓦茨拉夫的确生气了。

尤利塞斯躲开瓦茨拉夫的手，高高举着盒子给旁边的女孩们看。他指着盒上的标签说，“瞧，这张标签是手写的，这是地道的盗版。”他把盒子递回给瓦茨拉夫。

“什么是盗版？”瓦茨拉夫问。

“哦，你知道吗？在B线地铁隧道里面总有个男的，在地上铺了层毯子，上面摆满了碟片在那儿卖，就像那种。”

“五块钱四张啊，五块钱四张啊！”简娜西斯摹仿着地铁过道里卖碟小贩的吆喝声在那叫开了。

瓦茨拉夫也记起来了，是的，他在坐地铁去科尼岛的路上见过这么个人。当时，他是按妈妈教的办法来对付他的：如果在地铁或公共汽车上遇到别的成年人，必须眼睛瞧着地，脚步不要停，绝对不要盯着对方看，但要保持镇定，一定不要惊慌失措。

“这个一定是从那个人那儿买来的，或者从别的类似的人那儿买的。”尤利塞斯总结道。这时亨特先生在教室前面清了清嗓子，要开始上课了。尤利塞斯压低了声音，继续解释道，“他们只不过是把正版复制一份，然后拿到街上或别的什么地方贱卖来赚钱。”

“但这是爸爸给我买的……”瓦茨拉夫说。

“没错，”尤利塞斯说，“从盗版的人那儿买来的。”

瓦茨拉夫决心要调查清楚，一定得把这个盗版的问题查个水落石出，魔术大师大卫·科波菲尔怎么能如此被人当作赚钱的工具呢？

与此同时，瓦茨拉夫先得把今天一天捱过去。他必须静下脑子，很多事都得先放一放不再去想，包括列娜尚未答应去演出，以及早上与妈妈之间尴尬的谈话，特别是一想起爸爸他就生气：他不但不跟他当面把事情说清，或者像美国电视里的父亲一样，向儿子传授做男人的诀窍，反而还在他背后搬弄是非。

他禁不住在心里琢磨，爸爸作为礼物送给他的影碟怎么会不是真的，甚至有可能是从大卫·科波菲尔先生那儿偷来的呢？瓦茨拉夫心里忐忑不安，对他而言，魔术师绝对不该做这种事，因为将来，他的世界巡回表演是要赢得所有一切的，包括整个国家和他的拥趸们的绝对信赖。还有，这盒糟糕的影碟，是爸爸迄今为止在他一生中为他做过的最棒的一件事。当然，爸爸曾给予他生命并把他带到这个世界里来，　这点没有被考虑进去。瓦茨拉夫并不觉得这有什么特别需要感恩的，因为除此之外，他还做过些什么呢？

带难闻午餐的人

瓦茨拉夫一想到马上便能在ESL课上见到列娜就格外兴奋。他打算把盗版DVD的事告诉她。因为他知道，列娜肯定会特别善解人意地安慰他，即使她只是听听，什么都不说，也会让他觉着舒服很多。对瓦茨拉夫来说，列娜真能起到这样的作用，只要有她在身边，周围的一切都会顿时变得美好起来。瓦茨拉夫着实希望自己也能让列娜有同样的感觉。

ESL课教室的门上贴着张海报，上面用各国不同的文字书写着“欢迎”的字样，有俄语、日语、中文、朝鲜语和阿拉伯语。

瓦茨拉夫走进教室，看见黑板上写着“欢迎你，请把上回布置的作业拿出来并找一位同学互对答案”。瓦茨拉夫的心情顿时变得糟极了，因为他的作业还没做完。这种情况在瓦茨拉夫身上并不常见，他一直都按时完成作业的。光说瓦茨拉夫没完成作业，只道出了一半真相或者说是撒了个谎。事实上，瓦茨拉夫根本就连笔都没动，更谈不上做完英文作业了。瓦茨拉夫整个就把英文作业的事忘到爪哇国去了。昨天，他妈妈问他作业有没有做完时，他含糊其辞地说有，其实他还剩最后一样没做：英文课的练习题。他本打算稍后再做，但结果后来发生那么多事便给忘了。

如此一来，瓦茨拉夫的烦心事又添了一桩：盗版碟，列娜不同意去演出，与妈妈的尴尬谈话，现在又加上没完成作业，所有这些事在瓦茨拉夫心里交织着，滚烫的泪水不知不觉涌入了他的眼眶。

"椅子！请大家都找把椅子！"毕史班诺太太大声说道。

毕史班诺太太老把这句话挂在嘴边，但瓦茨拉夫总觉得它意思不是很明确，他知道她是想叫所有的学生都在椅子里坐好，而不是让所有的人都去找把椅子举起来，再说了，让他们找把椅子举起来干嘛呀？[1]

此时，瓦茨拉夫已来不及跟列娜讲盗版碟的事了，他打算趁没人的时候悄悄跟毕史班诺太太老实交代他忘了做作业，这是他一年来唯一的一次，他会向她保证明天一定补上，再拿来让她检查。只是今天已经太晚，他无论如何也没法交差了。

列娜与玛利娜和克里斯蒂娜一起走进了教室。上这门英文课的女生里，只有那两个女孩在学校里人缘特别好。她们俩都是一头金发，留的发型也如出一辙，都是扎着根辫子，而且都让辫子在头的一侧垂着，看着让人觉得她们的头似乎会被辫子拽翻过去一样。

玛利娜和克里斯蒂娜正和列娜讲话，列娜一直在微笑着。瓦茨拉夫对列娜招了招手，想让列娜看见他并过来，他特别想在上课前把盗版DVD的事告诉她。他也想让列娜坐在他旁边，或是前后的座位上，她通常都是这么坐的。

列娜飞快地瞥了瓦茨拉夫一眼，但看来瓦茨拉夫的招呼不如玛

① 此处是由于瓦茨拉夫对英文词组的不理解导致的误会。

利娜和克里斯蒂娜的有吸引力，列娜仍然跟在她们身后并和她们坐在了一起。瓦茨拉夫隔着大半个教室，远远地注视着列娜，这时毕史班诺太太从他身后走了过来。

“瓦茨拉夫，你的作业呢？”她的语气一如平日，似乎她刚刚说出的并非此刻世界上最令人恐怖的一句话。

“呃……”瓦茨拉夫嚅动着嘴唇，却没能说出只言片语，只不过出了点声而已。

瓦茨拉夫想告诉毕史班诺太太他有心里多内疚，想告诉她他多想马上便把作业补上，他想说，他甚至愿意吃午饭的时候留在教室把作业做完。但当他的嘴最终张开的时候，冒出来的却是他的哭声。

毕史班诺太太倾下身来，凑近了对瓦茨拉夫说，“别着急，你先去卫生间把鼻涕擤干净，这件事我们下课以后再谈。”

听到老师这么说，瓦茨拉夫更加委屈地哽噎起来，他想回答说“好的”，声音却被他的哽咽堵在嗓子眼里出不来。

瓦茨拉夫朝列娜望过去，而列娜却挪开了目光。其他所有人都在盯着他看，惟独列娜不往这边瞧。

爱斯基摩学

瓦茨拉夫从卫生间回到ESL的课堂以后，毕史班诺太太通知他，鉴于此前他还从未缺过作业，所以只要他明天能把作业补上，这次她可以让他过关，瓦茨拉夫心里的一块石头总算落了地。但他却没能抽空与列娜聊上几句。他们俩上课时不在一个组，下课以后瓦茨拉夫还没来得及收拾好铅笔和橡皮，列娜便已经与玛利娜和克里斯蒂娜一道离开了教室。

放学后，瓦茨拉夫在校门外等着列娜。从他站的地方能够观察到从两处校门出来的所有人，而出来的人也能立刻看见他。如果列娜出来，他肯定能从这儿看见她。几乎每天早上，瓦茨拉夫都等在列娜家门外，而下午放学后，他又会在校门口等她。瓦茨拉夫这样做是为了确保每天都能和列娜一起上学和回家。瓦茨拉夫突然心想，如果他不等她，列娜会不会等他呢？他立刻又觉得这个问题问得太傻，因为那还用问，列娜一定会等他的。

瓦茨拉夫一边站在那儿等，一边想起了学校的操场。冬天很冷的时候，外面到处都是雪。积雪、碎石头和地上的冻土夹杂在一起，看上去特别脏，那个样子总让瓦茨拉夫想起妈妈在家烤蛋糕时,拿白糖、香料、红糖、奶油、鸡蛋和水掺在一起拌好的蛋糕粉。瓦茨拉夫就这么想着，那本来瞧着特脏的雪便仿佛一下子变得美丽动人起来，让瓦茨拉夫即使在严寒中也能感到一丝暖意。

瓦茨拉夫还有过这种感觉，有时即使天气再冷，但只要有些人和你在一起或你心里在想着某些人，你的内心便会如同点了把火一样温暖，让你觉得自己仿佛是个爱斯基摩人，对哪怕是极冷的天气也能安之若素。但也有别的一些时候，因为某种原因,你会觉得整个世界突然间变得冷冰冰的，就你孤零零的一个人,觉得特别冷，而其他人却都一个个过得热火朝天，让你觉得自己恐怕会一个人永远这么冷清下去。即使在炎热的夏天，有时你也能体会到那种冰冷的感觉。

时值深秋，刺骨的寒风断断续续地掠过。但瓦茨拉夫仍然在等待列娜。阳光斜斜地照在他的脸上。他有种好温暖的感觉。

等待的时间越来越久，他也觉得越来越冷。其他的孩子们陆续走出校门，有的是兄弟姐妹们走在一起相互闹腾着，有的是几个好朋友嘻嘻哈哈地凑在一块，还有几个人结伴跑到一旁的碎石路上去玩球，其中有几个来自危地马拉的小孩，他们的妈妈们刚从街角的摊子上买来了裹着脆糖的西班牙炸油条给他们吃。瓦茨拉夫站在那里,眼睁睁地瞅着眼前的这一切。

这时,列娜出现了，她和同班的四个女孩在一起。列娜朝瓦茨拉夫这边直接看了过来，她的目光与他的短暂地接触了一下，但接着,却见她张嘴与同行的女孩们大声说笑起来，而对瓦茨拉夫在那么醒目的地方等她仿佛视若无睹。几个女孩一起,拐了个弯,朝大街走去。

瓦茨拉夫低着头,跟在列娜和她那帮朋友后面走，眼瞅着长长的一段人行道被他的脚步飞快地抛在身后，一会的工夫他们已从P大道走到了U大道与第7街的街口。当来到列娜的姨所住的公寓楼时,他看见列娜跟她的伙伴道过别,然后,她把头发使劲甩了甩,飞快地跑上通往大门的楼梯,进了门并把门在身后关上。列娜始终没回过头看瓦茨拉夫哪怕一眼。瓦茨拉夫独自站在外头,他的心都凉透了。

合家欢烤肉馆

瓦茨拉夫从背上取下书包,把它扔在人行道的地上。他打开书包前面的夹兜，他记得，在塞在里面的小玩意儿、铅笔头和几张糖纸中间，还有一美元的零钱。结果还真被他找着了。于是,他便向离这有两个街区的合家欢烤肉馆走去，他想弄点喝的，同时再考虑考虑他的计划下一步该怎么实施。

合家欢烤肉馆紧挨着他妈妈常去买食品的那家俄国超市。每次去那家超市，妈妈都要向瓦茨拉夫逐一指出，有哪些东西是在宰顾客，还有哪些东西不如她自己在家做的：即使把她的一只胳膊剁了,她也能做得比这里的要好得多。

合家欢烤肉馆里面全都是木板墙。那里有一个很大的玻璃柜子,里面有好些摆满各类食品的大盘子，有用保鲜膜包着的羊肉，有尖上特别脆的包肉卷心菜，还有手工制作的羊肉香肠和粉红色的洋葱。这些食物都是点单现烤的。瓦茨拉夫从装饮料的冷柜里取出一罐“胡椒博士”，放在柜台上。

“一元整，”店主泽弗对他说。瓦茨拉夫把整好一元的零钱放在柜台上。平时，瓦茨拉夫总要同泽弗聊上几句，尤其是每当泽弗想考考瓦茨拉夫英文的时候。但今天瓦茨拉夫没这个兴致。

泽弗把“胡椒博士”塞进一个大小正好的棕色纸袋里递给瓦茨拉夫，瓦茨拉夫接过来，选了个靠窗的位子坐下。他在那里长坐不起，暗自伤神，而与此同时，蓬松温暖的大衣又让他懒洋洋的觉得很舒服很惬意。他边用吸管嘬着罐子里的“胡椒博士”，边看着窗外人行道上来来往往的行人。尽管买这罐饮料花的钱已经是去科尼岛看马戏表演的一半地铁费用，但瓦茨拉夫觉得，自己要成为一位出色的魔术师还有一段很长的路要走。有时,为了让自己能重新打起精神，即使倾囊而尽以换取片刻的欢娱，那也值得。

瓦茨拉夫深深吸了口气，他对自己说，此刻他面对的这些小麻烦跟他的远大目标相比，根本不值一提。他反复提醒自己，世上的某些事是上天早已安排好的。作为一位年轻的魔术师，他必须时时叮嘱自己，他的梦想上应天上的星相。想到这，他把喝完的“胡椒博士”的罐子从纸袋里掏了出来，“啪”地一声重重地把纸袋拍扁在面前的桌上。他从书包里拿出支笔，开始列一个重要的单子：

重要的事情：

1. 总有一天会成为一位出名的魔术师

2. 列娜会成为一位迷人的助手

3. 无论遇到什么困难和障碍，都应该坚持不懈

无论如何

瓦茨拉夫清楚自己该怎么做。每天早上，他会去列娜家门口等她一起上学，下午也仍会等她一起放学回家。他会同她一道走，同她聊天，满足她这样那样的条件，以此来说服她无论爸妈同不同意，她都跟他一起去演出。瓦茨拉夫兴奋地冲出合家欢烤肉馆，此刻，他身上爱斯基摩人的感觉又复活了，他已经冒着严寒走了数英里，而现在，他又任凭书包不停地在背上颠簸，一路跑过剩下的四个街区回了家。瓦茨拉夫决定尽快把作业做完，这样，他便有更多的时间来思考和计划。说到作业，瓦茨拉夫马上想出了一个可以向列娜开出的条件，他觉得这个主意百分之百能行。

第二天早上，瓦茨拉夫在列娜的房子外面等她一起上学。他打算给她开出一个他知道她无法拒绝的合作条件。

列娜从大楼里推门出来看见瓦茨拉夫时，她推门的那只手停在了门把上，她站在那里看着他，棕色的眼珠在眼眶里转了一转。今天，她把头发扎了个小辫，搭在头的一侧。这是她以前从没梳过的发型。列娜重重叹了口气，然后飞快地走下楼梯来到人行道上，也没停下来跟瓦茨拉夫打个招呼，便开始向学校走。

瓦茨拉夫很有信心，他在列娜身后一路小跑地跟着，开始了他的说服工作。

“列娜，我有个好主意。我们继续准备演出，同时也继续争取得到爸妈的同意。”列娜没停，仍然在走，瓦茨拉夫接着说，“但如果有必要，我们得在没被允许的情况下搞一个秘密演出。”列娜的步子仍没有慢下来，也没回头看一眼，甚至都懒得跟瓦茨拉夫说一声“不”。她只是不停地走，仿佛瓦茨拉夫根本就不存在。

列娜走到R大道和第8街的街角时，终于停了下来，这个街口交通特别拥挤，她可不想被车撞到。因此,列娜不得不和瓦茨拉夫靠得很近地站着，但她紧绷着一张脸，扭过头去不愿看他。

“我帮你做作业，怎么样？”瓦茨拉夫边说边从侧面观察列娜，他注意到列娜一边的眉毛往上耸了一下，额下绒毛般的发丝边挤出了一圈细细的皱纹。

“所有的作业，”瓦茨拉夫再一次强调，列娜的眉毛还往上耸着。“每一天的都包了。”列娜的眉毛终于落了下来。

“ESL的呢？”列娜问。

“ESL的，我也包了。”他说。

列娜深深地吸了口气，笔直地看着他的眼睛。

“好吧，”她说，“但一定要保密，不能让我的朋友们知道，我们俩不能在学校里讲话。”列娜朝四下里看了看，肯定没有旁人能听到，又说，“放学后我们在你家里碰头。不能在外面。也不要一起上学。”

“好，就这么定了。放学以后，我们开始排练。”

“先把作业做完，”列娜说，“再开始。再见。”

列娜说完就走开了，她走的那么快，瓦茨拉夫被一个人落在街角，看着车流打身边呼呼地开过。瓦茨拉夫从心底感到高兴，他的助手总算又回来了，至于她是不是自愿的，瓦茨拉夫并不很在意。他还没有察觉到，他唯一的朋友，与他自幼青梅竹马的列娜，不想让别人看到她和他在一起。他仍然觉得列娜会永远都是他的演出助手，甚至有一天会成为他的妻子。所以今天，虽然他不能再陪列娜上下学，虽然列娜告诉他别让她在新结识的朋友面前出丑，瓦茨拉夫却一点也不觉得难过。

给她一个归宿

这天放学后，瓦茨拉夫便全部按照列娜吩咐的在做。几乎是全部吧。是，他也做了几件列娜不让做的事。是，下课以后，他曾在教学楼外面等她来着。是，在下课前他就早把书包整理好，只等铃声一响便要冲出教室。是，他坐着，等着，浑身像通了电一般，急切地盼望铃响的那一瞬。没错，下课铃刚响，他便已冲出了教室。没错，他违反了走廊里不许奔跑的纪律而在楼道里一路狂奔。没错，他出了教学楼又把自己藏在一棵大树后面，在那儿等着列娜从教学楼里出来。没错，后来他又离得很近地跟在列娜他们后面，近到能听到她与玛利娜和克里斯蒂娜之间的说笑声，而且还一直跟着她走回家。但是，但是他一直都躲在路边的灌木丛后头，邮筒后头，或是路边的车后头，列娜并没有发觉他近在咫尺，也并不知道他近到能听见她的声音。

没错，他是没有做到在排练开始之前不去打扰列娜。没错，他也没按她所吩咐的，放学后直接回家并在那儿等她。他而是一路尾随着她一直跟到了她姨家门口。瓦茨拉夫觉得自己做了件很好的事，他一路护送列娜回家，让她在路上没有一刻是孤伶伶的一个人。他觉得尽管列娜不希望他这么做，但能这样时时刻刻替一个人着想，是件极其美好的事情。

瓦茨拉夫一直在街边注视着列娜，列娜的举动把他搞糊涂了。列娜与玛利娜和克里斯蒂娜一起走，在街边同她们说了再见，声音奇大地笑了几声，然后很快蹿上了去姨家的台阶，把手搭在姨家那扇纱门的插销上。但接下来，她并没进门。瓦茨拉夫躲在街对面的大邮筒后面看，只见列娜的手一直搭在门上，目送着玛利娜和克里斯蒂娜，直到她们拐了个弯在街角消失。这时,列娜没进到她姨的屋里去，而是飞快地从台阶上跑了下来。瓦茨拉夫从蓝色的大邮筒后面闪出身来，微笑着使劲朝列娜招手。列娜看到了，却突然停住了下台阶的脚步。

瓦茨拉夫看得出列娜在生气，因为她脸上不再是平日那种傻乎乎聚精会神的样子，而是充满了怒意。她深深吸了口气，把眼睛睁得大大的，使劲瞪着瓦茨拉夫。

瓦茨拉夫知道自己没有完全按照列娜的嘱咐去做。可他仍然不确定列娜为什么要生他的气。他们总是做什么都在一起。他从来没有想过，或许列娜不想跟他在一起，或许她想说话、思考和做事时都不跟他在一起，或许她想和别人、而不是和他去做那些事情。他以为，只因为列娜的新朋友是女孩，而女孩们要有女孩们的专属时间，这是很自然的事，就像他在电视上看到的那样。他以为，女孩时间一结束，列娜就会迫不及待地来看他；她会很高兴看到自己在等她，陪她一起回家并立刻着手准备演出。

列娜需要别人帮她做作业，瓦茨拉夫很清楚这点，但列娜心里的那种没有归宿的感觉却不为他所知。他不懂，为什么列娜不愿进她姨的屋里，哪怕只是进去把书包放下，喝杯水或者上个厕所。对列娜的生活，瓦茨拉夫看到的只是一个个字母，而看不到它内在的实质和规律，有时，他甚至连里面所有的字母都还没认全。

瓦茨拉夫并不知道，对列娜来说，除了他之外，她无处可去。倘若他知道，他一定会特别愿意把自己当作她的一个归宿，但当时，他不知道。

无处可去

直到发现瓦茨拉夫在跟踪她，列娜今天本来过得还不错。那几个特受欢迎的女孩，从前一直都忽视她，排斥她，从不邀请她参加她们的生日聚会，今天吃午饭时居然叫她与她们同坐在一个餐桌旁。她们连珠炮似地用英语闲聊了好多事，大多数时候列娜都没能插得上嘴，但她也跟着大家一起笑一起附和。一般来说，列娜都不怎么开口说话，因为她的英语不太灵光。

玛利娜和克里斯蒂娜与列娜一样要上ESL课，因为她们俩的英文也不好，事实上，比列娜的还差。但与列娜不同的是，她们并不因此觉得害羞，因为她们从俄国移民来美国刚刚两年。每当有人问她们来美国多久了，她们回答是两年时，所有的人，包括老师、家长和其他的小孩都会感到惊讶，他们都会对她们说，学得不错，坚持下去，你们太聪明了。

而列娜呢，从婴儿时起便从俄国到了美国。自从来美国之后，她一直住在外婆的公寓里，外婆是她唯一认识的人。外婆用她唯一会的语言，俄语，和列娜讲话，所以列娜一直也只会俄语。

等到列娜上幼儿园，因为只会说俄语，所以每天她有一半的时间要上英语补习课，这门课是为那些英文不好或是根本不会英文的学生开的。列娜总是很害羞，不敢大声说话，不敢把她在课堂里学的英语拿来用；而当她回到家，家里又没人说英文，只有俄语。在家里，那种能大声说话，想说什么就说什么的感觉真是太好了。在家里，她想什么时候去卫生间就什么时候去，用不着举手，用不着像在学校一样需要记着说那些请求上厕所的话。更倒霉的是，有次她举手，老师问她有什么事，她却把话给说错了。最难堪的是，有时列娜说了句什么，引起了哄堂大笑，而她自己却不知道别人在笑什么。

每次，当人们问列娜来美国多久了，而她回答说自幼就来了的时候，从没人对她说"学的不错"，或是"坚持下去"之类鼓励的话，因为大家觉得她已经有足够多的时间来学习英语，或许人们觉得她需要的不是英文课而是某种特殊教育。因此，虽然列娜内心里是个非常活泼的人，很幽默，也很聪明，爱唱歌并且还很有主见，但她外表看上去却沉默寡言，而且还非常羞涩。

人们不知道列娜究竟聪不聪明，因为她在课堂上从不回答问题，老师总对她皱着眉头，她从来都是最后一个交课堂练习题。没人会意识到，虽然数字在每种语言里都是相同的，但如果别人用你听不懂的语言告诉你什么是商，什么是除数，什么是进位，那么，你要想弄懂长除法①是很难的。除了瓦茨拉夫，其他所有的人都不知道真正的列娜是什么样子。

但今天不同，对列娜来说今天是崭新的。今天，列娜得以和那帮受欢迎的女孩们一起围坐在大餐桌旁，往常她只能和瓦茨拉夫

---

① 数学中一种除法运算，通常当除数为大数时使用，在运算中每一步都被写出来。

一道孤零零地坐在墙角靠近垃圾桶的地方。虽然是班里唯一没有亲密女伴的女孩，她今天却不觉得自己孤僻和不合群。列娜今天很开心，因为围坐在餐桌边的人似乎没有谁注意到她并没有开口讲话。事实上，大家看上去都很高兴，因为列娜一直在那儿和她们一起笑，对她们说的每件事都点头附和。列娜觉得,大家围着餐桌坐着，有的人该说话，有的人应该只听而不说。列娜想，如果她们那桌需要这种只听不说的女孩，我倒是很乐意加入。列娜得知，她今天之所以被邀请是因为大家喜欢她的可爱和文静。

但是后来，当她看见瓦茨拉夫在街对面，躲在邮筒后头冲她笑着招手，她一天来的好心情便在瞬间坍塌了。她不觉得自己可爱，也不觉得自己文静，她只觉得恼火，觉得自己特别傻。她觉得自己不是个玩意儿，觉得自己特别丑陋：她只有瓦茨拉夫这么一个真正的朋友，可自己却那样刻薄地待他。

列娜不过是想替自己在瓦茨拉夫和那帮很酷的女孩之间，在自己的需求和愿望之间，找到一个合适的位置。列娜并不想伤害任何人，她想，也许她已经找到了一个解决的办法。

揍他，咬他，踢他，冲他吼

“嗨，列娜，没想到我会在这里等你吧。”瓦茨拉夫说，他能觉出列娜在生气，但他想，如果自己表现得特高兴，多说些话让她情绪变好，也许她就不再生气，或者会忘了为什么生气，这样她就会高高兴兴和他一起去练魔术了。

瓦茨拉夫并不怕和列娜吵架。他们俩打五岁起便已相识，自然也少不了吵架的经历。如果你身边有这么个人，命里注定与你不离不弃，你爱他胜过任何其他人，有时候，你便会想着法子要折腾折腾他，刺激刺激他。当这个世界上有一个人能称得上是你的唯一时，你才会跟他吵架，因为他是你无法选择的。这也是为什么世上的兄弟姐妹们在一起时总是会吵得不可开交的缘故。

列娜立在她姨屋门前的石阶上，看着瓦茨拉夫。瓦茨拉夫则站在台阶底下的人行道上，仰着头微笑地回望列娜。如果此刻恰巧有人从旁边经过，他也许会觉得这是个温馨浪漫的场景，就像罗密欧和朱丽叶一般。但这正是列娜所不想见到的，她不想别人知道她花那么多时间与瓦茨拉夫在一起，尤其不想人知道他们在瓦茨拉夫家干的那些特傻特令人难堪的事。她不想让任何人知道，她和瓦茨拉夫曾谈到将来他们俩要结为夫妻的事。现在她想起来都觉得难为情，因为她曾死缠着瓦茨拉夫，要他发誓，三番五次地要他保证他们发的誓都能实现，一遍又一遍，直到他们俩都对之深信不疑。

“走，”列娜对瓦茨拉夫说。

“去哪？”瓦茨拉夫问。

“回家，”列娜又补上一句，“别看。”

“别往哪看？”瓦茨拉夫还是不明白。

“后面，”列娜说，“别往后看。”

于是，瓦茨拉夫转过身，离开列娜家门前的石阶，朝自己家走去。一路上他没回头看过一次。列娜等瓦茨拉夫拐过街角，才跟了过去。她与瓦茨拉夫保持一个街区的距离，不会再近，但始终又还在一起。即使没问也没看，瓦茨拉夫也能知道列娜跟在自己身后不远。他很清楚，身后的列娜曾无数次要他发誓，无论将来怎样，他都一定要娶她。所以瓦茨拉夫一点都不担心。

瓦茨拉夫到了家，头也不回便走了进去。当然，两分钟后，列娜没敲门也没按门铃，直接便走了进来。

什么都别干，先把作业做了

瓦茨拉夫家里没别人。奥列格仍在上班，因为他是开出租的，所以通常他的轮班时间是一大清早开始，吃晚饭前结束。拉西娅仍在国王高速公路旁的那家医疗用品商店上班，她在那主要是接接电话，联系联系顾客，整理文件和库存。这些事让瓦茨拉夫觉得特别没劲。

瓦茨拉夫家住的是一幢房子的楼下那层。整幢房子看上去很大，有一个楼梯通往楼上鲁宾洛娃太太家，楼梯下面还有一个门，则是瓦茨拉夫家。因为他们家正好住别人楼下，瓦茨拉夫有时觉得自己仿佛藏身于一个舒适的狐狸窝中，而有时却又像在一条沉闷拥挤的地铁通道里。他能清楚地听到楼上所有人的一举一动，因为每当他们在自己的地板上活动时，他们便是在瓦茨拉夫家的屋顶上动。虽然上下楼的房间一般大小，但自己家的地板是别人的屋顶感觉上比自己的屋顶是别人的地板要强得多。还有，住楼上的能从窗户看出去，能看到好多树；而楼下的却只能看见地面以下，顶多还有几片枯死了的树叶子。

瓦茨拉夫和列娜穿过客厅，奥列格一会便会回来了。他又会在那里看俄国电视，一直看到呼呼地睡过去。他们又走过卫生间和瓦茨拉夫以及他父母的卧室，来到厨房。两个人都把双肩背取下来，啪的使劲掼在地上。

列娜在桌边坐下来，瓦茨拉夫朝冰箱走过去。开冰箱的时候，瓦茨拉夫总喜欢学奥列格的样子，他把手搭在冰箱门的把手上，倾下身子去看冰箱里还有些什么东西。其实就瓦茨拉夫那么点身高，他倾下身子去连冰箱里的一半都看不到。

“我们先吃点东西吧。喝的我们这有碧然德[①]、葡萄汁，还有混合果汁，你想喝什么，列娜？”瓦茨拉夫利索地把他自己要喝的混合果汁的纸盒拿出来，然后站在冰箱前等着列娜回答。其实，瓦茨拉夫知道列娜不想吃也不会想喝。但有几次，瓦茨拉夫爸妈不在的时候，列娜借口上卫生间，却跑进了厨房，偷偷从冰箱里拿东西吃，有时她甚至会把冰箱里吃的东西塞到她书包里带走。瓦茨拉夫虽然看见了,但他从没提起过。

“什么都别干，先做作业，做完作业再吃东西，最后才是排练。”列娜说道。

瓦茨拉夫知道，列娜做完作业以后不会再吃东西。他能感觉到，她特想马上把作业做完。他有一丝不好的预感，有一点生气，觉得列娜不该那么催他。但他什么都没说。他关上冰箱，把果汁倒进一个以前用来装果酱的空玻璃瓶子。他呷了一大口，然后再一次把瓶子倒满。

他在列娜身边坐下，把杯子放在桌上，刚喝过的果汁在他嘴角四周留下了印子，看上去他好像涂了果汁颜色的唇膏和留了果汁颜色的胡子一般。

“你想先做哪门作业？”瓦茨拉夫边问列娜，边从书包里拿出他的讲义夹搁在桌上。

“数学，”列娜答道。她从自己书包最底下掏出一张数学课的练习题纸。列娜上的数学课是最低的一级，而瓦茨拉夫上的是最高

① 1966年，碧然德于德国发明手提式家用滤水壶，为现时世界第一的滤水器品牌。在文中指用家用滤水壶过滤好的饮用水。

一级。其实，在学校里，数学课并不是按最高最低、最笨最聪明或最快最慢来划分的；它分为黄色、紫色和绿色三个级别，但每个人都知道黄色那一级要补习英文的学生最多，而且那级的作业里图画也最多。列娜的作业纸一直被其他的书压在书包最底下，拿出来的时候，纸的下半截皱得都跟折叠纸扇差不多了。

今天的作业是长除法，瓦茨拉夫去年上的数学课就讲过这个，所以他可以给列娜好好讲讲。瓦茨拉夫心想，他应该告诉列娜，她最大的毛病就是做事没有条理，如果她有条理一些，她会给自己弄几个讲义夹并贴上标签，这样她的脑瓜会清晰得多；如果她不是每次都把作业纸和练习题都弄得皱巴巴的，也许她会对做作业更感兴趣，她的成绩也许会因此要好一些。但瓦茨拉夫觉得，列娜不会想听他唠叨这些，因为他们之间现在很奇怪，虽然是瓦茨拉夫在给列娜帮忙，但他在她面前还得特别陪着小心，好像他反过来还得感谢她、还得给她送礼似的。想到此，瓦茨拉夫不禁又有些生气，但他还是没太把它放在心上。

"这道题，"瓦茨拉夫把列娜的目光引向第一道题，"是问627这个数里面有几个2?"

"'有'是指什么?"

"就是问，627里面包含几个2?"

"一个，"列娜边答边指着627中间的那个2。

"不是问这个。你是一个，我是一个，我们俩加起来是两个，是吧？"

"是，"列娜说。

"我们俩合为一体就成了瓦茨列娜，但我们还是要占两个位置，两把椅子。"瓦茨拉夫边说边在脑子里盘算他该怎么给她演示才好。

“如果现在有627张椅子，那它可以坐下多少个瓦茨列娜呢？”

“我不知道。”

“记住，每个瓦茨列娜需要两张椅子，而且他们俩不能分开。”

“为什么不能？”列娜问道。

“因为，”瓦茨拉夫说，“因为如果分开，就会出现余数，我们接下来就要讲它。”

“那什么是‘余数’？”

“就是我们把瓦茨列娜分开，这时如果只有一个空余位置，或只有一张空余的椅子，那就只能是瓦茨拉夫或者列娜中的一个去坐了。”

“那不行，”列娜忙说。

“这句英语说的很地道，列娜。”瓦茨拉夫夸道。

时间过得既快且慢

瓦茨拉夫花了将近整整一个小时教列娜数学，除此之外，列娜还有ESL布置的一张练习题要做，其他课还有要写的作文。当他们总算开始写最后的作文时，拉西娅已经下班回家。此时，窗外的天已经全黑了，瓦茨拉夫也已经有好几杯果汁下肚。当他们俩准备开始写作文的时候，列娜全身缩着瘫在椅子里，在瓦茨拉夫眼里，她身上长的似乎不是骨头，而是一根根软绵绵的面条。甚至连她的头都往前耷拉着。当瓦茨拉夫让她仔细检查一句刚写好的句子或某个单词的拼写时，她不禁叹了口气，然后把胳膊放在桌上，再把头懒懒地趴在胳膊上，她的双眼几乎都已经睁不开。

“你得自己用笔把这句话写下来，列娜。我可以帮你写，不过那样，老师就能从笔迹上看出你造假了。”瓦茨拉夫说。

列娜叹了口气,叹气声又响又长，仿佛是从她浑身上下的每个毛孔里同时发出来的。

拉西娅在厨房里叮叮咣咣地收拾东西，搅得瓦茨拉夫很难集中注意力。列娜呢,仍像一摊面条一般缩在椅子里。楼上鲁宾洛娃太太家正有人在看电影，喊声、尖叫声，还有枪声和撞车声不断传下来。看电影的很可能不是鲁宾洛娃太太本人，而是她那几个儿子。那几个小子块头都挺大，头发总是抹得湿漉漉的，身上还有杂志里面的那种香水味。他们一年四季似乎总是皮夹克不离身。当他们坐在鲁宾洛娃太太的皮沙发上时，皮夹克和沙发摩擦起来总是发出特好笑的声音。

瓦茨拉夫有几次去鲁宾洛娃太太家借糖、面粉或伏特加的时候，见过她那几个儿子。他不清楚她到底有几个儿子,因为他们看上去长得都差不多。他们让瓦茨拉夫觉得很不舒服，很不安全，因为在他等鲁宾洛娃太太给他取糖的时候，那几个儿子只是自顾自坐在沙发上，连个招呼都不跟他打。

就这样，瓦茨拉夫的脑子里像走马灯似地想着鲁宾洛娃太太的儿子们，还有妈妈在厨房里做饭的声响和气味。妈妈在做什么菜呢？闻上去至少能肯定有洋葱和白菜，因为这两样产生的烟熏味和水汽格外得多。他想不出列娜下一篇关于美国独立革命的作文该写些什么好，列娜一点忙都帮不上，她依然以她招牌式的“列娜坐姿”瘫倒在旁边的椅子里。

“把桌上的作业拿开，把餐桌收拾好，赶紧的。”拉西娅吩咐道。虽然她的用词听上去不是很客气，声音却很甜很温和。当初在俄国苦苦等待办理移民所需的批文、盖章、身份卡和信件等种种手续的时候，她每晚都要看电视剧《法律与秩序》[①]，她的英文很多都是从那里面学的。

瓦茨拉夫合上自己的讲义夹和列娜的作文本，又把桌上的铅笔、橡皮和书都收拾干净。列娜总算把她面条般软绵绵的身子从椅子里拽了出来，她打算去摆刀叉。这时，拉西娅问道，“列娜，你留下来吃晚餐吗？”

“Dah，” 列娜答道。

“讲英语！”拉西娅说。

“Yee-us，”列娜在嗓子眼里嘟囔了一声，她每晚都这样答复拉西娅。虽然今天有一些小的惊喜，但她的生活却依然如故。

瓦茨拉夫得把作业收好从桌上拿开，已经到了吃饭的时间，可他根本还没开始做他自己的作业，时间已经很晚了，他的感觉也糟透了。他开始意识到，今晚既要做完他和列娜两人的作业，还要练魔术，他根本就没那么多时间。

瓦茨拉夫去取盘子的时候，刚好与列娜擦身而过。这时，列娜在他耳边轻声说，

“作业没做完，什么排练都甭想。”那声音像极了一只老奸巨猾的猫。

瓦茨拉夫心里一片了然：从今开始，每天他都得替列娜做完她的作业，而不是教她怎么做。他必须一字一句地告诉她在文章里该写些什么，而根本不用考虑她自己的观点。比如说，如果她活在

---

① 美国电视剧，讲述纽约警察和检察官的故事，跨越19个春秋，1990年首播，至今仍受观众瞩目。

那个时候，她会是一个保皇派还是一个革命派，及其原因。他自己一个人把作业做完就行了，不要让列娜在里面掺和。没办法，只能这么做，并且这也是列娜自己的意思。列娜要怎样，瓦茨拉夫就怎样，因为他们俩合在一起是瓦茨列娜，不能剩有余数。

八个瓦茨列娜，剩余一个列娜

第二天放学后，瓦茨拉夫和列娜按计划的方式各自回家。瓦茨拉夫一个人走回家，而列娜则与玛利娜和克里斯蒂娜一道先回她姨那里，假装进去，然后再到瓦茨拉夫家会合。她无需按门铃，进门穿过那间铺了软地毯和摆着大电视的客厅，直接去厨房就行。这时，瓦茨拉夫已开始热火朝天地做作业。只有这样，他才会有多余的时间来练魔术。

列娜把书包放在厨房的餐桌旁，朝冰箱走去。今天，瓦茨拉夫要从头到尾一个人帮她把作业做好。因为今天他们将要排练魔术，所以她一点都不觉得内疚，也丝毫不觉得自己这么做很卑劣。能把作业搞定让她如释重负，她觉得,她可以同时兼顾玛利娜、克里斯蒂娜和瓦茨拉夫，同他们都成为好朋友。因为今晚要排练，所以瓦茨拉夫闷着头一声不吭在做作业，他没帮列娜拿吃的，甚至连招呼都没跟她打一个。列娜并不介意，但今天她还真想吃点什么。

列娜打开冰箱，从里面拿出一包奶酪条。她回到餐桌旁挨着瓦茨拉夫坐下，开始一条一条慢慢地品尝。旁边的瓦茨拉夫一边做着列娜的数学题，一边在嘴里飞快地嘀咕着。

瓦茨拉夫没有刻意去瞒列娜，昨天她花了数小时才做完的作业，今天他没一会便做好了。列娜为自己不懂数学而发愁，但她早已习惯这样的发愁，看着瓦茨拉夫能如此快便把自己不会的作业做完，她的感觉反而特好，因为那能够让她不再有一丝的困惑和疑虑，能让她觉得一切都在掌握之中。

列娜吃了点零食

列娜坐在餐桌旁吃完了那包奶酪条。她把空袋子扔了，然后从冰箱里取出牛奶，给自己倒了满满一大杯。她三口五口把牛奶喝得精光，随手把杯子放进厨房的水池里。接着，她从冰箱里又拿出一袋白面包，从里面掏出了三片，然后便马上开始享受其中的一片。她把面包掰成一小块一小块，边吃边往冰箱里看,看有没有什么东西可用来做个三明治。找了一会没有，她干脆便往剩下的两片面包上抹满了芥末酱，然后把面包夹在一起。她走回到餐桌边又挨着瓦茨拉夫坐下。瓦茨拉夫仍在专心做作业，她却津津有味地吃上了芥末三明治。芥末三明治吃罢，她起身到冰箱里把装花生酱的罐子拿了出来，又从放餐具的抽屉里取出一把勺，然后,从罐子里舀了一大勺花生酱。她回到桌边又挨着瓦茨拉夫坐下，伸着舌头一点一点把花生酱舔着吃光，随即跑过去,从花生酱的罐子里又舀出一勺。这回她站在那儿三下五除二就把它给消灭掉了。她就这样站着，一勺接一勺地吃，直到那罐花生酱被她吃完为止。正在这时，她听到拉西娅回家开门的声音，便立刻把花生酱罐子的盖子盖回去，盖子还没有完全拧紧,便把罐子塞进了冰箱最里头。然后她回到桌边，挨着瓦茨拉夫坐下，装出一副对他正在做的作业特别感兴趣的模样，甚至还时不时地点点头。

瞒不过拉西娅

拉西娅看到了列娜从冰箱旁手忙脚乱跑开的一幕。做妈妈的感觉,有时就像你突然打开屋里的灯，地上的蟑螂会立刻急急忙忙地想要藏起来一样。如果你仔细留意地上，如果你预先知道蟑螂会要逃跑，你就可能会看到它们措手不及的样子；但如果你一心只想着今天该吃些什么，如果你的眼睛只瞅着天花板上的吊扇，想着上面的灰已多长时间没掸了，那么你就什么也发现不了。拉西娅每次回家总会先往家里最里头的厨房这个方向看。就像那些小虫子，即使你看不到虫子们在惊慌失措之前在搞什么名堂，但你可以从一些蛛丝马迹判断出它们在哪里出没过，它们急急忙忙想往哪里逃，想躲开什么地方，这样它们究竟干过些什么，你便也能猜它个八九不离十。

拉西娅刚才还察觉到列娜在装模作样地对瓦茨拉夫做的事情兴趣十足，所以她径直朝厨房里的桌子走去。她发现瓦茨拉夫在做的习题纸上写的是列娜的名字。接着，拉西娅又打开冰箱检查，发现花生酱的罐子没盖好，罐子里面全是一道道用勺刮过的印子，而不是通常做三明治时用餐刀抹出来的痕迹。

由于此前一连好几个晚上都有反常的举动，所以拉西娅今天格外警觉。她像侦探一样把那些反常的事情在脑子里过了一遍：先是有列娜那天吃饭时的呕吐；接着，是回家看到瓦茨拉夫仍在厨房里做作业，而列娜则在旁边的椅子里懒洋洋地蜷着。这证明事情不妙，因为这太不正常了。正常的话，她回家时应该看见瓦茨拉夫和列娜在他屋里正起劲地练魔术。按拉西娅的规定，他们必须把灯打开，屋门也得开着，脚不能离地上床，她的家里决不能有伤风败俗的事发生。

她突然还想起，瓦茨拉夫昨晚吃饭的时候情绪很低落，就像他经过长时间的较量，刚刚输掉了一盘势均力敌的棋。而今天，这种反常又多了两条：一是列娜从冰箱里拿吃的却又怕被人看见，还有就是列娜根本没在帮着做作业却要装出她有的样子。

拉西娅想弄清楚他们俩究竟怎么回事和这背后的原因。

今晚肯定排练

今晚拉西娅准备了白菜肉汤。来美国以后她才发现，她只需早上出门前把肉和白菜放进慢炖锅，晚上回来便会有一锅做好的地道俄国菜在家等着她，而要做到这一切也花不了几个钱。平时，列娜吃饭都把自己碗里的肉拨到最边上，只到大家都吃完要收拾桌子了才赶紧把肉匆匆吃掉。但今天却不一样，还没等拉西娅坐下拿起叉子开吃，列娜便已把她碗里的肉吃了个干干净净。旁边的瓦茨拉夫却正拿着叉子，把烧煳了的白菜帮子、与根茎连接部位的土豆块和其他他不爱吃的东西从碗里挑出来。

拉西娅看了丈夫一眼，他的手一直没离开过那杯伏特加，每吃一口饭菜他都得嘬上一口。

拉西娅用眼角的余光观察着列娜。列娜正拿勺使劲刮着碗底剩下的肉汤吃，那狼吞虎咽的样子就仿佛地球上能吃的东西只剩下这碗白菜肉汤了。

“作业都做完了？”拉西娅问。

“所有的，所有的都做完了。所以列娜和我吃完饭准备去练我们的魔术，谢谢。”

“不客气，”拉西娅一边答，眼睛一边盯着列娜。列娜仍在心无旁骛地享受着她的肉汤。

“列娜，你吃太快了，当心又跟上回似的弄得不舒服。慢着点，你要不要再盛点?”列娜抬起头，不好意思地看着拉西娅。

“瓦茨拉夫，替列娜再盛一碗。”拉西娅吩咐道。

“今晚你们打算再演点什么戏法？来段魔术，还是来套骗人的把戏？”奥列格朝列娜问道。列娜有些怕奥列格，因为他满脸都是一个个大得跟小洞似的毛孔，格外难看，身上还有股难闻的体臭。他挺着个大肚子，肚皮上的黑毛还常常从衬衣底下钻出来露在外面，而且，他说话从来都是大声嚷嚷。

瓦茨拉夫不想搭理他爸，他也没心思继续在厨房里坐着吃下去。他甚至连排练表演的心思也没有。

每当瓦茨拉夫遇到挫折，他便特别想再看一遍胡迪尼的书。他提醒自己,胡迪尼也是克服了无数困难才最终成名的。他深信，一个人最难能可贵的便是有不屈不挠的毅力和坚韧持久的忍耐力。胡迪尼出名以前好多年一直都默默无闻，一贫如洗，但他在这段时间里勤学苦练，学成了一身他后来赖以成名的绝技。每当想到胡迪尼，他就告诫自己，与困难作坚韧不拔的斗争对铸造自己坚强的性格是至关重要的。他对自己说，将来有一天，也许他会感激列娜现在给他制造了这么多的难题和困难，因为正是这些经历将把他锤炼得更出色更了不起。他把这些话一遍遍在自己脑子里重复着，直到将它铭刻在心。

但是，既要做自己的作业，还要把列娜的那份也完成，瓦茨拉夫毕竟花去了大把的时间，他因此有些灰心丧气。做这些作业占去了他本来要用来苦练魔术的时间，而苦练是成为一位成功魔术师所必需的。瓦茨拉夫心里突然涌起一种想回家的感觉，他想回到一个并不存在的虚无飘渺的地方去。

“我可以不吃了吗？”瓦茨拉夫低着头，看着桌上自己的碗问道，那里面的白菜肉汤还剩了半碗。

“没事，去吧。”他妈妈说道，爸爸则在一旁吸了吸鼻子，笑了起来，也不知道这笑是关心还是刻薄。

瓦茨拉夫从桌旁站起来，把自己用过的碗放进厨房的水池里。列娜见状，赶紧把她第二碗肉汤的最后几口匆匆塞进嘴里，然后也站起来紧紧地跟在瓦茨拉夫身后。她一想到要单独留下来跟瓦茨拉夫的父母待在一起，就吓得心都快要跳将出来。

手　套

瓦茨拉夫一回到自己屋里，便立刻坐在桌前，气呼呼地开始列一个单子。

“我猜我们要练的第一个节目是：盒子遁形。”列娜在一旁说。瓦茨拉夫没搭她的茬，只顾在单子上写下第一条：

服装

“我说得不对吗？”列娜问道。

瓦茨拉夫仍没理她，在第一条下面又开始列另一个单子：

准备科尼岛的演出服装所需的物品

“那，要不我们先练扑克牌，扑克的魔术，”[1]列娜边说边把头从瓦茨拉夫的肩膀上探过去，看他在写什么。

“扑克戏法[2]，”瓦茨拉夫仍不忘纠正列娜的英语。

“好嘞！”列娜答应道。列娜开始觉得有点不太对劲，她本想让瓦茨拉夫高兴高兴，打算在自己得到一些的同时也付出一些，却没料到碰了个软钉子。

“我不是说我们要先练扑克戏法，我是说你的英文cards trick错了。S不在card后面，而应该在trick后面。”瓦茨拉夫解释道。

“那样说为什么是错的呢？”其实列娜也知道一点点为什么那种用法不对，但她还是故意没话找话。瓦茨拉夫却对她的话置若罔闻，仍只顾接着写他的单子：

准备科尼岛的演出服装所需的物品

礼帽

披风

燕尾服

瓦茨拉夫知道单子里还应该有别的东西，他曾无数次在脑子里想象过打扮停当的魔术师的形象，但此刻他一下子却又记不起来魔术师的全部行头都该有些什么。瓦茨拉夫知道，他的思维全都耗在了列娜身上。是因为列娜，他才会想不起来；是因为列娜，他们才

---

① 原文为“cards trick”，有语法错误，列娜英语不好的又一例子。

② 原文为“card tricks”，正确的说法，瓦茨拉夫以此纠正列娜。

会没有足够的时间排练。

“魔术师都该穿些什么？我想不起来魔术师该穿些什么了。”瓦茨拉夫说，本来他只是想问个问题，然而，话一出口，对列娜的一肚子怨气也跟着撒了出来。

“帽子，”列娜怯生生地说。

“这个我有了，”瓦茨拉夫说。

“嗯，嗯，那个长长的，肩膀上面，长的……”列娜努力想记起那个正确的字眼，但这还得让瓦茨拉夫等着，他更来气了。

“你是指披风吗？这个我也有。”瓦茨拉夫说，他知道他的声音有点把列娜给吓住了，因为她的话只说了半截便缩了回去。

“嗯，嗯……”列娜仍在想。

“你想说什么？我还等着呢。”

“嗯……”列娜的“嗯嗯”声越来越发抖。

“算了，算了。”瓦茨拉夫说完，转过头去接着写自己的单子。

“嗯，嗯……”列娜仍在想，她的声音听上去犹如一段高低婉转的小提琴曲。

“不用了，”瓦茨拉夫说道。这时，列娜在瓦茨拉夫椅子后面的地板上坐了下来，泪水默默地从她眼里夺眶而出，在脸上四处流淌。她不想让他知道自己在哭，于是哽咽着说道：“手套。”

列娜的声音很低，她的俄国口音把l的音发得过重，按美国的发音标准，发o时嘴型太圆，v也不是很清晰，e几乎是在嘴里一带而过，s根本就没什么声音。尽管如此，瓦茨拉夫却心有灵犀，一听便立刻知道她指的是手套。

瓦茨拉夫根本没注意到列娜在哭。他喜滋滋的，因为加上这双手套，他在科尼岛木板步行街的演出服装便全都有了。他若穿上那身行头，看上去便会和真正的魔术大师别无二致，这让他着实打心底里高兴。

他绝对需要一双白手套，雪白的手套能让他的一举一动格外醒目，手套能像一根无形的钓丝把观众的视线拴在自己的指尖上。对魔术师而言，能否做到让观众的视线跟着你的手转是至关重要的，因为有时魔术师朝观众挥手，告诉大家往这边看，他可能是在声东击西。瓦茨拉夫是从《魔术大师年鉴》里学到的，那书里说，如果你想弄明白魔术师是怎样营造出魔幻效果的，只有一个办法，那就是当他说“大家仔细看我做这件事”时，你一定要仔细观察别的地方，因为他那样说就是企图转移你的注意力。

“去科尼岛表演你打算穿什么？”瓦茨拉夫问列娜，因为一个楚楚动人的助手的穿着在魔术表演里也很重要，就如同白手套的作用一样，它也能像一根无形的钓丝把观众的眼睛拴住。助手之所以存在是因为她能把观众的视线从魔术师身上转移到别处，有时就是转移到助手本人身上去。

“你觉得你该穿什么服装呢？”瓦茨拉夫又问了一遍。

这时，列娜不哭了，她长长地吸了口气。刚才的不快已渐渐被她抛在脑后，现在她开始兴奋起来，因为她想穿的是希瑟·哈莉黛的那件金色而且有流苏边饰的比基尼泳装。

列娜第一次见到希瑟·哈莉黛是在她四岁的时候，那是她第一次观看著名的科尼岛马戏团的演出。就在那一天，她还第一次见到大海，第一次见到过山车，第一次闻到了热狗的味道。也就在同一天，她第一次去了瓦茨拉夫家，第一次与瓦茨拉夫相见。

事情的起因：列娜与瓦茨拉夫的初次见面

列娜的姨叶卡捷琳娜一直都在抱怨，为了照看列娜，她不得不错过挣小费多的好班次，因为她晚上不是要接列娜放学，就是要守着她睡觉或是给她弄些吃的当晚餐。姨向很多人发过牢骚，其中包括她的男朋友。此人有份替别人收拣废弃包装盒的差使，经常穿着件T恤站在街边过烟瘾。给他这活儿的便是国王高速公路旁的那家医疗用品公司。因为拉西娅也在这家公司做前台接待，他们便互相认识。因此，他知道拉西娅也有个看上去五岁出头和列娜差不多大的孩子。

这位男友烦透了姨没完没了的牢骚，而且对她挣钱少也一肚子意见，再加上列娜总是一声不吭待在他们的公寓里也挺碍事，于是他灵机一动便与拉西娅商量，约好了日子让两个小孩在一起玩一次。

初遇之前的瓦茨拉夫

能找到一个同学校的小孩陪儿子玩，拉西娅觉得很高兴，因为瓦茨拉夫从俄国初来乍到，美国对他来说是个全新的世界，更别提有什么朋友了。事实上，从他们移民来美国到现在，还从没有朋友上门来跟他玩过。拉西娅很兴奋，她几乎是一路小跑着回家，想急着把这个消息告诉瓦茨拉夫。

“瓦茨拉夫，把电视关了，我有件事要告诉你。”她还不是很习惯全部用英语同儿子讲话。当初她决定从今往后在家只能讲英语，那个决定作得很干脆，但等到真让她用不是自己母语的语言来同儿子说话，那就难多了。难就难在找不到英语中适当的词汇来表达自己的意思，尤其是当要谈的内容在俄语中都找不到恰当的词汇来描述时。即使她懂阿拉伯语，懂国家地理频道上介绍过的非洲嗒嘴语[①]，这时也帮不上忙。即使她通晓世界上所有的语言，她可能还是说不清她想要对儿子说的感受。她想讲的大致是下面这个意思，但不完全准确：

> 我总是为你的孤单而觉得不安，在这里你没有要好的朋友，别的小孩都拿你当怪物看，每想到这一切，我的心就痛得如同有人把我的皮肤剥下来，还往上泼硫酸一样。我们来美国，对你的将来是一个最好的决定，即使你自己尚未意识到，但我们对此确信无疑。每当你看着我们，埋怨我们让你过这种不习惯的生活，我们能清楚地感觉到；当你看着我们，埋怨自己有这样的父母时，我们也能感觉到。

“放的是录像，我可以摁暂停。”瓦茨拉夫说，他的眼睛滴溜溜转了一转，拿遥控器的手对着大电视挥了一下。屏幕上，大卫·科波菲尔正从表演馆的顶篷慢慢降落下来，而此刻他不得不被瓦茨拉夫暂时定在了半空。

拉西娅在大沙发上舒服地坐下来，她用手拍了拍身边的位子。瓦茨拉夫本来一直坐在地上看电视，此时才站起身来。他原来坐的地方离电视屏幕不到两尺远，因为他觉得，只有离得越近才越有可能猜出大卫·科波菲尔魔术背后的秘密。

“我今天碰到一位女士，她有个和你一般大的女孩，”拉西

① 南非著名的一种有嗒嘴音的语言。

娅停下来，看了瓦茨拉夫一眼，她注意到他的一只眉毛往上抬了起来。虽然不太乐意，不过还好，拉西娅心想，至少他没生气，这表明他还挺感兴趣。

“这个女孩打小便从俄国到了美国，她的父母都不在身边，她也很害羞。”看到瓦茨拉夫并没打断她的话，拉西娅便接着说了下去。

“她没几个朋友，英语也不大好，所以我想让你和她一起玩，也许你可以帮帮她学英文，也许你们俩能成为好朋友。”瓦茨拉夫翻了下白眼，看起来他似乎对这件事既反感又没兴趣而且还挺烦。他问道：“她叫什么？”

“叶连娜，他们管她叫列娜。”拉西娅答道。

“好吧，”瓦茨拉夫说。

“这个礼拜六她过来跟你玩，”拉西娅说，“也许我们可以安排些活动，比如去科尼岛。”

初遇之前的列娜

那个礼拜六的早上，列娜醒来后便去了厨房。她的姨叶卡捷琳娜正穿着睡衣坐在厨房里，手指间拈着一支烟，一边喝咖啡一边翻着当天的报纸。虽然已是清晨，但姨却刚刚下夜班回家，还没开始睡觉。姨看了一眼列娜，什么都没说，列娜也没吱声，但她暗地提醒自己要保持安静。每逢早上，姨的情绪便不大好，清晨的这段时间令她头疼，她特别烦列娜在早上弄出什么动静来。

列娜想找点东西当早餐，但厨房里并没有多少吃的，没有麦片和煎饼粉，冰箱里也没有牛奶、橙汁、蛋或奶酪，只有冷藏箱里的几罐减肥饮料和冷冻柜的伏特加。食品贮藏柜里只有一些不方便食用的罐装食品，对列娜尤其不便，因为她不太会使开罐头的工具。

列娜把食品贮藏柜的门轻轻关上，没让它发出一丁点声响。她不想再找了，她打算回屋去，也许在床上再躺一会能打发点时间。等姨睡下以后，或许她可以偷偷从她的包里拿一块钱，去街角那家西班牙食品店买点吃的，或许她可以把冰箱里的减肥饮料拿一罐出来喝，但饮料如果剩的不多了的话，那也行不通，因为那样姨便会发觉少了一罐，会冲她大喊大叫的。

“把衣服换好。今天你要去你一个朋友家。”列娜的姨冲她说道。列娜有些糊涂了，因为她并没什么朋友。

但列娜也清楚，自己除了照办没别的选择，因为姨是用她一贯毋庸置疑的口吻通知她的。于是，列娜回到自己屋里，换上衣服，系好鞋带，一切都准备停当，就等着去她朋友家。

星期六早上

瓦茨拉夫很早便醒了，却发现妈妈比他起得更早。瓦茨拉夫还闻到空气里有擦洗家具用的柠檬洗涤剂和漂白粉的味道，每逢家里待会儿要来客人，那天早上便能闻到这种气味。每年赶上户外第一个好天气，他们便会打开家里所有的窗户，那个时候，家里便也能闻到这种味道，它有一种令人格外兴奋的感觉。

瓦茨拉夫和妈妈一起为今天订了个计划：拉西娅要带瓦茨拉夫和列娜一起乘地铁去科尼岛，他们俩可以在游乐场玩游戏，然后他们再回家，午餐可以吃三明治。不论是拉西娅还是瓦茨拉夫都很为这个计划兴奋，因为他们都知道，瓦茨拉夫将有一个新朋友，他们也都知道，他们是在为列娜做件好事。但他们没料到的是，这一天将会给他们带来一连串的后果。当时他们尚不知道，这件事好的一面会与其不好的一面掺合在一起，如同化学物质一样发生反应，从而使坏的那一面变得更糟，反之亦然。他们更没有预料到，瓦茨拉夫和列娜会因为撞见著名的科尼岛马戏团，会第一次亲眼观看魔术表演并看见希瑟·哈莉黛，还有她那件金色有流苏边饰的比基尼泳装。他们真没想到后来发生的一切都是那一天引起的。

叮咚，你好

叶卡捷琳娜带着列娜朝瓦茨拉夫家走去。列娜心里七上八下的没个头绪，她不想姨把她一个人留下；同时，她也不想让屋里的人看见姨上夜班时化的那种妆，因为姨出门时没来得及洗掉。但可惜的是，列娜对这一切都无能为力。姨紧紧地拽着列娜的手腕，并且使劲往上提着，列娜的身体得扭过来，肩膀才不会被拧痛。她们在门前停下来站着，摁了门铃。门铃响过之后，列娜便马上听到门里有了动静。

在门里，瓦茨拉夫和妈妈当时正坐在大沙发上，家里上上下下都已收拾干净，电视也关了，他们正兴奋地静静等待着。门铃一响，他们两个人都站了起来，但瓦茨拉夫却似乎突然想起要拿件什么东西，掉头便向自己屋里跑去，他过于紧张，过于兴奋，还有，他不愿列娜知道他刚才一直坐在那儿等她来着。

拉西娅过去开了门。门打开的时候，叶卡捷琳娜正急不可耐地又一次摁门铃。拉西娅使劲盯着叶卡捷琳娜看。叶卡捷琳娜的头发从根上开始染着深棕色，中间一段是桔红，接下来又变成了耀眼的白与金黄的混合色，所有的头发在头顶被紧紧扎成马尾，垂到脑后。她穿着如今年轻妈妈们都爱穿的粉色连衣裤，这个打扮让拉西娅觉得，仿佛世界上存在着一个与她老死不相往来的部落人群。她脚上蹬着一双透明塑料质地的细高跟鞋，脸上也被浓浓地涂抹过一层，让人觉得她若不化妆，脸上原本没有五官似的：她的眉毛画得又粗又黑，与头发上的任何一种颜色都不相同，眼眶四周的眼影描得又深又重，嘴唇边也描着粉红的唇线，甚至在她的脸和下颚交接处也描了一道粗线，而这道线与她脖子的颜色搁在一起又显得泾渭分明。

拉西娅打量完叶卡捷琳娜，又看了看列娜，列娜正使劲攥着叶卡捷琳娜的手，看上去特别害怕。拉西娅心里有些难受，刚开始是因为她自己没有女儿的缘故，可后来则是因为听说了列娜的经历和叶卡捷琳娜所从事的职业。她想把这个小女孩小心地捧在手心里，给她吃饱，搂着她，给她安全。

“你好，”列娜的姨说。

“你好，很高兴见到你们。”拉西娅说。

“我得走了。我晚上来接她回去，没问题吧？”列娜的姨问。

“可以，没问题。”拉西娅答道，尴尬地意识到自己本来想着叶卡捷琳娜会到家里坐一坐，她厨房里已经煮好了茶准备给她沏上一杯，她想着列娜很快便会和瓦茨拉夫玩到一起，这样她自己便可以和叶卡捷琳娜聊聊列娜和瓦茨拉夫，聊聊做父母的心得和周围社区的情况，了解一下哪里有好的放学后的儿童看护中心，或者交流交流来美国以后碰到的困难和挑战。她原来还想，也许她们会成为朋友。拉西娅为自己心里的孤独感到惊讶和难堪。这种感觉以前也有过几次，在食品店，在公共汽车上，那种孤独感会悄无声息地倏然袭至。

“那好吧，再见。”列娜的姨叶卡捷琳娜说罢便转过身，踩着尖尖的高跟鞋，沿着弯弯的碎石人行道扬长而去，她连半个字也没对列娜说，没有类似“再见”，“玩得开心点”，“我爱你”或是“表现好点”什么的，也没有诸如“我不在乎能不能再见到你；我讨厌你”①，“玩过山车开心点”，“第一次看见海，你得好好看看”之类。她的姨转身便走，把列娜晾在了那里。

拉西娅注意到列娜的眼角还残留着几块睡醒后的眼垢，这让她心里更加难受。她难以置信地站在门口，目送列娜的姨边走边点着一支烟，蹭蹭地向远处走去。

瓦茨拉夫的隆重出场

“列娜，快进来，你能来我们真高兴。来，把鞋脱了搁这儿。”拉西娅边说边指着门边他们家一溜排开的鞋。那里有她的平底鞋，有她老公特难看的上班穿的鞋，还有瓦茨拉夫的一双鞋跟会闪光的新款鞋，鞋面上则是尼龙搭扣，因为在美国，即使是小孩也没时间系鞋带，而且所有的东西都得带闪光的才好。

列娜走到那一排鞋前面，让自己的脚整好停在与那排鞋一条线的位置上，列娜今天穿的是双帆布轻便鞋，所以她根本用不着伸手去脱，只见她上身站着连动都没动，只是用左脚尖把右脚上的鞋捅了下来，接着又如法炮制，用右脚尖把左脚的鞋捅了下来。就这样，列娜没怎么动便把鞋脱了，整个过程中她的目光一刻也没离开过拉西娅。

---

① 原文是“don't care if I ever see you again;I hate you”，这是歌曲《再见》里的歌词，原作者是克里斯蒂娜·德巴吉（Kristina DeBarge）。

瓦茨拉夫站在客厅旁边的走廊里偷偷看着，列娜进门后的一举一动都没逃过他的眼睛，包括她毫不费力地脱鞋，和她准确地走到她打算放鞋的地方再脱，这样脱下之后便不用再挪。瓦茨拉夫心里暗笑了一下，走上前来作自我介绍。

“你好，我是瓦茨拉夫，很高兴见到你，欢迎你来我们家玩，我能不能给你拿些喝的？”瓦茨拉夫说道，他尽力使自己听上去不像是在念台词。列娜听到了，却一个劲低着头，眼睛瞅着地，害羞地摇了摇头。

“好吧，”瓦茨拉夫说。瓦茨拉夫在脑子里琢磨为什么列娜不开口回答，为什么她会害羞地看地上，他渐渐也觉得有点尴尬。虽然他刚才说的是“很高兴见到你”，但这当然不是他第一次见到列娜，因为他们俩上的是同一所学校，而且还在同一个ESL班上课。瓦茨拉夫觉得脸上有些发烫，心里也忐忑不安，他看了看列娜，她此刻的神情跟他一个样。

他们仨，一位妈妈，一位小魔术师和一个小姑娘，就这样静静地站在那，看着眼前的地板，谁也不说话。

“有没有谁出发前要上个厕所吗？”拉西娅打破了这阵沉寂。

“我不用，”瓦茨拉夫说，“我刚才已经上过了。”他看了看列娜，她还是没说话。

“那好，我去撒个尿然后我们就出发。”拉西娅转身去了卫生间，留下列娜和瓦茨拉夫两个在那儿盯着地板使劲地瞧。

身高不足44英寸的儿童

一起去地铁站的路上，为了同列娜交流，瓦茨拉夫和他妈妈想方设法找了些列娜可能感兴趣的话题，他们用很简单易懂的英语交谈，希望列娜能听懂，同时也为了让列娜觉得她是他们当中的一分子。但他们并没有强迫列娜开口说话。他们谈到了夏天过后瓦茨拉夫和列娜都要开始上小学，也谈到了瓦茨拉夫最爱看的电视节目，还有街头巷尾的一些琐事，但列娜却始终没有加入他们的谈话。

他们顺着东16街开始走，拐上U大道，一直走进地铁站，又沿着阶梯登上月台。瓦茨拉夫和他妈妈一路都围着列娜转，他们想让列娜走在他们中间，但列娜却只顾低头瞅着地，走得特别慢，所以瓦茨拉夫和妈妈老得走着走着便往回退几步，才能把列娜保持在他们俩中间。他们这么做是因为只有以这样的阵势走，看上去才有一点他们仨今天是在一起出游的意思。

列娜有些不知所措。除了她外婆和姨之外，她还从没和别人一起外出过。外婆在世的时候，他们很少出门，因为外婆身体虚弱，所以总有流动供膳车[①]的志愿者们免费为他们送饭上门，列娜便可以和外婆分享那些食物。即使他们偶尔出趟门，也只不过是去街角的小店买些卫生纸和垃圾袋之类的东西。列娜的姨几乎哪儿都没带她去过。

列娜也从没坐过地铁。她害怕，是因为她身无分文。她的心思和瓦茨拉夫太不一样。瓦茨拉夫什么事都高枕无忧，因为有妈妈给他提供所需的一切，有妈妈替他操心要准备些什么并帮他准备停当。而列娜需要用钱的时候她的姨却从没给过她，列娜只开口向姨要过一次钱，就一次，以后便再没为钱向她开过口。

---

① 为行动不便的老弱人群提供送餐上门服务的福利项目。

他们离地铁越走越近，这时列娜担心自己没钱买票，她不好意思开口问瓦茨拉夫和他妈妈借钱。而且，即使她有钱，她也根本不知道该怎么进站，怎么买票。她心里怕极了。

他们来到地铁站入口时，列娜停下脚步，不肯再往前走。入口处参差交错的栅栏门看上去犹如一只笼子，让她不知如何是好。她注意到别人手里都有一张橘红色的票，插进机器里才能进去，而她却没有。

瓦茨拉夫站在列娜身边，他对着金属笼子对面值班亭里的人挥了挥手，指着自己的头又指指列娜，然后伸出两个手指在头上晃了晃，只听金属笼子的门“嘎吱”响了一声，瓦茨拉夫握着列娜的手对她说，“来，我们一起过去。”接着，为了不让列娜觉得尴尬，他又补了一句，“两个人一块过去更好玩些。”

列娜惊讶极了，瓦茨拉夫竟然认识值班亭里的人，他竟然知道做个什么手势便可以让人把那扇特别复杂的门打开，让他们俩免费进去。当时她还不懂，后来瓦茨拉夫才告诉她，一个持有票的成年人乘坐地铁和公共汽车时，可以免费带三个身高不超过44英寸的儿童与之同行。等后来瓦茨拉夫告诉她，关于地铁站的疑问才在她心里解开，取而代之的却是一种全新的自由的感觉。打那天起，瓦茨拉夫握着她手所给她的那种安全感，便一刻也不曾从她心里消失过。

进了地铁车厢，瓦茨拉夫带着列娜选了最好的座位坐下，不但在车厢最里头，背冲着车开的方向，而且还靠窗。列娜目不暇接地四下看着，而瓦茨拉夫的眼光却一直没离开过列娜。拉西娅坐在他们俩对面，把皮包搁在膝盖上，看着对面的一切。

在Q线地铁上

车厢里，列娜的眼前是这样一幕画面：一位满头卷发的白人老太太，挎着个大皮包，穿着双大皮靴，正与一位在自言自语的黑人搭讪；地上有一瓶喝了一半被人扔掉的果汁，瓶子在地上滚来滚去，不时磕在乘客的脚上；一位西装革履的男士从地上捡起一份别人扔下的报纸，看完后把它夹在胳膊下，下车时带着它一起扬长而去；有个男人只剩有一只胳膊；有位女士像医生一样戴着双手套；另一位很瘦削的女士用纸盘乘着鸡肉，正旁若无人地大快朵颐；三位年轻的姑娘正忙着相互帮着在脸上化妆；有两位老太太手拉着手；有一个十几岁的男孩嘴上没长几根胡子，头上却戴着个硕大无比的耳机；有位女士拎着个塑料袋，里面装得满满的还都是塑料袋；有三个男人戴着大黑帽子，在脸颊两侧个个都留着卷发；还有三位都推着婴儿车的妈妈，她们的发型一模一样；有个男的跪在地上睡着了；有位妈妈正一边用衣服遮着一边在给婴儿喂奶；有个女人戴着一副大墨镜在默默地流泪；而旁边两个穿白衣红裙的少女却在嬉笑着讲悄悄话。

瓦茨拉夫注意到列娜正在观察这所有的一切。瓦茨拉夫坐地铁时一般都看窗外，除非有什么极特别的事。比如说，有时有没穿鞋的流浪汉把自己打扮成一个外星人，或是有谁在车厢里扯开嗓子大声地唱歌，这才会让他转过头来。

列娜打量完车厢里面，便开始往车窗外看去。在窗外，列娜依次看到的是：铁路边一户户住家狭小的后院，里面堆满了小孩的玩具，一排接一排的绳子上晾晒着各式衣服，墙壁上四处可见的五颜六色的涂鸦，一堆堆见过和从没见过的垃圾，各种建筑的屋顶，被人遗忘了的大型户外广告，用黑色颜料喷写着联系人姓名的小型广告，还有天空，树上的鸽子，内克路的站台，Z大道的站台，最后终于看见了“科尼岛／斯蒂威尔街”的站台标志，就是说,该下车了。

上了色的世界

下车的时候，瓦茨拉夫又牵住了列娜的手，他指着月台和车门之间的那道缝，提醒列娜当心。下车后，他们沿着月台朝出口的台阶走去，拉西娅在他们身后紧紧跟着。因为以前来过科尼岛，所以瓦茨拉夫知道怎么出站，但他还是回过头去，看妈妈是不是在后面跟着。

当他们从高高的月台上走下台阶，一股热风迎面吹了过来。列娜从风里隐隐闻到一股类似超市里鱼摊上的味道。他们穿过瑟福大道，看到好几个热狗摊子、一个卖塔罗牌的大婶和三三两两穿牛仔短裤的小孩和姑娘们。从这些人的头顶上往远处看，列娜和瓦茨拉夫便可以见到游乐场里过山车的车道，它像条蛇一般蜿蜒着。从两街之间的空旷之处，从过山车、摊贩和行人的缝隙中再往远了看，列娜能看见沙滩，再往远，便是大海。

列娜自幼便在狭小的棕灰色的公寓里长大，和她棕灰色的外婆相依为命。她每天沿着灰色的水泥路走去满是棕色砖墙的学校上学，在她眼里。这个世界也就那么两种颜色。

他们三个人一道，在一个挨一个的游戏摊、衣帽摊、食品摊和熙熙攘攘的人群中快步地寻路而行，但前面的每个人都仿佛在挡着他们的去路。瓦茨拉夫觉得他们已经浪费了大把时间。列娜紧紧攥着瓦茨拉夫的手，却不再像在地铁上一样左顾右盼，她的眼光越过所有的障碍，一直笔直地在朝前看，一刻也没离开过远处那片蓝色的大海。

经过好一阵人挤人人碰人，他们三个总算来到靠海的那一头。沙滩上搭的供游人散步的木板路，被阳光照得已经有些发烫，落在木板上的每一步仿佛都敲在钢琴的某个键上，脚下会发出“咯吱”一声。拉西娅在路边找了张长椅坐了下来。

“就一会儿，”她说，“我们歇歇。”外头太热了，拉西娅早已经汗流浃背，腰酸腿痛。

“妈，走吧，我们去玩儿吧。”瓦茨拉夫催道。

“一分钟。”拉西娅说。

“一个密西西比，两个密西西比，三个密西西比，四个密西西比……[①]”瓦茨拉夫开始一秒一秒地数起时间来。

“听着，热锅上的蚂蚁先生，我的意思不是刚好一分钟，我说的是歇一会儿[②]。”拉西娅说。瓦茨拉夫气呼呼地看上去像是马上就要爆炸了。

“快点吧，”他说，“时间都耽误了，快没时间玩儿了。”他简直都快控制不住自己了。拉西娅抬头看了看前头横亘在空中的摩天轮。从她坐的地方，她可以看见摩天轮上吊挂的一个个座舱和坐在里面的人的头顶。看上去他们离得很近。

“快点，”瓦茨拉夫又开始催了，“快，快，快！”

“好吧，听着，”拉西娅终于说道，“你们直接去摩天轮，坐

① 美国人在童年时候学的一种数秒方法，因为读Mississippi这个单词刚好大约需要一秒钟时间。

② 英语词组one minute有一会儿的意思，瓦茨拉夫以为妈妈指的字面意思一分钟。

一趟，然后马上回到这来。”她随即给了瓦茨拉夫十张一美元的零钞。为了不让电视新闻里的那些可怕的事发生在儿子身上，她给瓦茨拉夫定过很多规矩，她也花过很多时间跟儿子解释为什么要定那些规矩。瓦茨拉夫知道不要与陌生人讲话，知道有事可以找警察帮忙，知道如果被人纠缠便大声求救，知道万一走丢就待在原地等，而不到处乱走。所以让他自己去玩五分钟应该没有问题。

“太棒了！”瓦茨拉夫兴奋地说，“列娜，咱们走。”

拉西娅目送着瓦茨拉夫走远，渐渐没入正在排队等着坐过山车的美国人当中。她忽然觉得周围的世界在旋转着远离自己而去。她默默地坐着，不知不觉哭了起来。瓦茨拉夫走的时候连头都没回，这让拉西娅心里悲喜交加。她是那么疼他，她爱他那弱小的身体，爱他额前翘起的头发，还有他光着上身时那瘦骨嶙峋的小模样。可其实，儿子已经长大，他已经知道，当身边的女孩害怕的时候，要过去牵起她的手。

身高在35—44英寸之间的儿童

瓦茨拉夫和列娜横穿过木板路，朝远离大海的一端走去。瓦茨拉夫牵着列娜的手，几乎得拖着她才能走得动。列娜老是边走边回头去看海，她想看看海是不是在移动。因为海水看起来似乎在朝她涌过来，然后再退回去；仿佛一不当心海水会悄悄涌上来，赶上她，把一切都给卷走。她在脑中想象着海水冲上岸来，涌进所有的摊位和游乐场，想象着一切都被水吞没，想象着自己坐在摩天轮的最顶层，漂浮在浪巅之上。

“我们先坐摩天轮！那里没人排队！”瓦茨拉夫说。他赶紧拉着列娜的手朝入口跑过去，生怕很快会有一堆人冲过来。

瓦茨拉夫和列娜在入口处等着里面的人来收钱。大门上刷了一层蓝色的漆，从油漆剥落的地方能看见蓝色底下原来漆的是一层绿色，再往里还有橘红色和黑色，最最底下是红色和一层铁锈。

收钱的人走了过来，说："嘿，小丫头，你还得再高些才能坐这个摩天轮。"他指了指旁边用木头雕的一个小丑，小丑的一只手手心向下，往前伸出，在小丑肚子的部位醒目地写着几个字：你得有这么高才能乘坐！

这个人与列娜讲话的声音挺大，但列娜听不懂他在讲什么，她扭头看着瓦茨拉夫，脸上露出一副害怕的神情。瓦茨拉夫看了看小丑，又看了看列娜，他知道无论如何他也没法说服那个看门人列娜达到了进去的高度，即使让列娜踮起脚尖站着，也还是无济于事。

"没关系，本来这个也没什么好玩的。"瓦茨拉夫说。列娜不明白到底怎么回事，她不知道那个小丑是干什么用的，也看不懂小丑身上写的字，她只知道那个看门人不许自己坐摩天轮，而瓦茨拉夫丝毫没有怪她的意思。

于是，瓦茨拉夫和列娜回到了拉西娅坐着休息的长椅旁。

"我们没法坐摩天轮，不符合规定，"瓦茨拉夫说，"我们要换一个别的玩。"他转过身去，指着远处的过山车，"就是那个，"他说。

"好吧，你们可以去玩，玩完马上回来。"拉西娅吩咐道。但过山车的入口处也有个小丑在提醒他们，这次他俩的身高都不够。瓦茨拉夫想，再去试试别的游戏，妈妈也应该不会怪他们。于是瓦茨拉夫和列娜在大片的游戏摊位中钻来钻去，他们看了一个又一个，但所有的摊位前都有个量身高的小丑把在门口。当他们偶尔看到一两处摊位前没有小丑，急着想进去时，突然间却会有人从旁边把一直搁在角落里的小丑又给搬出来。

但瓦茨拉夫并没泄气，他拉着列娜穿过了整个游乐场，来到了另一端，他们几乎又回到了瑟福大街，从这里列娜根本看不到海。如果他们走的是相反的方向，就会看到专门给儿童设立的游戏项目，可惜事实并非如此。

瓦茨拉夫和列娜背对着游乐场站在街角，他们前方正面对着的是整个布鲁克林，整个曼哈顿，以及整个美利坚合众国。他们当时还没意识到，此刻他们正站在名闻遐迩的科尼岛马戏剧院的正对面。

名闻遐迩的科尼岛马戏剧院

“只要五美元！”忽然，有人在他们身后大声吆喝。他们回过身去看，只见在一幢刷得五颜六色的建筑前立着一个袖珍舞台，上面站着一个头戴黑帽身穿燕尾服的汉子在那嚷嚷。那幢建筑上一张挨一张贴的全是写着怪胎秀和啤酒之类的海报，再加上入口处那黑洞洞的样子，让瓦茨拉夫觉得他和列娜也许还是不够入场的年龄。

“男的女的，大人小孩啊，高的矮的，胖子瘦子啊，赶紧过来，赶紧入场了啊。”那汉子又吆喝上了，虽然他这一嗓子吆喝没落下任何人，但瓦茨拉夫仍然觉得他和列娜应该离这个地方远点。这个地方感觉怪怪的，让他禁不住想起有一次在录像出租店的经历：当他只在前厅四下看录像带和DVD碟片时，根本没人管他，但后来他转着转着迷了路，不是因为好奇，而是因为不小心钻到了一个大黑门帘后面，这时店里的员工便开始对他大喊大叫，弄得他又尴尬又害怕，而更多的却是义愤填膺。

瓦茨拉夫急着想找件特带劲的事来让列娜高兴高兴，但他们又玩不了游乐场的那些游戏，因此他决定冒个险。他把所有的钱都递给那个在吆喝着“赶紧入场”的人，那人把屁股往前收了收，把瓦茨拉夫的钱塞到了屁股后面的裤口袋里，然后把手伸过来与瓦茨拉夫握手。瓦茨拉夫握着他的手，心里却担心这个人会马上又把他们俩赶开，而且作为惩罚，还要把他的钱没收掉。但是，那个人却握着他的手一个劲地上下摇着。

“看这个表演你算是选对了，孩子，演出快开始了，赶紧进去吧。”那人松开了瓦茨拉夫的手，他们俩便走了进去。里面先是一条黑咕隆咚的过道，过道尽头有一个醒目的标志牌，上面写着著名的科尼岛马戏剧院，这排字下方画了个巨大的箭头，顺着箭头指的方向，有一扇黑色的大门，上面还踹了几个脏鞋印。

瓦茨拉夫把门推开，和列娜走进了剧院。一股兴奋感刹那间传遍他们的全身，那感觉从头顶开始一直传到鞋袜里头的脚趾尖上。他们俩不动声色地看着表演，外表看上去十分平静，但在他们的头脑里，呼吸声、笑声和喝彩声在恣意地充盈激荡，在这些声音的挤压之下，他们的眼珠子瞪得越来越大，惟恐错过台上接踵而至的一个又一个节目。因为怕妈妈担心，他们看了一半就出来了，但这一半演出已经足够改变一切。

从剧院出来后，瓦茨拉夫和列娜赶紧回到了拉西娅身边。他们俩不谋而合都觉得看马戏表演这件事应该成为一个秘密，谁都不能告诉。当你发现有些事触及到你心灵深处的时候，你便觉得应当为它保守秘密。因为一旦你把它告诉别人，而别人因此说些怪话或者甚至嘲笑你时，你会受到很大的伤害。而且瓦茨拉夫知道，自己并没有一五一十按妈妈要求的去做，马戏表演和游乐场的游戏并不是一码事。所以，如果他告诉妈妈的话也许会有麻烦。于是这件事便成了一个秘密。

当拉西娅问起他们在游乐场玩得怎样时，瓦茨拉夫告诉她他们玩得特开心，但他现在已经想回家了，因为天气实在太热，而且其他剩下的游戏也没多大意思。到家后，瓦茨拉夫和列娜便马上一头钻进瓦茨拉夫的屋里，他们要好好单独回味一下刚才看过的演出。

他们做的第一件事是把马戏表演中所有演员的名字列一个单子，并记下每个演员表演的节目和他们的服装及道具。

五年后的又一个秘密

"希瑟·哈莉黛的那件带流苏边的金色比基尼，"列娜说道。她声音很低，像呼吸一样轻，仿佛她不是在跟瓦茨拉夫讲话，而是在面对空洞洞的宇宙自言自语，在轻声祈祷。

瓦茨拉夫从椅子里往下看了看坐在地上的列娜。从他眉鼻之间流露出的疑虑被列娜一览无余。

"希瑟·哈莉黛的那件带流苏边的金色比基尼，"列娜重复道，"最合适。"

瓦茨拉夫觉得那类衣服列娜穿并不好。但同时他也知道，列娜盼着能有机会穿那件服装不是一天两天了。

"那好吧，"瓦茨拉夫说，"你的就这么定了。"列娜笑了，她立刻便开始琢磨怎样才能仿制出一套有史以来世上最迷人的魔术师助手的演出服。

“今晚我们就得着手制订演出计划，我们还是从列单子开始。”瓦茨拉夫对列娜说，列娜听了马上挨着窗户趴在地板上，她把四肢尽量伸展开了，以便她的手可以够到他们放在床底下的那个魔术盒子。他们为首演开列的单子和计划全都保存在那个盒子里。瓦茨拉夫也咔地趴在了列娜对面的地板上，他手里攥着支笔和一个记事本，准备开始列一个新单子。列娜郑重其事地把盒子盖轻轻揭起来，似乎惟恐惊扰了盒子里面正在酝酿中的魔法。

他们俩开始把盒子里众多单子上的蜡封去掉，逐一仔细地读了一遍。他们从他们俩第一次见面那天的单子开始看起。那天从科尼岛回家以后，瓦茨拉夫把他们所耳闻目睹的全都写了下来，连节目主持人介绍每个演员的原话也一五一十记录在案。

“伟大的弗雷蒂尼”的拿手节目

1. 世界上最糟糕的魔术师*
2. 恐怖魔术①
3. 吞剑
4. 口技
5. 变身术，幻术和飘浮术**

*“伟大的弗雷蒂尼”并非在世的魔术师中最伟大的一个，大卫·科波菲尔才是；他也不是有史以来最伟大的魔术师，那应当是已经过世了的哈里·胡迪尼。但他当然也不是最

① 类似钉子穿鼻的魔术。

糟糕的，他的这个滑稽节目里穿插了喜剧和笑话，其实他也是个不错的魔术演员，他的很多戏法和幻术都不赖。

** 这是瓦茨拉夫最喜欢的一个节目。

“伟大的弗雷蒂尼”的服装

据瓦茨拉夫估计，“伟大的弗雷蒂尼”身高约七英尺，体重约三百磅。他穿过的服装包括：

1. 带斑马纹和金属亮片的燕尾服
2. 无尾晚礼服
3. 阿拉丁样式的阿拉伯服装

希瑟·哈莉黛的拿手节目

1. 吞剑
2. 吞火

希瑟·哈莉黛的服装*

希瑟·哈莉黛有好几件精心挑选的服装，包括：

1. 带流苏边饰的金色比基尼

*列娜认为，有关希瑟·哈莉黛的一些重要事项包括：她是世界上最年轻的表演吞剑的演员；她非常可爱；她从一个摩

门教的家庭中离家出走，这听上去似乎不是件什么好事；还有，就是她曾经被闪电击中过。这些已经足够了。列娜认为得知希瑟·哈莉黛曾被闪电击中过这件事至关重要，因为很显然，是闪电赋予了她某种神奇的力量。**

**了解这些情况对列娜来说是件好事，因为她也正期待自己能出现神奇的力量。但瓦茨拉夫与生俱来便已拥有了这种力量，他打出生起便拥有毋庸置疑的神奇魔力，这是个不争的事实。

瓦茨拉夫欣赏着这张由他亲笔书写并配有列娜图画的精美清单。将来有一天，当杰出的瓦茨拉夫和他的助手，可爱的列娜，享誉全球的时候，他们体育馆演出门票售尽的次数将会打破大卫·科波菲尔的纪录，现在起草的这些文件到那时将会在拍卖会上被人这样拍卖："成交，价格十亿美元。"

像这样的文件还有很多。

全部清单的总单：

服装
制作服装所需的材料
获取做服装所需材料的地点
幻术
表演幻术所需的材料
获取表演幻术所需材料的地点
日程安排

需要制作的道具

用于变化的道具

用于飘浮的道具

用于遁形的道具

用于变成鸽子的道具

鸽子要变成的道具

这便是他们列出的所有单子。

迷惑人的幻术

对瓦莰拉夫而言，他们首先该准备的无疑是幻术表演。因此，他把那张写着“幻术”的单子拿出来开始过目。单子上列了好多种可供表演的幻术，有“神奇的缩身女孩”，“鸽子变硬币”，最后还有个“让观众遁形”的戏法。

“列娜，科尼岛的演出，我们就先练这三个节目。我刚想起来，我们还要为这次演出想几个备用的名字。我先在总单里头加上一条‘可供参考的演出名称’，然后我们就开始列这个新单子。第一个可以考虑的是‘科尼岛木板步行街的盛大演出’，我们还可以再想别的。等把这三个节目练好，我们可以再加一个遁形和一个悬浮的节目，最后再以另一个遁形的节目来结束演出。我再写一个节目先后顺序的新单子，而且把它也加到总单里去。”

在瓦莰拉夫忙着更新他的清单和清单的清单时，列娜自己也列了一个单子。

金色比基尼要做的[1]

买件金色的比基尼
偷偷弄些金色的布料
胶水
带流苏的花边

越过列娜的肩膀，瓦茨拉夫能看见她列的单子。他越看心里越不安，甚至比最初听到列娜谈论带花边的金色比基尼时还要紧张。他担心，列娜如此一门心思扑在她的比基尼上，可能会把事情弄得一团糟。瓦茨拉夫思考再三，仍然觉得这种“两件头”而缺中间那部分的比基尼实在不适合列娜，但却又架不住列娜本人乐此不疲。

“列娜，我们先来排练，然后再考虑如何准备表演当天的服装。”瓦茨拉夫说，列娜同意了，因为她已经写完单子，而且对自己的计划非常满意。瓦茨拉夫和列娜首先练的是让硬币遁形的戏法，瓦茨拉夫练的是解说和如何引导观众的注意力，而列娜则在下工夫完善她以各个角度运用手腕的技巧，以便能熟练地把观众的注意力引向该去的地方，而远离那些不该去之处。

因为这次演出需要保密，所以他们决定在瓦茨拉夫的屋里制作那个用来表演遁形的箱子，他们可以先把它藏在瓦茨拉夫的壁橱里，乘拉西娅不注意再把它搬到屋外去。列娜十分赞同这个建议，因为希瑟·哈莉黛在科尼岛的马戏表演中就表演了从箱子里遁形的

① 这句话不通，这是列娜英语不好的又一个例证。

节目，列娜希望自己与真正的希瑟·哈莉黛一模一样。

那天，瓦茨拉夫和列娜一直排练到很晚，因为凑巧拉西娅看电视看着看着睡着了，直到快十点她才过来把他们打断。

“列娜，你姨来电话了，让我送你回家。”拉西娅说道。

列娜的就寝时间

瓦茨拉夫知道妈妈在撒谎，列娜也知道她在撒谎，拉西娅本人就更别说了，因为她就是那说谎的主儿。但他们每个人都装作列娜的姨真的来过电话，他们装得都很逼真，因为每天晚上他们都要演这么一出。

列娜把自己的书包收拾好，开心地把做完了的而且百分之百正确的作业放进包里，准备明天上交。然后，她把鞋穿上，系好了鞋带。拉西娅也随便踩上一双平底鞋，便同列娜一起朝她家走去。过第一个街口时，为了安全起见，拉西娅抓过列娜的一只手握在自己手里，这一握便一直到她们走完今晚这段路才松开。

每一次叶卡捷琳娜晚上不回家照看列娜，每一次她表现得极其不负责，不让人信赖而且没有爱心的时候，拉西娅就更加觉得，疼爱列娜的使命已经被赋予到自己身上，而她是那么地心疼列娜。

到了家门前，列娜上台阶的时候有意识地慢下来一级一级地走，好让拉西娅跟得上。她拉开外面的纱门，扶住它等拉西娅过来，然后才打开那扇又重又大的门，走进漆黑的公寓。拉西娅紧跟着也进到屋里，嘴里不停地嘟囔着，列娜在这儿安不安全啦，屋里有没有藏着生人啦，一切都还正常啦什么的。每次她送列娜回家，都要如此这番嘟囔一遍。

列娜进屋后,便把门口的灯打开。拉西娅往四周瞧了瞧，屋里的那个乱劲儿跟昨天送列娜回家时看到的没什么两样。

拉西娅耐心地等着。列娜走进了她睡觉的那间屋里。拉西娅觉得那绝不能称之为一间卧室，充其量只是能让列娜躺一宿的一间小屋，而且它也根本不适合给列娜这般年幼的小女孩当卧室。如果瓦茨拉夫是个女孩，拉西娅绝不会把他的卧室布置成这样。

拉西娅等着，每次当她听到下面的这些声音，就知道列娜已经准备完毕：

列娜打开然后又关上衣柜抽屉的声音；

列娜把靠墙斜放着的床垫竖直起来的声音；

床垫倒下来拍在地板上时“啪”的那声巨响

拉西娅听到所有这些声音以后，便走进列娜的屋里。她默默地走到屋角去拿毯子，那是一条杏黄印花带粉色丝边的毯子，摸上去早已磨得不成体统。列娜这时则待在床上等着。

“好了，”拉西娅说，“我们把床铺上。”拉西娅自打第一次开始，每回晚上送列娜回家都要把这句话说上一遍。第一次说，便是在列娜第一次见到瓦茨拉夫和看见希瑟·哈莉黛的金色比基尼那天。

拉西娅走到床垫旁，双手捏着毯子的两个角，胳膊迅速地向空中一挥，把毯子唰地在列娜的身体上方展开，然后让它轻轻地落下来罩住了整个床，甚至把列娜的头也罩了进去。

拉西娅最开始替列娜这样盖毯子，是因为每晚她都替瓦茨拉夫如法炮制。这是晚上睡前他们俩必不可少的一个节目。瓦茨拉夫会爬到床上，身体僵硬一动不动地躺在那儿，这时拉西娅便假装没看见床上有人，装作铺床的时候不留心把瓦茨拉夫盖到了被子底下，接着，她还装作被被子底下莫名其妙隆起的一个大包弄得手忙脚乱，最后，不得不讲一个睡前故事来设法让那个顽固的大包消失。

第一次把列娜当瓦茨拉夫哄的那天晚上，拉西娅实在想不出别的什么好法子。她先是在家等了很久，以为会有人来接列娜，最后却不得不决定自己把她送回家。在列娜家门口按了门铃，又等了好半天才盼到叶卡捷琳娜慢腾腾地从里面出来开门。这姑娘开始还一副无所谓的样子，到后来脸上才稍稍流露出一丝不安和羞愧。然后，拉西娅跟着列娜进了屋，她往四周打量了一番，目光所及之处看到的是堆得满满的快要溢出来的烟灰缸，棱角锋利的玻璃面的咖啡桌，和满屋到处乱挂的衣服。她当时一下子愣了，不知该怎么办，情急之下，她便做了当时唯一还会做的事。她让列娜到自己的床上去，然后跟着她进到卧室里。列娜把床垫放倒在地，然后转过身来，似乎想说什么却欲言又止。过了一会儿，拉西娅才反应过来，赶紧找了个借口从屋里出来，让列娜可以脱下衣服。

过了片刻，她又回到屋里，吩咐列娜到床上躺好，列娜乖乖地照办，她却装作不知道列娜已经到了床上。

拉西娅开始表演她那套睡前的节目，但当她说“我们来铺床”或“这床上从哪鼓起这么一个大包”之类的话时，列娜并不像瓦茨拉夫那样被逗得嘻嘻直笑。对这个睡前的例行节目，她似乎是顺从和欢迎的，可她从来不笑。虽然列娜的反应如此平淡，拉西娅却丝毫没想过在表演这套节目的时候要偷工减料。

那晚，拉西娅和列娜玩这个游戏是因为她在过去的五年中每晚都必不可少要玩上一次。所以，她接下来又假装想方设法要把床上鼓起的大包弄平，她使劲把毯子绷紧，还使劲把大包四周的毯子抹平，但这些都无济于事，最终她只得说道：“好吧，床上的这个大包，你赢了，行了吧？那就让我给你讲个故事吧。你如果实在拿一件事或一个人没办法，你就只能给它讲一个又长又乏味的故事，这样才会让它自己消失掉。”

冗长而乏味的故事

拉西娅挨着列娜的脚边坐在床上，床也就是一张铺在地上的垫子。

“好，我们开始，故事是这样的。”尽管拉西娅一直都禁止在家讲俄语，今天她却用俄语给列娜讲这个睡前故事。她担心列娜听不懂英语，还有,她这么做也有为她自己的原因。

“很久以前，在一个很远的叫莫斯科的地方住着一位公主。顺便说一句，如果你知道这个地方的话，现在的莫斯科与很久以前的它是完全不一样的。这个故事里的莫斯科很美很美。这个故事里的莫斯科不会有满大街都是人们在排队买面包的事。那时的莫斯科，人们都是拿着货真价实的钱到离家很近的糕点铺买刚出炉的面包，那时的钞票绝不像现在一样还不如废纸值钱。从前的莫斯科，你上街的时候绝不会碰到有人坐在路边的水沟旁，在你路过的时候冲你大喊大叫，还伸出一只在古拉格[①]被折磨得五指不全的手向你比划。

“喔，我们讲到哪了？有一位公主，这位公主喜欢像农民一

① 前苏联的劳改集中营。

样穿着破破烂烂的衣服在集市里闲逛。因为像所有故事里的公主一样，她讨厌当公主，她没意识到自己是多么幸运。相反，她喜欢假装自己不是公主，因为这样才会让她觉得自己是一个普普通通的女孩。

“有一天，天气棒极了，她在集市闲逛的时候撞在了一个男孩身上。真的，当时她正目不转睛地看一个瞎了双眼的老太太在叫卖装在水桶里的煮鸡蛋，她正百思不得其解，怎么会有人去买被那个老太太的脏手摸过的鸡蛋呢？于是，她一头撞在了这个男孩身上。她摔倒在地，这时旁边正好有辆马车经过，险些直接从她头上碾过去，把她的头像西瓜一样轧扁。但男孩飞快地抓住她的手，把她拽到自己身边，救了她一命。当然，她已经被吓得晕倒在他的臂弯里。

“公主醒来的时候，她的白马王子正跪在她跟前，他的脸离她那么近，都快碰到她的鼻尖。最开始，她有些怕他，过了片刻，她便开始猜他叫什么名字；再过一会，她已经非常想知道他所有的情况；再后来，一想到他将永远地离开她，她将永远失去他，她便心急如焚。她已爱上了这个男孩，更何况他还救了她的命。尽管男孩救她的时候并不知道她是位公主，但这时他也已经爱上了她。因为，她生来便是公主。对公主来说，就是这样：男孩们会无缘无故地对她们一见钟情。

“接下来，公主和男孩像所有坠入爱河的人儿一样，他们在集市旁边的一条破巷里找到几个桶子，便把它们放倒在地，在这个又脏又破的地方坐了下来。他们不在乎自己又饥又渴，也不在乎自己又累又乏，也早忘记了他们的妈妈们还不知道他们上哪去了。他们把自己知道的所有事情都尽情倾诉给对方听，所有他们喜欢的，不喜欢的，他们最钟爱的颜色和书籍，甚至他们最喜欢天上下哪种类型的雨：是疏疏落落往下飘的小雨呢，还是劈头盖脸往下砸的暴雨。

“后来，公主告诉男孩自己是位公主，而男孩也告诉公主他是农夫的孩子。其实，这一点公主早已从他的破衣服上看出来了。

“公主泪眼婆娑地对男孩说，她必须得回城堡去了。

“她还愁肠满腹地告诉他，他们俩以后不能再见面，因为她那位刁钻蛮横的国王父亲是不会允许的。

“男孩对她说，‘没关系，我们可以一起出逃到别处去。’

“她的心里七上八下，拿不定主意。是，她是爱他，但她也爱当公主，她也爱她的母亲和姐妹。这一生，除了在国王的城堡里，她还从没在别的地方住过。是否能真的做到出逃在外并且永远不回来，她自己还不是很肯定。

“他对她说，他可以给她时间考虑清楚。

“他告诉她，从今晚开始，他会连续一百个晚上在城堡墙外她的窗下等她，如果她在这一百个晚上走出来，他们便一起出逃；如果过了这一百个晚上她还没有出来，他也就知道了她最后的决定，不会再来打扰她。

“于是，她回城堡去了。那天晚上，他去城堡墙外她的窗下等。

“她没出来。

“第二天晚上，他又去她窗下等着。

“她仍没出来。

“就这样，一夜接一夜，他连着九十九个晚上，像个小虫子一样叮在她的窗户下面等着，但她一直都没出来。

“到了第一百个晚上，那天他却没有到她窗下去等……”

这时，毯子下面传来的鼾声打断了拉西娅的故事。听到声音，拉西娅不由得一怔，她刚才已完全沉浸到自己讲的故事里去了，根本没注意到列娜已经睡着。

列娜睡了

拉西娅在床上又坐了几分钟，她只是坐着看列娜睡觉，看着她的背随着呼吸一起一伏，看着她的嘴像婴儿似地在动，只有睡着的时候我们的嘴才会那样动。每当瓦茨拉夫睡着，她都觉得有必要再看他睡一会儿。她知道，从没人替列娜那样想过。

她就坐在那儿瞅着列娜睡。过了几分钟，她小心翼翼地站起来，轻轻走到门边，把灯关上。

厨房里，苍蝇围着水池里一堆没洗的盘子飞来飞去，仔细一看，还是那种特小的果蝇。她惦记着列娜，也许，她半夜醒来会想要喝水，但会因为没有干净的杯子而喝不成。她在水池底下找到一个阿贾克斯洗涤剂的瓶子，里面还剩了一丁点儿黄色的液体。拉西娅便在水池里放满了掺着洗涤剂的热水，把池子里的脏盘子一个不剩全都刷洗干净。

接着，她又把池底没被水冲走的烟头一个个用手拣出来扔掉，然后把水池擦得干干净净直到看上去锃亮放光为止。

在紧挨水池的台子上，放着一个搁盘子用的架子，架子的接缝处满是霉点和油渍。拉西娅又开始洗这个架子，直到所有的霉点都被擦掉。

洗出来的盘子干了，却找不到地方放，因为橱柜里的架子上不是沾了层灰，就是上面有泼洒的黏乎乎的脏东西，她只得又拿着蘸湿的海绵布把橱柜的里里外外擦了一遍。

厨房现在干净了(虽然还比不上她自己家，但跟以前比却有了天壤之别)，但如果列娜半夜里起来进到厨房，她也许会被乱扔在地上的衣服绊倒的。她的脚很有可能会被衣服绊住，会把膝盖磕在咖啡桌上去。她有可能会把咖啡桌上装满了烟头、火柴棍和口香糖的烟灰缸碰翻，还有可能会踩到乱扔在地上的沾满了发霉奶酪的比萨盒。

假如列娜夜里睡眼朦胧地走到厨房来，也许她还会踩上乱扔在地上的红牌伏特加的空瓶子。

拉西娅把烟灰缸里的脏东西倒掉，把地上的空酒瓶子拿到屋外，放进路边的蓝色回收箱里，又把比萨盒捡起来扔进屋外的垃圾桶。然后，她把烟灰缸拿水洗干净，又把咖啡桌上堆着的那些快餐店的饮料杯、汉堡包的包装纸，还有健怡可乐的空罐子什么的统统都给扔了出去。

她把屋里叶卡捷琳娜扔得到处都是的一堆衣服拣了起来，用两只胳膊抱在怀里。那些衣服里里外外都夹杂着香水味和烟臭味。她想找个装脏衣服的筐子，于是便走进了叶卡捷琳娜那间敞开着的屋子。她腾出一只手把屋里的灯打开。

她只是想找一只装脏衣服的筐。

但屋里没有装衣服的筐，她想再仔细找找。

床垫上没有铺床单，紧挨着床垫有个床头柜，上面胡乱堆了些勺子、锡纸还有吸管。还是没有装衣服的筐子，倒是有一些带密封拉锁的小塑料袋，但却找不到装衣服的筐。

这屋的瓶瓶罐罐和脏兮兮的垃圾和客厅里的如出一辙，而且数量有过之无不及，但就是找不到一个衣服筐。

屋里还有好些发胶瓶和各种食物包装纸，但想让拉西娅把这间屋子也一同收拾干净，门儿都没有。因为列娜晚上起来去厨房喝水，并不需要经过此地。

回家的一路上，拉西娅一边急着回到自己儿子和丈夫身边，一边像以往一样替列娜操心。她脑海里浮现出瓦茨拉夫和列娜近来奇怪的举动，同时她也在想叶卡捷琳娜这个人。

拉西娅并不傻，她了解这个世界，知道那些勺子、锡纸和吸管背后是怎么回事。

她不知道该怎么办。奥列格让她少管别人的闲事，但她不知道是不是该听他的。

神秘的埃及石棺

在学校里，列娜的所有时间都和她新结识的朋友们在一起，丝毫不搭理瓦茨拉夫。但每天放学后，一回家关上门，瓦茨拉夫和列娜先做完作业，然后便把睡觉前能挤出的所有时间都用来排练他们的魔术。瓦茨拉夫帮列娜做作业的时候简直就像个狂人，他先是把长除的习题一挥而就，接着便一段又一段地炮制出带列娜腔调的英语作文。他必须保证他们有足够的时间反复排练所有的节目。瓦茨拉夫和列娜都一门心思扑在这次演出上。每天一早睁眼醒来，他们便开始想演出；冲澡的时候想，老师上课点名的时候想，课间休息时也想，上体操课时也想，甚至到了晚上，当他们躺在各自的床上，听同一个妈妈给他们讲同样故事的时候，仍然在想。

此时，他们正在瓦茨拉夫的屋里查阅《魔术大师年鉴》，他们想从中得知应该如何制作遁形表演要用的道具箱子。

“再念一遍，”列娜边说边在屋里来回踱着步。

“从外面看上去，埃及石棺是一个封闭的箱子，箱子正面有一个合叶搭锁。箱子背面，也就是观众看不见的那面，却藏有一个小的隔间，这便是魔术师的秘密之处，是整个魔术的关键所在。”瓦茨拉夫念道。

“嗯，”列娜哼了一声。

“我没弄明白，”瓦茨拉夫说，“我消失以后，该藏在哪呢？”

“你钻到箱子里，把门关上，就像躲进壁橱一样。然后,你偷偷藏到挡墙后头，其实这不是一面墙，而是另一扇门；接下来，你把前门打开，这时观众能看见你已经不在了，但其实你正藏在那第二扇门后面。这太简单了。”列娜说。

“是简单，但要做一只这样的箱子，你看看……”瓦茨拉夫把书伸到列娜眼前给她看。神秘的埃及石棺的制作说明看上去非常复杂，里面有好些数字和符号。

“嗯，”列娜又哼了一声。

“我们上哪去弄这些东西呢？”瓦茨拉夫说。列娜在使劲想。

“这个玩意儿得花很长时间才做得出来。如果我们看到路边有别人扔掉不要的木板，可以把它捡回来。下一次如果这幢楼里谁家有多余不用的木板，我们也可以拿回来。这样,我们就可以攒够做箱子要用的木头。”她叹着气说，“但是，这回的演出我们是来不及做这个箱子了。”

瓦茨拉夫知道她说的没错，光是收集做箱子所需的材料就得很长时间。于是，他把手中列着单子的纸折了个角提醒自己，好提醒他们还需要收集些什么东西，下次在路边碰到别人家扔弃不用的沙发和旧橱柜时，便可以按图索骥。

他拿着《魔术大师年鉴》又翻了起来，想看看还有什么节目他们可以表演。列娜则在一旁练习她在硬币遁形里的那套全身发抖的动作。

当瓦茨拉夫和列娜不在一起的时候，瓦茨拉夫总是按捺不住想把自己对演出的想法立刻告诉列娜；他喜欢把他心里那些悬而未决的疑问讲给她听。他知道，每次他把他的疑难之处告诉她，她都会像看一个傻瓜似地瞅着他。因为，正像他能一针见血地发现问题的所在一样，列娜却能同样快地想出解决那个问题的办法。当然，他更喜欢对列娜说起自己那些肯定能行得通的新主意。

当瓦茨拉夫和列娜不在一起的时候，其实列娜也很为这次演出而兴奋，但同时她又怕那些新交的朋友说这样的演出很傻。她还知道，如果让她姨知道，她肯定会拿这事寻她的开心，她嘲笑起她来甚至比学校的那帮孩子还要起劲，她会比他们还刻薄。

瓦茨拉夫每想到这场演出，想到这场演出是一个只有他和列娜两个人知晓的秘密，他便异常兴奋。而列娜心里则充满内疚，因为她为这场演出保密的动机与瓦茨拉夫的并不一样。

演出的前一天

演出定在星期六。瓦茨拉夫知道，大多数人都会选星期六这天去科尼岛的木板步行街玩，因为这一天不用上班也不用上学。但有些人除外，比如他的爸爸和妈妈，他们俩在周末都得照样工作；还比如那些在餐馆上班的、开地铁的和在医院工作的人，因为那些地方周末不停业。再还有，就是魔术师了，魔术师们可以在一星期里任何一天进行表演。

演出的前一天，也就是星期五，瓦茨拉夫醒得格外早，他有种难以抑制的兴奋。刷牙的时候，他觉得每分每秒都过得那么慢却又似乎那么快。他心里七上八下，肚子里像有几只蝴蝶在使劲不停地扇动着翅膀，它们扇得那么有力，仿佛马上要化作一股奇妙的烟雾喷发出来一般。

瓦茨拉夫像往常一样站在路边看着，却一直没见列娜从那经过去上学。他也没见到列娜在校门外同玛利娜和克里斯蒂娜一起聊天。瓦茨拉夫担心列娜会迟到，要那样，她可能就有麻烦了。

一整天下来，瓦茨拉夫都无法专心上课，因为他满脑子都一直在想演出的事。那感觉就像他在自己嘴里搁了块糖，但又努力忍着不去吃它。他心里的兴奋像极了那次因为要看医生他得以提早从学校走人，当时他整天都在盼着妈妈提早来接他，都在想着妈妈会给他带好吃的零食，让他在等医生的时候吃。那感觉就像你过生日的时候，整个一天都那么特殊，你在街上碰到的每一个人，在比萨饼店里碰到的每一个人，以至世界上所有的人，你都觉得他们是你生日的一部分，尽管他们并不知道今天是你生日。

上ESL课的时候，瓦茨拉夫更担心了，列娜仍然不见踪影，而往常她都要比瓦茨拉夫先到教室。瓦茨拉夫紧盯着教室门，仔细打量每一个进来的小孩，看他们是不是列娜，即使进来的很明显不是，他也会在电光火石的一瞬间仍抱着是的希望。当科林进门的时候，瓦茨拉夫在那一刻把他当成了列娜，其实科林是个男孩，他从非洲一个讲法语的叫科特迪瓦的地方来，那个地名的意思是象牙海岸。他长得一点都不像列娜。而且，科林长得胖乎乎的，而列娜却瘦得像只蚱蜢。尽管如此，瓦茨拉夫的脑子那一刻还是犯晕了，科林乌黑的胳膊在瓦茨拉夫眼里成了列娜的黑辫子。但没多久，一切都完了，进来的那人的确是科林。

此后，每当还有人陆续走进ESL课的教室，瓦茨拉夫心里便会重新燃起短暂的希望。玛利娜和克里斯蒂娜也来了，直到开始上课，列娜还是没来。现在，连最后的一线希望也没了。

“好了，我们开始上课。大家都找把椅子……是谁不在？列娜没来是吗？”毕史班诺太太说道。接着，她随口问了一句话，却没意识到这句话让瓦茨拉夫特别难过。

“玛利娜，列娜呢？”

“她可能病了吧，”玛利娜答道。瓦茨拉夫特别伤心，因为当别人找不到列娜的时候，居然没有首先来问他。但紧接着，这份伤心又被一丝喜悦所取代，因为瓦茨拉夫想到，列娜和他其实已悄悄成了比和玛利娜和克里斯蒂娜更要好的朋友，而毕史班诺太太还一直被蒙在鼓里。瓦茨拉夫想着他和列娜一直都瞒着玛利娜和克里斯蒂娜的那些秘密，脸上不禁露出了一丝得意的笑容。瓦茨拉夫丝毫没有想过，列娜与玛利娜和克里斯蒂娜之间会不会也有什么秘密，一些连他也不知道的秘密。对瓦茨拉夫来说，那是绝不可能的。

瓦茨拉夫丝毫不替列娜担心，她很可能只是有点小感冒或者只是在装病，她还可能压根就没病。瓦茨拉夫有时就这么干，他会装作生病难受的样子，妈妈也会假装不知道他是在演戏，于是便允许他不用上学而在家呆着，那种感觉真棒。

瓦茨拉夫也坚信，即使列娜真的病了，她也还是会参加科尼岛木板步行街的演出，因为她一直都是他最尽职的助手，演出必须进行下去。此刻，即使瓦茨拉夫的一只胳膊被人剁掉，而且掉在地上的断臂正在被鸟啄咬，他也仍会不顾胳膊再也无法逢合而照样去参加演出。

也许，列娜不过是今天不想上学而已。她放学后很可能还是会上他家去，一起做作业、吃零食和试穿演出服装。肯定是这样。

还真不是这样

瓦茨拉夫放学回到家，列娜并不在。瓦茨拉夫拿起电话，拨了她家的号码，听到电话铃在那头响了一声，便马上挂断。这是瓦茨拉夫和列娜商量好的信号，打电话时让铃响一声便挂断，就是在说：如果你可以的话，马上给我打回来。这样，列娜给瓦茨拉夫打电话便不用先和他父母讲话，瓦茨拉夫给列娜打也不会吵得她姨生气。

瓦茨拉夫在电话旁等了好几分钟，但电话一直都没响。

瓦茨拉夫开始替列娜着急了，但演出还是得按期进行，他知道列娜也清楚，而且她肯定也知道，他们俩之间总会有那么一丝相互牵挂。按照那张“日程安排”的单子上写的，今天他们应该穿正式的演出服装搞一次彩排。

瓦茨拉夫换上了自己的演出服，它们包括：大卫·科波菲尔在纽约麦迪逊广场花园表演时穿的那种T恤；一件以前星期天穿着去教堂的旧西装外套，已经有些小了但身子勉强还能钻进去，现在衣服上缀满了闪光的亮片和棉花彩画的图案；普通的黑色长裤；鞋面都用锡箔纸裹着的演出鞋，这样鞋看上去像银白色；纯白的医用手套，从妈妈上班的公司弄的，可以用来摹仿魔术师戴的白手套。

还有一样尚未准备好，那就是魔术师戴的大礼帽。

瓦茨拉夫打算自己动手做这顶魔术师的大礼帽，他已捣鼓来了一些材料，包括从百货公司弄到的装衬衣的纸盒，胶纸，还有从学校借来的一些黑色颜料。

瓦茨拉夫想，但愿列娜现在也正在家里悄悄地欢天喜地地准备她那件希瑟·哈莉黛的带流苏边饰的金色比基尼。

她可能病了

拉西娅从门外走回家，手里拎着钱包和好多食品袋子，看上去很重。她正憋着泡尿。她把手里所有的东西随手放在门口的地板上，噌噌几下脱下外套，便急忙朝卫生间奔去。每一天她都感觉自己在变老，每一天都会有些以往可以高枕无忧的事而现在却需要她来操心。去卫生间的路上，她看见瓦茨拉夫的屋门是关着的。她一边方便，一边在想，呆会儿把晚饭放在炉子上热好以后，要去瓦茨拉夫的屋里看看，不管他们在里面干什么都要让他们停下来。她并不是真的觉得瓦茨拉夫和列娜在屋里干什么不轨之事，但她肯定他们有事在瞒着她。拉西娅很肯定，有事情瞒着她便是开始干坏事的前奏。

首先要准备晚餐。拉西娅把她从食品店买来的大袋小袋提到厨房里，又从冰箱的冷冻室里拿出一只很重的、上面满是印渍的保鲜盒，她把保鲜盒放在水龙头底下用热水淋，直到里面冻住了的罗宋汤块稍稍化开，能够在盒子里滑动。这时，她便拿起盒子使劲摇，然后把里面的东西砰地一下倒进放在炉子上的锅里。冻住的罗宋汤会慢慢融化成一滴滴汤水，在铁锅里加热，她打算趁这个工夫去敲瓦茨拉夫的门，一是问问列娜是否留下来一起吃饭，二是让瓦茨拉夫和列娜一起帮她把刚买回来的那些东西收拾收拾。这样，不管瓦茨拉夫和列娜在屋里搞什么鬼，都可以把他们俩从屋里给轰出来。当然，她也能有个帮手来收拾收拾东西，好让她喘口气，因为她实在是累极了，浑身上下四肢百骸里都透着累。

拉西娅站在儿子关着的屋门外，她听到里面有轻轻的有节奏的说话声，像是在轻声地一问一答。瓦茨拉夫的声音听上去大且刺耳，列娜的却与以往不同，她的声音非常厚重，还带着满口的俄国腔。拉西娅也没敲门，她推开门便进到屋里，而里面的情形却让她大吃一惊。

瓦茨拉夫正跪在地板上，全神贯注地忙着手里的活计。他身边散了一地的黑色电工胶布和硬纸板的碎片。他尚未察觉到妈妈已经进屋，仍在继续着自己的自言自语，沉浸在与想象中的列娜的一问一答之中。拉西娅原以为自己在门外听到的是列娜的声音，因此过了好一阵她才不得不相信，原来是瓦茨拉夫在同时扮演两个角色。

“列娜呢？”她问道，这一下把她儿子从着魔似的专注中惊醒过来。瓦茨拉夫一脸惊愕地由下往上看着，想把手中一直在忙着的秘密工程藏到背后去。他不是很确定，妈妈究竟有没有听到刚才他和想象中的列娜一起排练演出来着。

“她可能病了，”瓦茨拉夫说。

“她今天去学校了吗？”

“没有，”瓦茨拉夫答道。

“没去？”拉西娅又问道。

“她可能病了，”瓦茨拉夫说。

“她可能病了？”拉西娅边说边想了想，“我得上她家去看看，我马上就回来。”她说。于是，她匆匆拿起自己的钱包，连外套都没穿好，人就已经冲出门去。

妈妈去看列娜了，这让瓦茨拉夫不再那么担心。本来他想同妈妈一起去，但还有太多演出的事在等他去做。

瓦茨拉夫开始接着做他的大礼帽，幸运的是，他妈妈似乎没注意到所有这些高度机密的演出准备工作。刚才她进屋的时候，他一度以为她已洞悉了他的全部计划，要真是那样，演出的事就全泡汤了。

过了半个多小时，厨房里传来一股难闻的气味，瓦茨拉夫过去查看怎么回事，原来炉子上的罗宋汤烧煳了，他这才意识到妈妈还没回来。

奥列格也已经回家了，也就是说差不多应该开饭了，但拉西娅仍没回来。

瓦茨拉夫又往列娜家打了个电话，还是没人接。

瓦茨拉夫和爸爸一起等了将近一个小时。瓦茨拉夫再一次拨了列娜家的电话，还是没动静。此刻，他已是忧心忡忡。

“妈妈上哪去了？”瓦茨拉夫问道。

“我哪知道啊，”奥列格答道，“她出去的时候说什么来着？”

“她说她去看看列娜，”瓦茨拉夫说。

“那她就是去看列娜了呗，”奥列格说。

过了一阵，奥列格端着一对大杯子来到客厅，杯子里盛的是已经凉了的烧煳的罗宋汤。于是，这父子俩一起，一边看着俄语电视一边享用他们的晚餐。

屋外已全黑了下来。一切都很反常，瓦茨拉夫开始觉得，一定有什么事不对劲。奥列格也不吩咐瓦茨拉夫他该上床去睡了，这有可能是因为奥列格特别关心和理解他，也有可能是奥列格把他整个给忘了。不管是哪种原因，眼下列娜找不着了，妈妈也不见了，而离他们科尼岛木板步行街演出的大日子只剩下几个小时的时间，这让他怎么能躺得下去呢。

原定演出的头一天夜里，年轻的魔术师很晚才在父亲身边睡着，他的脸耷拉着趴在黑沙发的皮革上，时不时被旁边开着的电视照得通明。父亲依然在收看卫星从地球那头传过来的俄国电视剧。

他悄悄醒了

那天夜里很晚的时候，其实已到了第二天凌晨，奥列格在沙发上醒了过来，他从开着的电视和他们父子俩仍躺在沙发上睡觉判断出妻子尚未回家。如果她已经回来了的话，她一定会唠叨着把他弄醒，把他们的儿子抱到床上去睡，而且会把电视关掉。他也一定会因为被弄醒而特别烦躁，然后跌跌撞撞地沿着过道走去床上接着打他的呼噜。如果现在她已回家，他会装出因为被吵醒而不高兴的样子，但其实，他丝毫都不会因此生气。在沙发上一觉醒来，与他面面相觑的只有一台电视，而没有妻子像往常一样在身旁絮絮叨叨，这使他感到十分孤独。

他做的第一件事是把电视关了，接下来他又做了几件近年来他一直都没能做也忘了去做的事。

他把仍在熟睡的儿子搂在自己的臂弯里，抱着他来到卧室，把他轻放在床上躺好，然后又帮他把被子盖上。

这时，瓦茨拉夫悄悄地醒了。但他特别怀念被抱着去卧室的那种感觉，便装作仍然还在熟睡。

演出当天

早上五点，她丈夫正急赶着要去上班，拉西娅风风火火从警察局赶了回来。

“你去哪了？”他问道，“我担心了一夜。”

“跟你说，你绝对不会相信这是真的。”她答道。

“我已经迟到了，我们稍后再聊吧。”他在她额头上亲了一下，本打算立刻朝门口奔去，但他停了下来，又亲了她一下。

“不会有事的，”他安慰她说，然后才走开。

她去看了看仍在熟睡的儿子，好让自己确信家里一切都还好。过一阵他醒来之后，她得把发生在列娜身上的事告诉他。她不知道自己该如何开口，哪些不好的事该略过不提，哪些好的事该拿来讲。等瓦莰拉夫醒了，她先给他做几个薄煎饼，然后再跟他谈列娜的事。

拉西娅走进自己的卧室，脱了鞋，连床罩都没掀开，便一头倒在床上睡了过去。

等她醒来已经十一点。这些年她还从没起这么晚过。她原以为会看见瓦莰拉夫正对着电视吃麦片粥，或者正在他屋里排练戏法。但当她从床上坐起来时，四周静悄悄的。她赶紧从床上爬起来，把家里每个角落都通通检查了一遍。瓦莰拉夫不在厨房，也不在客厅。她也看了卫生间，甚至把淋浴间挡水的帘子也拉开检查了一下。最后检查的是瓦莰拉夫那屋，里面的衣柜，床底下，但就是找不着他。

拉西娅记得，儿子以前也有好几次有事瞒着她，但真正对她撒谎仅有过那么一次。她把今天的这一出在脑子里过了一遍，对儿子的行踪便已心知肚明。

女士们，先生们

拉西娅买了一张著名的科尼岛马戏表演的门票，那张小小的红纸片看上去有种惊人的熟悉感。卖票人把她的票从卷成一卷的好几百张相似的票中间撕了下来，她在一旁看着，却觉得这张票像是她的个人物品。她还记得，那天她第一次带瓦茨拉夫和列娜来科尼岛，其实她知道儿子对她撒了谎；也是从那天开始，列娜成了瓦茨拉夫生命中最重要的人。她记得，那天夜里她在洗衣机旁翻他的小衣服口袋，找到的便有这样一张红纸片；她记得，她还读了读上面的字。她更记得，当时她的心“咯噔”了一下，因为早先，他告诉她他们玩的是过山车，而现在她在他口袋里翻到的却是两张马戏团的票。马戏团!

此刻，当她沿着漆黑的过道走向马戏剧院那扇黑色的大门时，她心里一会儿盼着他真的在里面，一会儿又希望他根本不在。想起那些还没来得及告诉他的烦心事，她禁不住大吸了几口气。

希瑟·哈莉黛

马戏剧场里只坐着一位观众，一位少年魔术师。他戴着用电工胶布和硬纸板做的黑色礼帽，球鞋上裹着银色的锡纸，双手戴着纯白的魔术师手套，规规矩矩地搭在大腿上。

他看见妈妈走进剧场，起初非常惊讶，他闹不懂她怎么会想到找到这里来；紧接着，他开始担心自己所闯的祸。但更多的，他却有种如释重负的感觉。刚才独自一个人坐在黑黢黢的剧场里，他又惊又怕，他知道，列娜肯定出事了，而且是很糟糕的事，不然，她是无论如何也不会错过今天的演出的。他倒不是很担心自己瞒着妈妈从家里溜出来可能会有麻烦。他还真猜对了，平时那些小打小闹的违禁行为，在今天这个特殊日子里，妈妈是会睁一只眼闭一只眼的。

拉西娅走过去挨着他坐下，她把胳膊绕过去搂着他。他哭了。这时，剧场里的灯光暗了下来，演出马上要开始了。

“你想回家吗？”拉西娅轻声问道。

“不，”他也小声答道，“我想呆在这。”

这正合拉西娅的意。因为，一来她尚未想好怎么和瓦茨拉夫谈，二来她对这个演出也很好奇。而瓦茨拉夫想留下来看演出，是因为事情按今天这样发展下去，让他非常害怕。他明白，时间会过得很快，当新的一刻到来之时，以往的那些时光，那些他独坐剧场时消逝的分分秒秒，以及他对列娜情况的一无所知，所有这一切都会一去不复返，他将知道事情的真相。而一旦知道，便再也无法从脑中抹去。因为，从那一刻开始，你就算是永远都知道这件事了。

首先，他们一起看的是“火焰女王”攀上利刃搭的梯子，接下来是吞吃玻璃，然后是一个表演恐怖魔术的人用锤子把铁钉砸进自己的鼻子。瓦茨拉夫一直偎在拉西娅的臂弯里，甚至在“伟大的弗雷蒂尼”出场表演了一个惊险有趣的魔术时，他也依然如故。泪水止不住地从他眼里哗哗地往外流淌。

最后一个节目要开始了，剧场里的灯光又一次暗了下来。接下来将会出现什么，瓦茨拉夫早已成竹在胸。

希瑟·哈莉黛有着深色的皮肤，不是那种阳光晒出来的深色，而是与生俱来的。她的头发看上去夹杂有淡金和深黑两种颜色，她梳着类似黑白电视节目中那些女人的发型；她有少女般杏红的双颊，鼻子上嵌了一只小小的银环。她笑靥初绽，贝齿轻藏，怡人的笑意尽在那往台下的一瞥之中。

她穿的正是那件金色的比基尼。

希瑟的比基尼让瓦莰拉夫又一次伤心地想到了列娜。

希瑟·哈莉黛的比基尼很小，她的肌肤很多都敞露在外，但看上去丝毫不觉得她有裸露的感觉。紧靠大腿上方露在外头的那片小腹部位，一点都没有原本应有的私密感。她腿上穿着黑色的网状长筒丝袜，看上去如同一位超级大英雄的腿一般强壮有力，而不像列娜的那样瘦弱。还有，虽然希瑟穿的是双白色高跟鞋，但她似乎可以穿着它照跑不误，穿着它可以照常做任何事情。列娜的双脚看上去却总是羞答答，每只脚都似乎想躲到另一只后面去，即使穿网球鞋的时候也是如此。

希瑟·哈莉黛最迷人之处，是她的胳膊不经意地搭在身体两侧的样子，仿佛她正牵着谁的手，又仿佛她手里正拎着一只仅装了一块糖果的购物袋。但其实，此时的她正如同中世纪的骑士一般，双手各握着一把闪亮锋利的长剑。

她来到舞台正中央，带着微笑瞥视着台下，穿着白色高跟鞋的双脚微微摆着个内八字的姿势。

刚开始，拉西娅吓坏了。这个女孩年纪最大也不过二十五六，她这几乎是什么都没穿，而且鼻子上还跟猎狗似地戴着个环，真是恶心死了。但她迈着台步走到舞台中央，向台下屈膝行礼的神情，还有她笑的模样，都透着高雅的气质。当她抬起下颌，开始尽力把头向后仰的那一刻，拉西娅禁不住想跑上台去，拦住她别这么折磨自己袒露在外的稚嫩脖颈。她想告诉她，像她这样的好姑娘不应该以此为生，如果她愿意，她很容易便能找一份当秘书的工作，而且拉西娅就可以帮她。希瑟把嘴大大地张开，此时此刻，拉西娅觉得这个节目太恐怖了，但她又不能把头扭开不看。

当希瑟真的把剑吞下的时候，她做得看起来似乎轻而易举。拉西娅这时反过来又觉得，这个吞剑的节目很是可爱，因为当希瑟把剑从嗓子眼里拔出来时，她看上去毫无痛楚。拉西娅原以为把剑拔出时那场面会特别令人恶心，但事实上，除了剑头沾了一点湿湿的唾沫外，整个过程都堪称完美。

接着，希瑟又一连吞了三把剑。突然，她没经谢幕便离开了舞台，但紧接着又走了回来，身边跟着那个刚才表演过把铁钉敲进自己鼻子里的男人。

希瑟把一个底下装着轮子的木箱推上舞台，她旁边的那人解释道，接下来，她要把自己蜷缩起来藏身到箱子里去，然后，他会拿剑从各个不同的角度把箱子扎透。他郑重其事地提醒观众，一定要保持安静和专注，因为这个节目是极其危险的。瓦莰拉夫还从没亲眼看过这个节目，但他从《魔术大师年鉴》中读到过，因此对接下来的表演兴趣盎然。他觉得这个节目非常适合他自己的魔术演出，因为列娜瘦小的体形，她当这个节目里的助手再好不过。

表演钉子入鼻的那人帮希瑟站到了箱子里，然后目视着她把腿和脚蜷起来叠放在身子底下，然后一点点，再一点点调整着身体直到整个身子都完全缩进到箱子里为止。突然，一点预先声明都没作，那个男的拿起希瑟留下的长剑便整个从箱子的侧面捅了进去。拉西娅吓得大声惊呼起来，而瓦莰拉夫觉得，他刚才的的确确听到箱子里传出了希瑟·哈莉黛的声音，那是一声很轻微的听似非常疼痛的惊叫。她肯定受伤了，瓦茨拉夫心想。妈妈此时正攥着他的手，攥得紧紧的。

表演钉子入鼻的那人却似乎没任何感觉。他操起另一把剑从箱子侧面，以与前一把垂直的角度又插了进去。这时箱子里随即传出一阵低而急促的咳嗽。拉西娅心想，马上便会看到血从箱子底下流到舞台上了。当她看着那人拿起第三把剑又准备扎进箱子里去时，她又有了一种按捺不住想冲上台去的冲动。她百分之百确信小箱子里的希瑟·哈莉黛此时正血流如注，奄奄一息，但同时她也没忘了这一切都是魔术表演的一部分。

瓦茨拉夫此刻已经不再想和列娜一起演这个节目了。

这时，那个插剑的人转过身来，对观众宣布了一个从未有过的额外优待，他将邀请观众上台去察看箱子里的情形。他把箱子的顶盖打开，从上往下朝里看了看。瓦茨拉夫和拉西娅此时大气都不敢出，因为他们觉得希瑟·哈莉黛肯定已经脸色苍白，毙命在箱子里头了。但那个人看罢却仅仅笑了笑，然后招着手招呼观众上台去。

瓦茨拉夫和拉西娅慢慢从剧场的座位里站了起来，在那一瞬间，他们既为马上便能上台去窥透箱子里的秘密而感到兴奋，同时又为自己有这种窥视的欲望而难为情。马上便能近距离地仔细打量箱子里的希瑟·哈莉黛，这让瓦茨拉夫非常紧张。

穿着锡纸裹着的网球鞋，瓦茨拉夫的双脚先后踏上了舞台，然后，他回过身想帮着把拉西娅也拉上台去。舞台只有一尺来高，对瓦茨拉夫来说上去很容易，他就当作是爬楼梯时一次跨上两级就成；但对拉西娅来说就不那么轻而易举，本来她就比其他的母亲要稍微年长和肥胖些，再加上经过这些年生活中的风风雨雨，她的身体已大不如从前。

瓦茨拉夫双手紧紧握住她的一只手，而她一边用另一只手挎住自己的皮包，一边先把一只脚踏在台面上，随着两个人同时往上一使劲，她便顺利登上台去，双脚，两个脚腕儿，包括那双高跟鞋，一切都完好无损。他们同时感觉到了脚下薄薄的板材地板，远没有原先想象中那么结实。

他们俩仍然手拉着手，慢慢地走近箱子。

那个表演钉子入鼻的人告诉他们，可以再走近些看。

他们便又往前凑了凑。

箱子里很狭小，希瑟像个婴儿一样蜷缩着躺在里头，只不过她的双手搭放在头顶，而不在身体两侧。那些从各个方向刺入箱子中的剑在她身体四周上下交错着。在她身体中部，也就是肋骨往下，从腹部过渡到身后臀部的那个部位，有一把剑贴身而过；另有一把从她两条大腿间狭窄的空隙里穿刺而出；第三把剑就挨在她脸颊骨上面一点，使她的头一动也不能动。

瓦茨拉夫和拉西娅根本无法定下神来察看那些剑以及希瑟·哈莉黛是如何不可思议地在剑丈笼罩下容身的。因为他们正由上往下端详着一具塞在箱子里只穿着比基尼的活生生的人体。能够保持镇定地站在那儿就已经费了他们俩老大的劲了。希瑟·哈莉黛的头不能转动，但她用眼角的余光看着他们，脸上仍然挂着看似眨眼的微笑。

瓦茨拉夫禁不住把目光停留在了希瑟·哈莉黛露在外面的左边腋窝上。那里有一小片的剃过后刚长出的黑色毛茬，还有数条由于白色的肌肤叠压在一起而挤出的皱纹。瓦茨拉夫觉得，这是迄今为止他在别人身上看到过的最隐私的部位，即便是希瑟·哈莉黛她自己，也没法看到希瑟·哈莉黛身体的这个部位。

在钉子入鼻那人的注视下，他们继续朝箱子里端详了一会儿，而希瑟·哈莉黛的眼睛同时也在四下打量，甚至还往上瞟了瞟屋顶，就像坐在牙医座椅里的病人，头因为医生的手在他嘴里不能动弹，眼睛却还可以。瓦茨拉夫不知自己的眼睛该往哪儿瞧才合适，面对着金色的比基尼，洁白似雪的肌肤，网眼长袜，还有那个腋窝，他有点手足失措。

“太可爱了，”拉西娅用她低沉厚重的声音突然来了这么一句，把所有的人都吓了一跳。

场外的光亮

表演结束，瓦茨拉夫和拉西娅走出了剧场。外头的阳光、气味和往来的人浪扑面涌来。他们俩逆着其他所有人的走向，在人缝中朝地铁站寻路而行。他们的手仍互相牵着，但谁也没说话。

到了家，拉西娅吩咐他去换衣服，而她自己则来到厨房，倒了两小杯果汁，搁在厨房的餐桌上，然后坐了下来。她能听到瓦茨拉夫在换他平时穿的衣服，接着是衣柜抽屉被打开再关上的声音。

瓦茨拉夫在餐桌的另一边与她面对面坐了下来，他看着她，眼里充满惊恐。她深深吸了口气，便开始了。

“你知道这个，列娜发生什么事了吗？”她说，瓦茨拉夫的表情告诉她他没听懂她的话。“你知道列娜那里发生了不好的事吗？”她问道。

“不知道，”瓦茨拉夫嘴上答道，心里却在说“也许吧。”

“那你知道列娜的姨一直都没好好照顾她吧？”她又问。

“不知道，”瓦茨拉夫说。

“我也不是很肯定，但我觉得是这样。所以我得说些什么，因为我替列娜担心。”拉西娅感到他们的谈话已经融入了厨房的氛围，这样，接着往下谈这个话题就会容易一些。

“你得说些什么？”瓦茨拉夫问。

“我向警察报告了一些事，”她答道。动不动便向警察检举，在瓦茨拉夫看来，妈妈她只怕是疯了。瓦茨拉夫随便就能举出好多每天发生在校内的不好的事，比如体操老师冲每个人大喊大叫，嫌他们爬绳爬的太慢；又比如学生们为喝自来水排队的事也要互相推推搡搡。他脑中忽然闪现出这样一幕画面：一大批在电视上和俄国新闻里见过的特警队员，不分昼夜地在校园的楼道里蹿上蹿下，忙着应付这样那样不好的事情。

“你为什么要那么做？”瓦茨拉夫说。

“因为如果真有不好的事发生，警察就可以制止。”妈妈的话让瓦茨拉夫觉得，这件所谓不好的事也许还真的挺严重，因为连警察都要介入。

“现在警察也认为确实发生了不好的事，所以他们要把列娜带走。”

“什么？”

“他们要保护她。”

“她现在在哪？”

“我不知道，我不是她的家人，他们不肯告诉我。”

“我们怎么才能知道她在哪呢？”

“我不知道，我可以问警察试试。我真的不清楚，他们也不一定会告诉我。他们只是说会把她安置在一个安全的地方。”

“她跟谁在一起呢？”

“没有谁。”

“没有谁？”

“我没法跟她一起去，因为我不是她的家人。”

“那……”

“你也不行，因为你也不是她的家人。”

“那她姨跟她在一起吗？”

“没有。”

“为什么？”

“她姨，她压根就没照看过她。”

“那么说她是一个人！”

“是。”

“给她姨打电话，问她列娜在哪！”

“她姨也不知道。没人知道，这样她才安全。”

“列娜肯定想让我知道！我为什么不能知道？”

“他们不告诉任何人。”

“我不是任何人。”

“这我清楚。”

“那谁替她张罗呢？谁来保证她一切都好呢？”

“你说什么？”

“谁来帮她张罗呢？谁来保证她一切都好呢？”

“会有人的”

“什么人？”

“我也不清楚。”

“她到底在哪？我得过去和她待在一起。她一个人一定会害怕的。你一定得告诉我！”

“我不知道，我真不知道。对不起！真的对不起！”此刻，拉西娅意识到，先前她对这次谈话困难之处的估计是大错特错了。起初，正如所有的母亲一样，她所担心的是无法向他提供必要的信息却要提到一些让他害怕的细节，从而让母子俩都别扭。但她没料到，瓦茨拉夫根本就不关心究竟发生了什么与列娜有关的不好的事，那些事自会有比他大、比他有力气的人去管。倒是拉西娅干的这件坏事吸引了他全部的注意：她夺走了他唯一的一个朋友。

物是人非

星期一，瓦茨拉夫去上学的时候，没有任何人知道周末发生过什么。列娜的事，包括那些不好的事，她的姨，拉西娅闯的祸，还有她打电话报警，人家对这些都一无所知。因为没人知道，所以表面上一切照常，但对瓦茨拉夫而言，一切都糟透了。

毕史班诺太太向玛利娜和克里斯蒂娜打听列娜的行踪，她们当然不知道，而且看上去她们也没怎么把这事放在心上。

瓦茨拉夫还以为她们俩会过来问问他是否知道列娜的情况，但他错了。

有时候，学生们说不来上学就再也不来了。像简娜西斯那个同父异母的妹妹，也曾经来上过几天，而现在她大多数时间都呆在波多黎各，只在夏天才过来住住。

列娜走了，这全都怪拉西娅。除了从《法律和秩序》中看来的，她根本就不了解美国和美国的警察。她犯了一个大错，她报了警，她甚至有可能都弄错了，警察可能根本就没听懂她嘟嘟噜噜带舌音的英语。正因为她的愚昧，列娜才会被他们给带走，是她让他们把列娜带走的。

瓦茨拉夫成了空心人，因为他已经一无所有。

有的只是一腔怒火。

对妈妈的怒火。

整整一天下来，这腔怒火仍在滋长，不减反增，直燎得他的嗓子眼火辣辣的。

每天早上醒来，他都在想，也许今天列娜便会回来。在学校的分分秒秒，他也都随时期待着列娜能从门外走进教室里来。

放学以后，瓦茨拉夫到家便径直进到自己屋里，他不出来吃晚饭，别人叫他也不出来。即便妈妈坐在他的门外，轻声啜泣着求他，他也依然一声不吭，不为所动。

离散：瓦茨拉夫

魔术师、母亲和美国女孩

“敲门，敲门，我进来了啊，”拉西娅站在瓦茨拉夫屋外，冲着关着的门大声说道。拉西娅近来养成了进门前先敲门，并声明自己敲了门的习惯。自打瓦茨拉夫长得比她还高，自打他洗澡时唱歌的嗓音变得越来越低沉浑厚，她便开始有了这个新习惯。有时，当拉西娅听到他从浴室传来的歌声，禁不住会想，哦，糟了，有人偷偷溜进我们家正用我们的淋浴呢，也许还是个《特殊受害人行动小组》里面那样的连环杀手：每次在残忍地弄死受害人之前，他还要进行沐浴仪式。而眼下，这个人马上便将从浴室里钻出来把我也给杀了。

他简直让她觉得不可思议。怎么一晃他就已经十七了呢？从前，他给人的感觉永远是那么一丁点大，而现在，突然间他已经长大成人，还有了女朋友。她很替他担心，这也正是为什么她要敲门，为什么她老要往他卧室跑的原因。

“妈！进来吧！给你看样东西。”瓦茨拉夫嚷了一声。从他仿佛大男人的嗓音里，拉西娅听出了一丝尚未根除的只有小男孩才有的柔弱。他总想一会儿给她看这个，一会儿给她看那个，他对她的这种依赖仍然还在，至少暂时还在。

拉西娅推开门一看，屋里的床铺整整齐齐，一丝不乱，她儿子和他漂亮的美国女友也并没如她所担心的那样正赤裸裸地在床上缠绕在一起。相反，她儿子正站着，手里拿着几张一美元的纸钞。这是他最新的魔术，钞票遁形。至于为什么他要学这个魔术，为什么这个魔术能吸引人，拉西娅则一无所知。

那位漂亮的美国女孩正坐在屋里的地板上，双腿像芭蕾演员练功一般往两边叉开着。拉西娅总把这个美国女孩的名字给忘了。她似乎从没好好在椅子里坐过，总是要么坐在地上把腿四处乱搁，要么像印度人一样把腿盘起来坐着；有时，她会把腿搭在桌上，还有时会肚子朝下趴在地板上做她的阅读作业。趴在地上，跟条蛇似的，跟个种土豆的老农似的，怎么可以这个样子做作业呢？

究竟什么原因让拉西娅老把这个女孩的名字忘了呢？是因为她有个男孩的名字，就像弗雷德还有鲍勃什么的。真搞不懂怎么回事。

还有一点她搞不懂，那女孩的父母究竟怎么了？他们住得起高档住宅区里的红砖别墅，却教不会自己的女儿坐得有个坐相。她的父母究竟怎么回事，他们就不能花点钱替他们女儿买几条新的膝盖和屁股后头没破洞的牛仔裤吗？给这个孩子买几条规规矩矩的裙子和连裤袜，教她安安份份地在椅子里坐着，这样不成吗？

拉西娅看了看瓦莰拉夫，他手里举着那几张钞票，正傻呵呵地在笑。很多人的笑都不是发自内心的。对大多数人而言，笑不过是用来说谎、掩饰和表达承诺的一种工具。但瓦莰拉夫的笑却本色十足，从来都是真诚的。

女孩正坐在地板上瞅着瓦莰拉夫，看上去她没有一点要起身和拉西娅打招呼的意思。

"如果不这样两腿趴开坐在地上蹭来蹭去，你裤子上就不用打那么多补丁了，对不？"拉西娅对女孩说。女孩咧着嘴笑了，牙齿齐刷刷地全露了出来。女孩子绝不应该这个样子笑，显得一点都不娴静。

"妈！莱恩喜欢的就是牛仔裤上有洞洞。"瓦莰拉夫说，莱恩在一旁笑出声来，因为对莱恩来说，什么事都可以当笑话听。

“没错，我还真就喜欢。”莱恩依然咧着嘴冲拉西娅笑着，那神情像极了夜总会里的歌舞女郎，也活脱脱像匹马。拉西娅低头看着她，没有说话。在莱恩被牛仔裤裹着的两条长腿四周，散了一地剪得很小的碎纸片。地上她两腿之间V字形的空当里，摆着胶水、透明胶纸、剪刀和很粗的黑色记号笔。她把瓦茨拉夫的屋里弄得一团糟，而且拉西娅敢肯定，呆会儿把这些收拾干净的那人绝不会是莱恩。瓦茨拉夫，一个大小伙子，得去收拾被个女孩弄乱的屋子。有没有搞错？

拉西娅自己就烦透了老得跟在奥列格身后替他收拾，真的，特烦。有好几次，她暗暗对自己说，哪怕他就帮她刷一只盘子，就一只，她就不离开他。但结果呢，还是她自己站在那儿，把所有的盘子刷得一只不剩，而他还是呆在沙发里，连个手指头都懒得动。即便如此，她也没真的就离开他。还有几次她对自己说，如果下一次他再把内裤乱扔在厕所的地板上，她就跟他分手。但她果真会拿起电话找律师办离婚吗？不会，她倒是会把那条弄湿的内裤拾起来，把它放进洗衣筐里。她仍旧是他老婆。没人会仅仅因为一条湿内裤的缘故便跟老公闹离婚的。婚姻就是这样，帮着收一收，捡一捡，再多些宽容和体谅，能做到这些就够不错了。但这个连椅子都不会坐的女孩怎么就不知足呢？就应该有个男孩跟在她身后帮她收拾？她配吗？凭什么让别人趴在地上来侍候这个裤子后面开着破洞的小丫头呢？

拉西娅尚能理解的只有一件事，那就是为什么所有的漂亮女孩都争着想当瓦茨拉夫的女朋友。瓦茨拉夫的身形颀长瘦削（这点真令人惊讶，瞅瞅他爸，再瞅瞅他妈，整个就是两辆小型的苏制坦克。想要撞翻其中任何一辆，做梦吧你就。），一头浓发，有着两道电影明星般的漂亮眉毛。他那么迷人，那么英俊，眼前这个女孩喜欢他，又有什么可责备的呢？如果说这个女孩尚有些讨人喜欢之处，那便是，她还算有品位。

看着瓦茨拉夫和这样一个美国女孩在一起，究竟好还是不好呢？这个一脸雀斑，满头金发中又带着少许红发的女孩，这个整天涂着唇彩，就会傻笑而且笑声巨响的女孩？她觉得好吗？不，绝对不好。但拉西娅还能奢望别的吗？他们之所以千里迢迢从俄国来到这里，来到这个疯狂但到处都是机会的国度，除了儿子找个像火星人一样与她格格不入的美国金发女友，难道她还能指望别的吗？何必呢？在那些红砖高级别墅里面，虽然窗户边都摆着圣诞树，但里面那些当父母的从不轻易向别人自我介绍。住在豪宅里的那些人究竟都干些什么营生呢？咨询，瓦茨拉夫说过，“妈，他们干的那叫咨询。”给有钱人，帮那些出得起钱的人出出主意，这哪能算是干活呢。

“这是在干嘛？是学校的作业吗？”她指着莱恩正在摆弄的纸片劈头问道。她一直都想像电视里的那些妈妈们一样，语气温和，举止优雅，但她却总是太过冲动，她的胳膊一动，嘴里的话一出口，马上就能让四周的空气绷得紧紧的。每一次，当她把那种美国似的温馨氛围破坏得荡然无存的时候，连她自己都会被吓一跳。

“不，这不是作业，我在给我的乐队做传单。这个周末我们在奥齐兹咖啡店有场演出。”莱恩把传单举得高高的给拉西娅看，“你也来看吧！”传单上是从复印件上剪下来的吉他和录音带的图片，用透明胶贴得满满的，上面还用蹩脚的手书写着：粉色火烈鸟乐队，礼拜六晚上七点，奥齐兹咖啡店，免票免票免票。

“你为什么不用瓦茨拉夫的计算机和打印机呢？那样弄出来的画会好看些，字也会漂亮些。这样别人才会来听音乐，而不觉得你们是群疯子。听到了吗？你用计算机再重新弄一张。”拉西娅说。她本想提个建议，但这几句话从她嘴里咣咣咣地脱口而出，每一句都像是在发布命令。

“噢，谢谢。我知道它看上去有些马虎，但要的就是这个劲儿。我是说，就是要这个样子才显得酷。整个这个DIY的主意，我猜最早是从DIY zines 开始的，现在它却已经成了一个潮流，就像一个美学流派。”莱恩说。瓦茨拉夫在一旁笑了，他知道莱恩得没完没了地解释，再解释她刚才说过的每一句话，因为拉西娅会想要知道她说的每一个字的意思，而莱恩就得用更多的新词来解释。莱恩最让瓦茨拉夫喜欢的地方之一，就是她还当真会兴致勃勃地跟拉西娅去解释，为什么要把乐队的宣传单做得像自己家里鼓捣出来的一样。

“那DIY Zines是怎么回事？”拉西娅果真问道。

“DIY就是自己动手，zines就是杂志那个单词的最后几个字母，它指的是自己独立办的小型刊物。正因为是自己办，所以装潢不如那些大型刊物漂亮，但它却更酷些。”莱恩说。

“是吗？用计算机做，就不算自己动手啦？”拉西娅又问道。

“用计算机做当然也算自己动手，只不过看上去没那么酷。”莱恩答道。

“计算机是眼下最酷的玩意儿，每个人都这么说。你下一次应该用计算机做，让大家看看可以做得多漂亮，那才叫酷呢。”拉西娅说。

“嗯，是，说的没错。”莱恩又开始解释，“其实，这是针对大规模批量印刷的一种复古和回归……”

“妈，我想让你瞧瞧我最新练的魔术。”瓦茨拉夫插嘴道，他想帮莱恩一把。

“作业都做完了？”拉西娅问。

“作业做完了，我们从来都是回家先把作业做了。”瓦茨拉夫说。

“我才不信呢，”拉西娅说。

“不，是真的，”莱恩说，“不把作业写完搁在一边，我就没法专心干别的事，就没法放松，老会想着我还有作业要做，你知道吗？”拉西娅看着她，笑了笑，然后很快地转过头去看瓦茨拉夫。

“真的全做完了？”

“好吧，可能还剩了一点，我本打算过一会再做，问题不大。”瓦茨拉夫实话实说了。

“啊，我就知道，就知道会这样。作业全做完了，才可以练魔术。”拉西娅说。

拉西娅打瓦茨拉夫小时候起便开始了这场针对做作业的持久战。她抛下自己的妈妈和也许再也见不着了的奶奶莉迪雅，从俄国千里迢迢来到这里，可不是为了让她儿子长大后成为一个街头要饭的。而谁都知道，魔术这行还真有可能最后跟街头的乞丐差不了多少。至今为止，每一天她都在督促他完成作业，她确信，只有这样才能保证他受到良好的教育。这才是真正具有魔力的东西，这才是在这个新国家里成功的关键。将来他还得上大学，拿学位，教育得伴随他的一生，只有这样,他才能出人头地。

瓦茨拉夫大声笑了笑，他搂了搂妈妈，还在她脸颊上亲了一下。如今，他已经得弯下腰去才能这么做。他知道每当他这么做，既会使妈妈觉得他已长大成人，又会让她觉得，他仍是她的小乖儿子，这种感觉会让她很开心。虽然她仍然装出生气的样子，但他知道，每次他这样拥抱她之后，她便不会再真的生气。此刻，这位严厉母亲的内心已被捂暖，她的气没法再生下去。

“看我变个魔术吧？行吗？行吗？求你了。坐床上看，好不好？”他牵着拉西娅的手来到床边，手在床罩上掸了掸，似乎在替她把座椅上的灰尘掸掉。她像一位青春少女一般被他迷住了。

她暗想，我儿子什么时候变得这么魅力十足了？什么时候他开始变得跟美国孩子一样，牛仔裤穿在身上看着不像衣服，而像是成了他身体的一部分，甚至是成了他整个人的一部分。这都是什么时候开始的？打什么时候开始他的头发也变得跟美国孩子似的那么凌乱，他什么时候开始不梳头的？他爸妈也就五尺来高，他怎么一下子蹿到快六尺了？快挨到天花板了？这绝对是吃美国食品吃的，他一天到晚总在不停地吃。

“好吧，好，我已经在看了。这是个什么魔术？”拉西娅说。这时，只见瓦茨拉夫笔直地注视着她的眼睛，他整个人仿佛都正在以这条视线为轴心运转，突然间，他变了，他变成了杰出的瓦茨拉夫。

猛一看，你会觉得他似乎刚刚换了一身衣服，比如燕尾服什么的；但再仔细打量，你才发现，他穿的仍是刚才那身牛仔裤和T恤。但你没来由地却会觉得他在刹那间长高了。发生在他身上的这些变化，你能清楚地看得见，但却摸不着。屋里的一切没有丝毫改变，但一切又都让人觉得与刚才迥然不同。他现在的角色是杰出的瓦茨拉夫，不再是瓦茨拉夫；他现在不是谁的儿子和男朋友，也不是这条街上谁家的小孩。此时此刻，他是位魔术师，而魔术师需要舞台。他的舞台风度和效应冲破了周围环境的束缚，瞬时充塞了整个房间。刚才看上去还绰绰有余的这间屋子，突然间变得狭小拘束起来。

“喔，妈妈，这绝对是至今为止最棒的魔术了。我要在你的眼皮底下飘浮起来。是的，我，瓦茨拉夫，将要在两位漂亮的女士面前，”瓦茨拉夫分别对莱恩和拉西娅点头致意了一下，“将我全部重达两百磅的身体提离地面，”莱恩和拉西娅听到这哈哈大笑起来，“更正一下，更正一下。观众发笑了，她们没错，因为刚才这个夸张确实有些过分。应该是将我全部一百六十七磅重的血肉之躯从地面提升起来，不借助任何外力的帮助，不用绳子，不用任何东西。一切全凭我的意念。这位观众看来绝对是从不作假的，我相信您一定会愿意帮我核实一下，这间屋子里面的确没有绳子和其他的机关。”

观众们认可了。

“好，现在请您保持安静。我需要安静，因为完成这个奇迹需要精神绝对集中。”杰出的瓦茨拉夫说。

拉西娅看了看莱恩，后者正睁大了眼睛看着瓦茨拉夫，她粉色的薄嘴唇微微张开着，一副完全被迷住的样子。这正是拉西娅希望他儿子所能拥有的：有人崇拜他，为他的翩翩风度而倾倒。她宁愿所有爱的沉重更多地往另一方倾斜，而不是往瓦茨拉夫这边。

拉西娅已想好了，自己喜不喜欢莱恩或别的什么女孩并不重要。像自己这样已年过五十的中年妇女，对那些小手在自己儿子身上四处乱摸的女孩又能有多少喜欢可言呢？作为儿子的女朋友，讨拉西娅喜不喜欢并不重要，重要的是，那个女孩一定得崇拜他。

瓦茨拉夫走到屋角，选好了角度站住，让他的身体侧对着拉西娅和莱恩。瓦莰拉夫的眼睛注视着地面，深深地吸气，很深地连吸了四口气；突然,他的呼吸变得费力起来，仿佛他刚跑完几英里长跑，又仿佛刚爬完一段很长的楼梯。他看上去一定出了什么事，像心脏病发作或是肺部因为压力过重而被挤破。拉西娅开始有点担心这个表演。她这么担心也不是什么新鲜事，她一直都替瓦莰拉夫的这些魔术表演担心。她当然也明白，这不过是变戏法而已，不是真的，但同时她也清楚，他可能会失手，而眼睁睁看着自己疼爱的人在他最钟爱的事情上失败是很痛苦的，尤其是她爱的那个人，自从学说话学走路开始便期待自己能成为一个杰出的天下闻名的魔术师。拉西娅也有些紧张，她觉得如果这个魔术难度太大，谁知道表演的时候会发生什么呢？也许会伤及演员自身呢？

瓦莰拉夫看上去吓坏了。他的脸仍冲着地，但拳头攥得紧紧的，脖子上能看到好几根青筋因为太使劲太投入而凸了起来。这时，只见他把手微微往上抬了抬，什么也没发生。于是，他把手放回到身体两侧，一脸的沮丧。接着，他来了一次最深的呼吸，手又稍稍往上抬了抬，离开他的身体也就一寸来远。忽然间，他的身体缓缓地开始向上升，还有他的脚，千真万确，他的脚升离地面有一寸来高。

拉西娅惊讶得倒吸了口气，她忙伸出自己的胳膊挡在莱恩胸前。自从生下瓦莰拉夫，她的身体就有了这个本能的反应，每当遇到惊吓，比如在车里碰上急刹车，她会先把胳膊伸出去护住身边的孩子。她这个动作吓了莱恩一跳，莱恩先是轻轻地惊呼一声，然后便咯咯地带些自嘲地笑了起来。这时，只听“噗“的一声，瓦莰拉夫的双脚落回到地板上。经过刚才与地球重力的抗争和悬空漂浮，虽然他只升起区区两英寸高，但看起来他刚开始还是有些站立不稳。

“你怎么做到的？那是怎么回事？你是怎么弄的？”拉西娅的口气听上去有些生气，但其实她没有，一点都没有。莱恩在一旁使劲鼓掌，丝毫不掩饰她的欣赏和自豪。莱恩对这个魔术知根知底，她甚至帮瓦茨拉夫排练过，帮他确定最理想的角度，帮他琢磨如何让支撑脚不易被看清，也就是被前面的脚挡住但其实一直没离开过地的那只脚。她曾耐心地看他一次又一次练习这个动作,直到他的身体完全掌握为止。

这个魔术莱恩已看过许多次，为什么她仍然这么为它着迷呢?那全是因为瓦茨拉夫的演技，他天衣无缝的表演，所有那些戏剧化的安排，那些深呼吸，以及他那份专注。所有这些他都从未和她一起练过，也没对她提起过。所有这些都是他本能的临场发挥，他简直令人叹为观止。将来他一定能成为一位名闻遐迩的魔术师，对此她深信不疑。

莱恩坐在床边，为自己的男友如此聪明英俊，为将来有一天他能凭这门独特的技艺脱颖而出，而感到异常自豪。

瓦茨拉夫并未理会来自观众的掌声和提问，他来了一个深鞠躬。

“像你们这样的观众太可爱了，真的，真的非常可爱，以前我很少这么说。谢谢你们，要没有你们，我什么都不是。”这不，他又来了个鞠躬，比刚才那个更深，赢得的掌声也更加热烈。“我所做的一切都是为了你们，我的支持者。”

他最后又鞠了个躬，拉西娅和莱恩知道表演已经结束了。现在，那个平常的瓦茨拉夫，而不是杰出的瓦茨拉夫，又回来了。

“棒极了，真的棒极了，你准备什么时候正式演这个节目？”莱恩说道。

“也许我已经准备好面对这个世界，但这个世界准备好面对我了吗？”瓦茨拉夫答道。莱恩咧着嘴又笑了。

看着莱恩在朝瓦茨拉夫挑逗地笑，拉西娅的脑子里立刻又冒出了不好的想法。这个女孩实在太瘦了，就跟她妈每天没把她喂饱似的。她妈从没想起过该给拉西娅打个电话。拉西娅开始觉得，这个女孩每天放学以后，也许就在眼前的这张床上，和她的宝贝儿子做爱或光着身子干什么别的勾当。

拉西娅急着想和瓦茨拉夫好好谈谈，谈些私人话题，可是每想到此她就灰心丧气。有好几回，她曾经想好了时间和各种不同的方式来进行这番谈话，但她都没能把她想说的大大方方说出口。今天在公司，会计部的帕蜜拉给她出主意说，谈这个话题的时候不用触及具体的细节。帕蜜拉告诉拉西娅，她需要做的就是定下规矩，这样她和瓦茨拉夫就都有章可循。帕蜜拉说，她跟她自己的儿子只交代一句话，“不管我在不在，在家里你都放老实点，房门不能关，脚不能离地上床。你要是把车开到超市背后的停车场去，就把套给我戴上。”当时，在场的每个人都在笑，拉西娅一直记住了这个笑话。当时她没好意思开口问那个笑话究竟是什么意思，究竟好笑在哪。

人事部的杰茜卡也说：“现在连小孩都已开始尝试性了。现在的问题早已经不是他们会不会做，而是他们做的时候会不会自我保护。你没法阻止他，但你可以给他提供所需的知识。”她得教给瓦茨拉夫些什么知识呢？又怎么跟他开口呢？她究竟想让他知道些什么呢？

莱恩和瓦茨拉夫仍在聊着莱恩即将进行的演出和那个叫奥齐兹

的人。

“这个奥齐兹到底是什么人啊？”拉西娅问道。拉西娅的口吻听上去似乎肯定这个奥齐兹不是个毒品贩子，便是个脸上钻了孔戴了环的人，要不就是个妓女之类的什么人。她似乎只想弄明白，这个神秘的奥齐兹究竟属于上面几类人中的哪一类。她百分之百肯定，不管这个奥齐兹咖啡馆在什么地方，它绝不是一个适合小孩去的场所。

“妈，你肯定会喜欢奥齐兹那个地方，它就在公园坡[①]边上，是个独门独户的咖啡馆，里面有好多好多种不同类型的茶。晚上那里常有些小型表演，就在店里面。它那儿还有沙发什么的可以让人坐着听音乐，看书或者干些别的。那里的饼干味道不错，还有可颂饼干，那里的可颂饼干[②]可好吃了。”拉西娅的儿子说可颂饼干“Rugelach”时，像极了地道的美国孩子，似乎这个东西对他来说是个舶来品。她觉得她肯定不会喜欢那地方。那个咖啡馆里挤满了比她小二十多岁，推着新潮婴儿车的年轻妈妈们，而且她又不懂那里的规矩，也不知道该怎么说什么mocha[③]、venti[④]之类的词，连在哪点吃的，在哪交钱，在哪入座也不清楚。她要去了，别人会像看见一头大水牛闯进来一样看着她，她会特尴尬的。那里一杯饮料要花掉她四美元，而且还难喝得要命，她抿不了几口就会给扔掉的。

“那里卖酒吗？”

---

① 纽约一地名。

② 一种核桃巧克力酥卷，犹太人过光明节的传统庆祝美食。

③ 意大利风格的巧克力和咖啡的混合饮料。

④ 意大利语里“二十”的意思，在此指分量很大的一杯咖啡。

“不，没有，那是咖啡店，他们连卖酒的执照都没有。”

“好吧，我不了解这种地方。”她说。

瓦茨拉夫明白她是什么意思。在他小时候，他们俩常一起出去打探什么地方是干什么用的。也许别的孩子们用不着这样，因为他们的妈妈会一一告诉他们，你在这里买地铁票，在这里把医生的处方交给药剂师，然后在这里取药，还有你要是想寄个邮包的话就站在这里排队。但当他们初来美国时，瓦茨拉夫和拉西娅得一起从头开始学。

如今他们一起做的事情比那时候少多了，他还经常在她从没听说过的地方出入，这对于当妈的来说多多少少是个打击。但拉西娅老安慰自己说，那些土生土长的美国孩子的美国父母们，在这件事上其实也与她同病相怜，没什么两样。但在有些事上，拉西娅觉得，还是很不一样的。

“妈，你知道吗？你绝对应该去。去了奥齐兹，你就能看到莱恩的乐队，还能看我表演魔术。”瓦茨拉夫说。

“好了，再说吧，我不知道能不能去。”拉西娅答道。因为担心在那儿呆着不自在，她竟然连去奥齐兹看瓦茨拉夫演出都不敢，拉西娅也很不情愿自己老是这样。

失望的气氛在屋里静静地弥散开来，因为屋里的三个人都很清楚，拉西娅是不会去的了。莱恩一时有些手足无措，于是找了个借口好脱身而去。

“喔，我得回家吃晚饭了，谢谢你们让我来玩。”她说。莱恩很少留在瓦茨拉夫家吃饭，她给瓦茨拉夫的解释是她母亲规定她要回家吃饭，瓦茨拉夫信以为真，但其实这并不是全部的原因。

莱恩并非不习惯瓦茨拉夫家的食物。她不习惯的是那种感觉，那种她能感受到的非常强烈的自我意识。在瓦茨拉夫家，她像看慢镜头一样注意到自己的一举一动，手如何放，脚如何放，如何取用放在桌上的物品，如何使用手里的刀叉，以及如何在言语之间不忘了说“请”和“谢谢”。她也不习惯拉西娅把食物替每个人盛到盘子里，而不是让每个人从桌上的大盆里各取所需；她不习惯这样，因为这么一来，拉西娅给她盛多少，她自己能吃多少，以及二者之间的巨大差别，所有这些便都纤毫毕现地呈现在她眼皮底下。她也不是很习惯他们家菜里放的佐料。这倒都还是些小事。

最主要的一点是，她同拉西娅，尤其是同奥列格讲话的时候，得逐字斟酌每句话该怎么讲，不该怎么讲。她得小心翼翼地选择自己使用的词汇、俚语，甚至是语调；她常常不明白他们到底懂不懂自己讲的话；她但愿他们不会因为自己讲话的速度过慢或过快，而觉得她是在居高临下地有意显摆。

其实，莱恩最想的是瓦茨拉夫上她家去。她喜欢拿他在人前炫耀，喜欢看他为她妹妹和她父母变各种不同戏法时的神态，当然，还有他们都被他迷住的那种场面。她特喜欢的一幕便是，她爸看完瓦茨拉夫的魔术后会夸道：“这个，这是真的不简单！”然后便会对瓦茨拉夫大谈特谈物理学：除了魔术和棒球之外，这是世界上他最感兴趣的话题，他想当然地认为瓦茨拉夫也同样为之着迷。

但瓦茨拉夫几乎没在她家吃过晚餐。拉西娅要他回家吃，每天如此。而瓦茨拉夫从来都没意见，天天照办。这有点让莱恩吃醋，因为他不会为了她而与拉西娅抗争。所以，她便找借口要走，而不是应邀在他们家一起吃晚餐。她让瓦茨拉夫送她到Q线地铁站，坐两站便能到自己家，然后她便可以轻轻松松和自家人一起吃饭，而根本不用操心刀叉应该怎么拿。

拉西娅还以为莱恩不留下来吃饭是因为她不爱吃不熟悉的食物。说实话，莱恩根本就什么都不爱吃，看她的模样就能知道，证据就在她的手腕上，她太瘦了。有时，拉西娅如果自信今天的晚饭做得很大众化，是地道的美国餐，并且足够健康的话，她会大声宣布给莱恩听。

“如果你愿意，欢迎你留下。今晚有烤鸡，很健康的。”拉西娅说，但莱恩道了声谢，说声不了，便开始收拾她的书包。这类美国健康食物开始日渐频繁地出现在拉西娅的餐桌上，因为医生警告过她，身体过胖就该少吃肉，多吃绿色的东西，还应该减些体重。拉西娅对那些医生，尤其是那些年轻的美国医生言听计从。他们的办公室看上去犹如宇宙空间站一般。所以当医生告诉她需要减肥时（至少五十磅！），她毫不含糊地让他把她应该做的每一条，每个数字都一五一十地写下来。

那位医生当时就呵呵地乐了。他告诉她，每星期只需晚上吃几顿瘦蛋白和蔬菜，诸如烤鸡肉加芦笋和菠菜之类，或是沙拉加烤鸡肉，就可以了。另外，每天还得坚持快走二十分钟。拉西娅听完，一边特严肃地点头称是，一边锲而不舍地问医生，他所说的“几”顿究竟是指多少顿。医生回答说，他一直认为“几”指的是“三”。

于是，接下来的每个星期里，拉西娅都会做三顿烤鸡肉加芦笋和菠菜，而且每天下班回家后，她便会穿上运动鞋，绕着住所四周的街区走上二十分钟。

奥列格并没有积极响应她锻炼的号召，他对烤鸡肉加芦笋和菠菜兴趣寡然，每星期他翘首以盼的便是其他几个晚上，尤其是礼拜五晚上，不仅有罗宋汤和白面包，汤里面还会有大块的炖肉；等盘子里的肉都消灭殆尽，饭余还有一大碗冰淇淋可以让他大快朵颐。

瓦莰拉夫跟着莱恩一起走到门边，他把大衣递给她，又帮她拎起书包。外头天还没全黑，太阳虽已下山，天际却还残留着一抹余晖。此时正是夜幕降临前最后的一刻。时值初秋，即便日落以后，天气依然甚是暖和。虽然离万圣节还有三个星期，但再有一个来星期，树上的叶子便该变得火红火红，入夜以后,空气里将能闻到它们四处弥漫的气息。

吻的学问

一直到他们拐过街角，瓦莰拉夫才停下去吻莱恩。除了魔术，如今世界上最让他着迷的就是法式亲吻。在学校里的时间，他想得越来越多的不再是魔术，而是和莱恩的接吻。尽管他已吻过莱恩很多次，但他仍然特别紧张，特别陶醉，那感觉就如同坐在位于轨道最高处的过山车里，面对着即将来临的第一个巨大的跌落。

瓦莰拉夫喜欢在街头和莱恩亲吻，同时，他也朝思暮想能尝试其他那些事，那些男孩和女孩之间做的事。他每每在冥思苦想，做那些事会是什么样子。他们俩若能有间屋子，有张床，还有被子枕头什么的，而且能一起呆上一下午，不知道他们俩能探索出些什么来。但给他们一整晚、一个通宵，让他们俩尽情干他们想干的事，这个瓦莰拉夫连想都不敢想。每次亲吻莱恩的时候，所有这些念头都在他体内被一一点燃，蹭出火花，所以他乐此不疲，心无旁骛。亲吻莱恩的时候，那些如果时间地点允许他们俩可能会做的事，都被他拿来实施于亲吻之中，被他鼻中呼出的气息传递给她。他用舌头向她演示着情欲的疯狂、湿润和力度。他亲吻莱恩的时候，这一切都蕴涵在他的吻里。

莱恩却不一样。对她来说，亲吻是通往其他目的的中间站，她还想往下做别的那些事。瓦茨拉夫知道这点，因为莱恩亲口告诉过他，而且他也能从莱恩接吻时的表情看得出来：她接吻时神态并非愉悦，动作急迫得近乎绝望，身躯拼命向瓦茨拉夫身上挤，呼吸异常急促；她的手紧紧抓着他，指尖轻轻抠到皮肤底下，同时还使劲把瓦茨拉夫搂向自己。她的这种动作，每每让瓦茨拉夫想起拥挤的地铁里人挨人人挤人的感觉。他焦急地盼着车厢门能早点打开，可以让他透口气，可以让他甩开膀子在外面逍遥自在地走上一遭。

他们走过一条街，停下来吻在一起；然后，又过了条街，停下来又吻在了一起。这次他们的动作利落一些，因为拉西娅很清楚走这两条街用不了半个小时，而且Q线地铁的车每八分钟就有一趟。他们走到地铁站台，离下一趟车来把莱恩接走还有些时间。他们便站在那里等。分手的时刻越来越近，他们的吻也越来越投入。列车头的灯光随时都可能会闪现，铁轨也将会被照得雪亮。他们意识到，时间已经不多了。

莱恩向前挪了一小步，把自己的身躯朝瓦茨拉夫贴了过来，而瓦茨拉夫则稍稍往后退了退；但她又往前挪了一步，这次更是侵略性十足地向他压了过来，胸部紧紧地压在他身上。他又往后退，她却跟着再往前逼近，直到他已背靠着墙，再也无处可退。于是，就在这列车站台上，莱恩越来越用力地把自己压向瓦茨拉夫。他开始觉得，他们之间这种一前一后的来回运动，像极了心跳的起伏和潮汛的涨落。他不知他们是的确在动呢，还是只是营造出了在动的错觉。这时，车来了，冷空气在车头的推动下倏然而至，把他们俩终于分了开来。

莱恩抱了瓦茨拉夫一下，然后走进了车厢。门关上了，她却仍在冲外招手。他目送列车驶离站台，目送它在楼群、广告牌和树尖之间蜿蜒远去。他身处的火车站台拔地而起正好高出布莱顿海滩[①]周遭的屋顶。在铁轨附近，住家的房屋及其后院清晰可见。住在那些房屋里的人们此刻正边看着电视新闻，边讲着俄罗斯语、捷克语或西班牙语，享受着家庭的天伦之乐。在那些屋里的火炉边，母亲们正准备着包肉卷心菜、鸡肉饭和奶油菠菜。她们把烤箱调到375度，只需30分钟便可将从超市买来的冰冻苹果派变成地道的美式家庭风味食品。从大西洋吹来的海风，夹带着科尼岛上蛤蜊汁的腥味，不停地从窗外吹进来。大海，只有它经历过此彼两岸古往今来的不尽沧桑。

没人问过的问题和冰山的一角

瓦茨拉夫沿着台阶从高高的列车站台上下来。回到街上时，他已确信自己对莱恩别无所求。她走之后，他甚至感到一丝欣喜。他们俩呆在一起的时间已经够长，她也该回家了。但他能把这种感觉告诉她吗？不行，当然不行。他不想在她身上花更多的时间，也不想与她有更进一步的身体接触。而她想要的却多得多：更多的时间，更多的接触，还有更多肉体间的纠缠。他加快了步伐。他把手深深地插在口袋里。是因为她对我欲求日盛，才让我对她望而却步的吗？还是因为她期待的太多，而我期待的太少？按谁的想法去做好呢？两个人的想法之间又该怎么协调呢？也许我就该什

① 纽约布鲁克林一个靠海的居民区。

么都不顾，自己怎么想就怎么做，她也一样。这些念头像打乒乓一样在他脑子里来回闪现，令他沮丧之极。他一点都不喜欢这种感觉。

忽然，他又有了另一个想法。也许事情本来就是如此。也许有的人欲求本来就比别人多。也许某个时间，人们都曾意识到，当他们说，我爱你，我想你，你真美，你是最美的，我永远都不想让你走等等这些时，其实是在不自觉地撒谎。也许这样的言不由衷会结束，下次再说的时候它又变成了真话，变得如你所想的一样无比真诚。也许它不会结束。第一种情况下，等待它结束将会是明智的。可如果它不结束，那也许你不该再等，你该找个可以对之诚实说出那些话的人。可是，无论与哪个女孩或男孩相爱，也许你都会遇到这个问题。如果真是那样，你就还不如原地不动，保持现状，因为反正跟别人你也不过是重复着同样的过程而已。

他正在走过的街区是十三年前他们家移民来美国之后一直居住的地方，人行道的路面已变得日益粗糙，甚至坑坑洼洼。瓦茨拉夫意识到，这条路在他住过的这些年里还从没被修缮过。

瓦茨拉夫到家门口的时候，街上的路灯已马上要熄了。他打开门，手还未离开门把，便已闻到空气中晚餐的味道。

"是瓦茨拉夫吗？"只听拉西娅嚷道，"快过来坐下。我们还等着呢。晚饭都快凉了。"

"今天不是吃沙拉吗？"瓦茨拉夫冲他妈回嚷了一句。

"是沙拉，都已经不怎么凉了。唉，随你怎么说啦。"她答道。拉西娅现在老把"随你怎么说"挂在嘴边。她头一回在电视里听到这个字眼时特别讨厌它，尤其是当她儿子嘴里冒出这句话时就更加如此。可后来她自己讲话也开始用它，它轻而易举便成了她的口头禅之一。拉西娅现在觉得这个字眼用处真大，一个字便包含了下面所有的意思：

我不在乎
X你
你太严肃了
我轻松，我自由
你那副鸟样吓不住我

拉西娅要的就是把局面扭转过来，让他儿子成为更紧张的一方。

“妈，对不起。”瓦茨拉夫说。他明白，妈妈催他吃晚饭其实跟菜的冷热温度没丝毫关系，而是因为妈妈从替他做饭替他盛菜当中能得到莫大的幸福和慰藉，而他竟然还让她等了这么久，这对妈妈是多么不公平啊。虽然听上去太过于自我中心，但他觉得，无数发生过的事情都足以证明，妈妈是因为他才存在的。她所做的每件事，归根结底都是为了他，她的所有期望最后也同样都落在他的身上。他决定把心里憋了一天的那个问题向她当面提出来。

瓦茨拉夫坐在餐桌旁他自己那把椅子里。在瓦茨拉夫的记忆中，眼前的这张桌子一成不变从来都是他们家的餐桌，就好比街边的人行道，永远都是一成不变。瓦茨拉夫的全部记忆能涵括的年头实在太短，那些东西似乎都已经成了古董。但其实，人行道十三年不修，时间并不算长，而一张餐桌用上十三年也不是什么新鲜事。在一个国家住上十三年并不是很长，相反，它非常短。但话说回来，从别的意义上来讲，十三年又可以说是很长的一段时间。若是你身在异国，背井离乡，十三年对你会是很长的一段时间；若你与你至今仍朝思暮想的人无从团聚，哪怕一年对你而言也将会是极其漫长的。列娜已经消失了七年，瓦茨拉夫仍在想着她，每一天都在想。

“妈，”瓦茨拉夫开口说道，拉西娅正给奥列格的盘子里盛凯萨沙拉和烤鸡肉，“你有没有想起过列娜？”他的这一声话音在空气里回荡，一切都变了。在他们家，只有一个问题从来没人提起，就是这个；现在终于有人提了出来，屋里的空气似乎顿时被一丝不剩地摒出屋去。拉西娅仍在继续让凯萨沙拉和烤鸡肉往她丈夫的盘子里跌落。

从很多年以前起，瓦茨拉夫就知道他不该问这个问题，因为它只是冰山的一角，那座冰山可以称作“列娜”，“列娜怎么样了”，或“列娜当时怎么样，后来又怎样了”，或者干脆叫作“整个列娜那回事儿”。

自从那天夜里列娜离去以后，瓦茨拉夫曾经两次试图提出这个问题。第一次是那天拉西娅把他从马戏团找回来后，他在厨房里问的；另一次是两年后他满十二岁的时候问的。那第二次，瓦茨拉夫当时问拉西娅：“列娜现在在什么地方？”拉西娅听到后看上去非常不快，他马上便明白自己不该问这个问题。她当时只说了句“我怎么会知道”便走开了。虽然瓦茨拉夫不理解她为什么会那样，但很明显，他让她生气了。虽然后来他再没问起过，拉西娅也再没提起过，但这个问题却一直都还存在。这座冰山一直都还留在厨房里。

“没有，”拉西娅答道。这不是真话。不但瓦茨拉夫和拉西娅自己清楚这点，连奥列格也知道。

“我有，”瓦茨拉夫说。

自打列娜离去那天起，瓦茨拉夫每天夜里都要跟列娜说晚安。有时是大声说，有时却只能悄悄讲。碰上在朋友家过夜，为了不让别人听见，有时他得在卫生间里乘着马桶冲水的时候跟列娜说晚安。并不是他觉得这件事很羞耻，而是因为那句话是说给列娜一人听的，如果他说的晚安落入列娜以外别人的耳朵里，那将会有损那句话的法力。

每天夜里都跟列娜说晚安，这的确很管用。列娜离去的当晚，瓦茨拉夫面对孤独可怕的黑夜跟她说了声晚安，每个字都有他自己具体的涵义。晚安。晚安。他希望她能有个安静安全的夜晚，而不是可怕危险的夜晚，更不是孤独冷清噩梦连连的夜晚。他把对列娜所有的爱恋、关怀和焦虑都寄托在晚安两个字上，然后便向她发送出去。他相信，它能像信鸽一样找到她；他觉得，他说的话在那天夜里能够保佑列娜；他觉得，如果他在想着她，关心着她，而且让整个世界都知道他在这么做，那么不好的事情就不会落在她身上。有些人管这个叫“祈祷”，但他并没有恳求某个万能的主帮他实现自己的愿望。他把他的情感，自己纯真的情感在心里反复地煎熬，他想把它们推出去，推向整个宇宙，萌生出强大的魔力。一个小孩没法办到的事情，有了这个魔力他就能办到。

接下来的每个夜晚，他小心翼翼地把给列娜的晚安祝福发送到宇宙深处。每次发送完毕，他都觉得要不是他未雨绸缪，或者要是他忘了这件事，或者他做这事的时候不认真不虔诚，那么这个“晚安”可能就到不了列娜身边，也就是说，列娜当晚便会过得很糟。对瓦茨拉夫而言，这意味着列娜的生命就会有危险。

“你知道她到底怎么样了吗？”瓦茨拉夫问道。

“不知道，”拉西娅说。这话其实对错参半。拉西娅知道那天列娜身上发生了什么，也知道在那天之前列娜的遭遇，但她的确不知道那天以后，这些年来列娜到底怎么样了。她知道列娜是被儿童保护部门的人带走的，却不知道被带去了哪里。除了在电视上看到过的，她对被儿童保护部门的人带走意味着什么一无所知。

“那天晚上到底发生了什么事？”瓦茨拉夫又问道。

“我不知道，”拉西娅边说边低下头，看着她盘子里的凯萨沙拉和上面的几片烤鸡肉。她不想回答这些问题。她曾经想象过很多次，当终于有一天瓦茨拉夫想知道列娜发生了什么事，那会是怎样的情景。她想象自己静静地坐在一幢老式房子里（奥列格呢？当然是死了，不是她说话粗鲁，她不过是在说实话。男人就是这样的，他们就是死得比女人早得多。就是这么安排的，这样女人们才总算能够休息休息。），而瓦茨拉夫会带着孙子孙女们，在一个晴朗的夏日来探望她。他们俩会放眼往海滩上看，而孩子们则正在沙滩上玩沙子（那幢老式的房子当然会是科尼岛上紧挨沙滩的那种好房子）。这时，瓦茨拉夫会说：“妈，我知道这件事已经过去很久了，但你可不可以告诉我，那个以前老跟我在一块儿玩的小女孩后来怎样了？”而她会说，她没想到他仍然记得那件事，那都是很久很久以前的事了，她自己现在都当奶奶了；她会提醒他说，那个小女孩的名字叫列娜，然后她会温柔地把这段催人泪下的故事原原本本讲给他听。那个场景是有可能的，因为那个想象中的他们置身于离现实非常遥远的年代和地点。

但眼前这个场面太现实了。同一个地点，同一片住宅区，在那件事发生以后几乎没什么变化。旧日的创伤丝毫没有愈合，事情依然糟透了，不好的事就不要再提了。

“妈，你是不是不想告诉我那天晚上到底怎样啦？”瓦茨拉夫说。

“那天晚上的事，我记不起来了。”她答道。

“那好吧。不过，你要能记起来就太好了。”他用最讨好的语气说道。

“听我说，”她说。

“算了，”他说。

“今天是她生日，所以你才会想起她。过几天你就不会再想了。”说完，她喝了一大口水。瓦茨拉夫笑了，因为这句话既是个确认，也是个许诺。拉西娅果真也记得今天是什么日子。

“那是，好吧。”瓦茨拉夫说。他等了等，又吃了几口，“今天上班怎么样？”

“噢，别提了，”拉西娅答道，她使劲摇着头，仿佛在说：“今天是人类上班历史上最糟糕的一天，你简直不能想象我今天都目睹了一些什么行径，就拿其中的一小段跟你说说吧，你听了就会明白。我不想跟你说中间最恶心的那部分，因为我知道，你听了肯定会觉得难受。”

“芭芭拉，你记得芭芭拉吗？就是那个有事没事就请病假，而其实是为了去做头发染头发，第二天回来上班还假惺惺带着盒纸巾的那位？她今天上班了，本来昨天就有一大堆单子她应该处理完的，但昨天一整天我都听见她在打电话，聊啊聊，也不知道是跟谁，有可能是跟她从网上认识的什么男的吧。她老是说想找个犹太男人约会，那倒也成，可谁都知道现在网上的变态太多了。我真搞不懂，一个女人干嘛非要自己往火坑里跳呢？总之，那堆单子她是一张都没做……”在拉西娅的喋喋不休声中，奥列格的鼻子里轻轻响起了呼噜声，他趴在桌上睡着了。悄悄地，方才被摒出去的空气慢慢又溜回进屋里来，一切都看似恢复了平常，只是瓦茨拉夫和拉西娅之间平添了一份温馨的感觉，因为虽然很艰难而且不是很情愿，但刚才她还是对他说了她仍然惦记列娜，记得她的生日，也因此等于许诺了儿子，她不仅记得列娜，惦记着她，今天正想着她，而且有关列娜离开那天所发生的事，等到了时机成熟和合适的时候，她是会告诉他的。

瓦茨拉夫与拉西娅之间还新添了一份亲近。因为他发现，那件在他心里最最重要的事情，在拉西娅的心里也同等重要。

晚餐后列的单子

晚餐以后，拉西娅和奥列格坐在电视室的黑皮沙发上看俄语卫星电视，瓦茨拉夫则坐在地板上，两条腿伸直了放在身前，膝盖上搁着学校的讲义夹。他正在准备物理考试。其实，对这门课他早已胸有成竹，但他想再温习一遍要背的公式，确保所有的细节都稳妥无误。瓦茨拉夫的物理一直都是得的满分，这是他最喜欢的一门功课。

瓦茨拉夫在印有线条的纸上进行着自我测试，把要背的公式一一在纸上写出来。写着写着，他的思绪禁不住又转回到列娜的事上去了。瓦茨拉夫必须回自己屋一个人呆着，去想列娜，这种感觉在他是一种上佳的享受。就仿佛你被一本悬念小说所吸引，你便无法专注于其他事，你只想尽快回到书中去，只想沉浸在书中的世界里，只想知道接下来会发生些什么。

回到屋里，瓦茨拉夫连衣服也没脱，床罩也没掀掉，便躺在了床上。因为以前从未这么干过，所以他有一种异样的感觉。躺在床罩上想列娜，这种感受格外疏狂，也格外带劲。

他在想，列娜现在会是什么模样呢？这挺难猜的，因为连当初认识她时她什么样，他都已经记不起来。

他也在想，列娜的声音会是什么样，但想让他回忆起列娜的声音也挺费力。他觉得，那也许是因为列娜很少讲话的缘故吧。他脑中浮现出列娜说话的神态，却听不到她的声音。

列娜今天满十七。她应该长高了；瓦茨拉夫在寻思列娜现在是高还是矮。当初认识她的时候，她挺矮的，比其他同龄的小孩都要瘦小。很可能她仍然是矮个。瓦茨拉夫又开始寻思列娜的头发会是啥样，扎马尾辫，留短发还是留刘海，这些都有可能。瓦茨拉夫意识到，也有可能她如今在鼻子上穿了鼻环，或者把头发漂成了金色，后来又染成了粉色。也许她已经变得特胖，而且爱穿那种又大又笨重的靴子；当然，也可能她会爱穿上面写着“公主”的无袖衫。想到这，瓦茨拉夫终于意识到，这么多年他们之间音信皆无，也许他们早已不再是同一类人了。

也许，现在她已成了他从来都不愿搭理的那种女孩，那种爱听堕落的音乐，只跟橄榄球队的男孩们搭讪，午餐时溜到外头吸烟的女孩。

他试着在脸谱网站上找过她。可上一回他在那里搜索出十九万三千位名叫列娜的女孩，却没一个与她同姓。后来他想，她可能已经改了姓，于是便放弃了。只知其名，不知其姓，而且还不知道她住什么地方，这样的女孩你怎么去找？

也许，列娜已经有了驾照，有了男朋友，英语比以前也有了进步，很可能都有了丰满的胸部。瓦茨拉夫现在才意识到，在过去的七年中，他一直都当列娜仍那么小，一直都当她的年龄不会增大；但今天，在她十七岁生日的时候，他终于意识到，她已经长大，也将因此离他而去。瓦茨拉夫拥有的仅仅是记忆中的列娜，而真实的列娜是什么样他一无所知，也并不一定喜欢。他躺在床上，觉得列娜似乎正在从他身边逃走。他破天荒地蹦出了一个念头，也许今晚他不用再跟列娜说晚安了。这想法突然得有些吓人，但同时也让他有种功成圆满彻底解脱的感觉。他没将不跟列娜说晚安的念头立刻打断，他想先弄明白，不跟列娜说晚安究竟意味着什么。于是，他列出了下面这张单子：

不跟列娜说晚安的一些想法：

过去七年来我每天都要跟列娜说晚安
也就是说我应该继续下去
但同时这也意味着是该停下的时候了
如果真停下来会发生什么事呢
也许什么事都不会有
但也有可能列娜便会因此没命

单子上最后那条让瓦茨拉夫自己也大吃一惊，因为他还从没对自己或任何人宣称过：假使他不每天都跟列娜说晚安，那她就会没命。

这么想似乎很可笑，但瓦茨拉夫确实为之冥思苦想过：如果不跟列娜说晚安，她究竟会不会死呢？他真的不是很确定。

但后来瓦茨拉夫终于意识到，跟列娜说晚安到底有没有什么用，他可能永远都无法确定。因为现在看来，他再也见不到列娜了，即使能见到，他也无法证明，究竟是不是他每天说的晚安在为列娜提供安全保障。

列娜让人无法感知

在说不说晚安的事上瓦茨拉夫尚未拿定主意。他想，如果今晚说了，就意味着一辈子都得这么说下去，因为如果今晚决定这么做，他就不能停，否则万一列娜出了什么事，他就是罪魁祸首。但假使今晚不说晚安，那很可能以后就再也不会说了。而且，他怕如果今天不说，就把列娜给放跑了。其实他心里也明白，列娜其实早已经离他远去。

瓦茨拉夫脱下身上的衣服，换上一条运动裤。他把脱下的牛仔裤叠好，放回到抽屉里，然后盯着镜子里的自己看了起来。

他拿定主意，直接上床睡觉，不再跟列娜说晚安。床是凉的，他感觉得到床铺、被子和头下的枕头正慢慢地被自己的身体焐暖。

他想，到今天的什么时间才算是第一次没跟列娜说晚安呢？因为，假如现在想说，他还有机会。是不是要等到他睡着都没说才算呢，还是要一直等到第二天早上醒来？因为老是想着说晚安这件事，他担心那两个字会下意识地脱口而出。那么干脆他就在脑子里想想这句晚安吧，但没准那也算。

瓦茨拉夫反复打量着四壁，仿佛他正置身于一处陌生的房屋。在这间崭新的屋里，所有的一切看上去都与以往截然不同。他睡意全无，但仍然把双眼轻轻地闭上。

瓦茨拉夫没跟列娜说晚安。他不停地想啊，想啊，想啊，但他所想之事却始终犹如太空的边际和上帝的面容，无法被人感知。不，上帝的面容，人们也许尚能去想象。而此刻，列娜就如同上帝膝盖窝里的那块皮肤，让瓦茨拉夫无法去感知；当然，上帝究竟有没有膝盖也没人知道。对瓦茨拉夫而言，列娜就是一个让人无法感知的概念，她无穷无尽，浩瀚无垠，她是急剧扩张中的一个星系，她是大洋之中连光线也从未照到过的最深处。

离散：列娜

列娜在厕所里

列娜丝毫没有十七岁生日的感觉。因为今天生日，她心情还算不错，觉得今天不像平日里那么乏味。天似乎更晴，阳光似乎更亮，人也更精神更轻松。但她就是没有十七岁生日的感觉，没有她曾见过的朋友们过十七岁生日时的那种感受。对满十七这回事，她并不那么在意，像什么可以独自驾车啦，再过一年就能自己买烟买彩票啦，再过一年就可以现场观看大卫·莱特曼[①]的节目啦，就可以参加选举投票，可以高中毕业和步入成人的行列啦等等。上一次她过得还像那么回事的生日是在她满九岁那年。但从那以后，她就仿佛被放在一条转个不停的传送带上，她的生活始终都摇摇欲坠。虽然她对光阴的流逝以及日月的周而复始也有些印象，但她总觉得自己仍停留在九岁，远没有这个年龄该懂的那么多。

今天，她已经收到了很多礼物，包括下面这些：

埃米[②]送的一些新杂志
外公外婆送的电影院礼金卡和封面闪闪发光的生日卡
埃米送的几双新袜子
埃米送她的一套培养音乐素质“必听”的十张专辑
奥利维娅从西藏工艺品店买来送她的一个手镯
学生会送的贺卡
佩里和费伊送的用棉花彩画的生日衫

---

① 美国很出名的晚间谈话节目。
② Em，埃米莉(Emliy）的爱称。

埃米的男友艾伦送的一本塞林格的《弗兰妮和祖伊》[1]，看上去旧旧的，像是用过的，上面有句赠言，“送给我生活中的弗兰妮，赠于她十七岁生日当天”

一叠由虚构人物寄来的二十多张生日卡，其实都是埃米寄的美术俱乐部会员赠送的一盒趣味美术用品，里面包括有能擦掉木炭素描的橡皮和笔尖特细的画笔

除了礼物，列娜的生日还有别的一些庆祝活动：有人在她学校的储物柜上拴了只气球，午餐时有蜡烛和生日蛋糕，而且在学生们都回到固定教室自习的时候，大喇叭里还广播了列娜生日的消息。

列娜没有过生日的感觉，是因为今天她根本没觉得自己是个大活人。这种感觉已不是第一次，她一直都有；只是，这种感觉像智齿一样，有时候冒出来，有时又潜伏下去不见踪影。这种感觉发作的时候，列娜会觉得连与人交谈都很困难，尤其是当轮到她主持学生会或美术俱乐部的会议，或是练球时召集足球队员的时候。虽然最终她也能勉强交差，但没一次她不是度日如年，一分一秒强撑着熬过去的。

有时，这种感觉太折磨人，就好比你参加一个聚会，但又连一个人都不认识，你每说一句话都得事先斟酌再三才敢开口。这样的日子有时让人备感痛苦。比如今天，就特别让人痛苦。一整天下来，祝她生日快乐的人就没断过，同这些人的每一次寒暄都让她觉得似乎有个异物正在她脑壳里面的某处陈年旧伤上蹭来蹭去。这些过道里的简短交谈，没成想反倒让列娜生了一肚子气。每这么说一

① 美国作家J. D. 塞林格的作品。

番话，列娜便觉得犹如跳蹦蹦床的时候把脚给崴了一下，但又还得一次一次地接着跳下去。

一天中最后的一道铃声响了，星期五过完了，一个星期又过完了。列娜本该去参加一个生日聚餐，她的朋友们都从父母那儿要了钱，大家凑在一起，准备请她去吃日本寿司。但列娜却躲进了厕所，而且是一间脏得出了名的厕所。这个厕所在学校一处年久失修的楼道里，列娜和她的朋友们一般是不来这里的。

楼道里的每个人都急匆匆赶着回去过周末，赶着回去享受一个如同夏夜般温馨的夜晚。今天是星期五，周末的日子对列娜来说极其漫长，如同大海一般看不到边际。

厕所里只有两个隔间。靠里面可供残疾人使用的那间已经有人，列娜于是便进了另外那间稍小一点的。她把身上重重的书包扔在地上，往马桶上一坐。书包上绣着的"列娜"二字在她眼里显得既陌生又突兀。她的名字，她的身份，被用白线绣在海蓝色的衬底上。*这样绣在书包上就完事了？这就是我了吗？*

她瞧见旁边的隔间底下有四只脚，她知道那两个女孩在抽烟，她能闻出来；而且她刚才走进厕所的时候，那两个女孩立刻紧张得一声不吭，就凭这点她也能猜出个大概。

列娜双手捧着头，眼睛直瞪瞪地瞅着地板。从刚才的这个新发现里，她得到一丝短暂的安慰：无论如何，厕所是到处都有的，这样，她就不愁找不到能让自己离群独处的安全之所。她告诉自己，她可以安心在这厕所里待上一辈子。她脑子里有个声音在说，列娜，你可以永远在这里待下去。列娜的内心有两个自我：一个当听说"可以永远在这里待下去"时感到无比欣慰；而另一个则在用"你可以永远在这里待下去"来安慰前面那个。列娜决定与第二个自我直接进行一番交流。懂得安慰人的这个自我是否觉得，等第一个自我情绪安定下来以后，它就已准备好从厕所里走出去了呢？当然，等情绪正常了，第一个自我就应该已准备好面对厕所外面的世界。这样的话，第二个自我应该离前面的我远点，因为后者是永远都不想离开厕所的。但同时，又还有第三个自我存在，第三个列娜。这个自我负责盘问和审查前两个自我，从而作出决定。也许还会有另一个自我，而它只会在一旁观望。列娜觉得有无数个自我正螺旋似地成倍涌现，直至数不胜数。她仿佛正置身于两排面对面放置的镜子之间，能看见自己的后脑勺。她有一种奇异莫名的陌生感。

地板上，她两只鞋之间有一块斑点，列娜盯着它看了起来。她喜欢这块斑点。因为它不甚清晰，她觉得这块斑点同她格外亲切。它要么是沾在地板上的灰尘，要么是地板砖上用来掩饰灰尘的一个原始设计。它不能掩盖灰尘，但能使灰尘看上去不那么醒目。这块斑点究竟是灰尘呢，还是斑点呢？列娜不觉得地板有多干净，其实一点都不干净。地板又脏又难看。列娜想，自己能不能永远都记住这块斑点呢？这似乎是她见过的意义最重大的一块斑点了。它让她无比惊讶。她闭着眼，在脑子里描摹着这块斑点的形状，想知道这块斑点究竟有什么特殊之处而使它如此神奇，使它吸引了她的注意力，使它从其他众多的斑点之中脱颖而出。她想，也许她是至今为止第一个真正注意到这块斑点，确认它存在，而且感受到了它特殊个性的人。

这块斑点会不会意识到自己仅仅是块斑点呢？不，它当然不会。列娜觉得，自己喜欢的正是这块斑点的未知属性。突然，她有了一种冲动，她想把这个词组记下来，因为它听起来特棒，而且表达了一种列娜一直以来在心里想要表达的感觉。这块斑点的未知属性。虽然这个词组清晰地闪现在她眼前，并激活了她大脑中新的兴奋带，但她却不能肯定自己能把它记住。她不明白，为什么才十六岁，她就已经信不过自己的记忆力了。不，十七岁。她满十七了。不过最终，她还是确信自己的记忆力靠得住。她能记住三角学里所有的公式，能记住有丝分裂和减数分裂的区别，也能记住英文中所有的介词，诸如上、后、穿过、相对、沿着等等。所以，这并非记忆的问题。真正的问题是，那些自我仍在成倍地增加，而且各自之间存在巨大的差异。她最担心的其实是留意到那块斑点的自我会不会就此消失。一旦她开口说话，从厕所里出去（别，千万别这么想，嘘……），她就会永远失去那个自我，从而永远失去那块斑点。以前，她也曾为别的东西经历过这样的时刻，那些东西有的远比这块斑点重要，也有一些尚不及它。她能模模糊糊地想起一些人生片段，正是因为当时的一个相关情景使其印象特别深刻。她甚至模糊地记得，当时曾嘱咐自己要把这一切都记住。然而，当时具体的事情她已记不清楚。但她决定，从今天开始，她要把生活中看到过的所有斑点都记忆下来。她得出了一个结论：要想活得像个完完整整的人，自己生活中所有这些实实在在的斑点和印迹是至关重要的；没有它们，自己就只能是由无数争吵不休的人拼凑而成的一个拼图人。她拉开书包的拉链，想找张纸把自己刚才的想法记下来。

“是列娜吗？”旁边残疾人的隔间里有个女孩在叫她的名字。

“列娜？”得要答应一声了，现在连厕所里也已变得不安全了。她得回答一声，要装作一个正常人，这是必要的。不然，她就只能任凭那些“我”们瞅着一块斑点在那儿发呆。而且，不回答还会暴露自己现在的真实情况。在列娜心里，有个自我在问其他众多的自我："此刻你的真实情况是什么？"那些自我却都答不上来。她知道，答不上来就意味着这些自我的综合体尚不能像个完整的人一般正常运转，尚不能想装成个正常人就装得出来。有好几个自我在想，如果不回答，那个抽烟的女孩便会替她担心。也有一个自我认为，让她们担心担心列娜也好；还有另一个自我却对这个主意嗤之以鼻，它主张的是介于"回答"与"根本不回答"之间的第三条路线。 其他的那些自我则都在一旁观战。

"是列娜吗？"

列娜觉得，别人的内心肯定没有这么多个自我。自己心里的那些自我没有一个核心，没有一个根本，这让她很害怕。她觉得，她以前本来是有的，但后来渐渐失去了，在某个阶段，它被掩埋了，被窒息了，死去了；在那些众多的自我之间争吵的外表之下，其实空空如也。也许，正是因为她心里某些东西死去了，遗失了，她的内心才会被一种受伤的心理所占据。

"列娜？"

还是那个声音。列娜开始在心里自言自语："如果我们尚能决定要不要向别人暴露自己的真实情况，那现在就先别忙着争论自己的真实情况到底是什么。我是说，如果我们还能作决定，就意味着我们还能有所掌控，那我们就应当行使掌控的权力。"

列娜又一次觉得脑袋后面似乎有面镜子，透过它能看见无数个自我，这感觉真让人难受。她想，脑后的这面镜子让我想事情都想不清了。是不是每个人都有这么多个自我呢？它们之间是全靠它们自己来统一意见的吗？如果你站直了，笔直朝前看，你是没法看到那么多镜子里反射的影像的，因为你的头会把它们挡住。这是不是解决的办法呢？还是那些许多的自我才是呢？

“列娜？”这一回列娜的名字（这是她的名字吗？有名字真是件奇怪的事。而且还是叫列娜！）是从两个厕所之间的挡板底下叫出声来的，只见一个头，只看得清脸和嘴，却看不到连着的身子，从隔板下面倒着伸了过来。

“嗨，塞蕾娜，”有几个自我答应了一声，剩下的也都顺从，保持立场一致，脑中混乱的状况似乎好转了一些。塞蕾娜为了能看见列娜隔间里的情形把身子弯得更加厉害，接着，她站起身来，恢复了头上脚下的姿势。

列娜在那边等着。

“哎，没错，就是她。”塞蕾娜对她隔间里另外那双脚的主人说。接着，她的头又出现在两个隔间的挡板下面。

“你没事吧？”

列娜看着塞蕾娜的脸。她的头此刻比心脏的位置要低得多，她把身体弯下来由下往上看列娜，那姿势使她脸的模样变得非常陌生。有一根很粗的青筋挤现在她的额头上。她眼睛四周全都描了眼线。有些人描眼线是有针对性的，或者为了让眼睛看起来更漂亮，或者为了更性感，但塞蕾娜似乎是为描眼线而描眼线。也许，她只是为了看上去更成熟。

“你还好吧？”塞蕾娜又问了一声。列娜正暗自佩服塞蕾娜，她真勇敢，想画眼线就他妈这么画上了。列娜意识到自己从来没有想干嘛就他妈去干一回，她对自己失望极了。

“我担心你额头上的那根青筋会爆掉。”列娜说。这还真是实话，列娜一直没意识到自己在这样觉得，但它突然冒了出来，在瞬间脱口而出。

“你担心我额头上的那根青筋？”塞蕾娜问道。

“你们在抽烟吗？”她僵硬地说出了烟这个字，但并未觉得尴尬。平时，她一般不习惯这个字眼。但此刻，即使让她说月经、阴道、青春期或者是肚脐眼，她想自己或许也能说得出来。

“是。对了，你来一支吗？”

“好啊，多谢。”她又一次未经思考，未经大脑许可便说了实话。一直以来，列娜都不习惯未经斟酌便畅所欲言，她也从未抽过烟。

“你要不要也过来？这里面还有好大的地方呢。这是个残疾人用的厕所间。”

“不了，”列娜答道。塞蕾娜从挡板下先递过来一支烟，接着又递过来一只打火机。

“我不知道怎么用，”列娜说，这一次她仍然没觉得有什么尴尬，不过她也知道，这样说不是很酷。

“把你的门打开，”塞蕾娜在那边说。列娜把手伸上去摸门锁，眼睛却仍盯着地上的斑点在看。先是塞蕾娜的脚进入了列娜的视线，接着，那双脚交叉起来，塞蕾娜一屁股坐在地上，现在整个身体都在列娜的视线范围内。列娜把地上那个斑点的位置牢牢地记在心里。就在那里，那块亚麻色地板砖的角上。不是两个厕所间当中共用的那块砖，而是这个隔间里面，从左边数起的第一块。

列娜的视线终于从斑点移到了塞蕾娜的脸上。塞蕾娜从列娜手里接过烟，点着，又递回给列娜。

“轻轻嘬一下，别太用力。”塞蕾娜说。

“我不想吸，我只想拿着它，再试试弹烟头的动作。”列娜告诉她。

“那好吧，”塞蕾娜说。列娜盯着塞蕾娜的脸看。那上面特别热闹：有黑色的眼线，有粉底，使她的脸看上去比她本人白多了；她的头发扎了根辫子，但里面又编了许多小辫，头上还插了好多小的发夹；还有，她故意把眉毛描得特别细。除去这些，她的这张脸与列娜刚来这所学校时所见到的几乎没什么两样。那时，她们俩都才九岁，塞蕾娜虽然年纪尚小，还在学算数和争取不尿裤子的阶段，却已开始摹仿别人穿那种特傻的时髦牛仔裤。

列娜想把她的想法告诉塞蕾娜，告诉她其实她的脸并没怎么变，因为这挺逗的，但她又怕塞蕾娜听了不高兴，怕她会误解，因为她似乎非常想让自己看上去更成熟。这么一来，列娜便不再实话实说，不再口无遮拦。忽然间，列娜为她们俩之间，为人与人之间有这种无法填合的距离而特别伤感。每个人都在为一些事发愁，每个人都会有意识地伪装自己，又都不希望被别人发现，更不希望别人说三道四，哪怕说一句也都不爱听。每个人都希望自己是一个无与伦比的超人，一个生下来便十全十美的人；没人会承认，他们其实是在按自己的愿望塑造自己。每个人都是。没有例外。列娜真这么觉得。

“你刚才为什么不做声？”塞蕾娜问道。

“我想，可能是因为我在地板上看到了这块斑点。它不可知，却又具体。”

“是啊，”塞蕾娜边点头边说。列娜没料到塞蕾娜似乎能理解自己刚才所说的。但她马上想到，塞蕾娜也许是出于礼貌才这么表示，她真听懂了的可能性只有五成。紧接着，列娜又想到，自己也并非百分之百理解了那个斑点，但她对塞蕾娜点着头说“是啊”的反应还是很喜欢的。然而，也有可能的是，那个斑点的奇异之处确实显而易见，也许塞蕾娜早就注意到了它，只不过列娜自己才刚刚发现而已。一些在列娜眼里看似新奇的发现，在别人眼里其实是家常便饭，这样的事发生过不只一次。

“还有，”列娜说，话已出口，声音在厕所里响亮地回荡的时候，她才想起了那个“还有”，“今天是我生日，但我对自己出生时的事情一点都不了解。”

列娜意识到她要做些解释，她应该一股脑把她最大的秘密全都告诉塞蕾娜，虽然此事头绪繁多，但总而言之可以用这一句话来概括：“我不像别人，我一生中最初的那段日子就跟刺球一样，杂乱无章，理不出头绪。”

“我九岁的时候就被人领养了，”列娜说道。

“我听说了，”塞蕾娜打断了她，“对不起，你接着说。”她又说。

“大家都知道这件事吗？”列娜问。此前她只知道她的朋友们了解此事，但她很惊讶连塞蕾娜也听说了。因为塞蕾娜在她的生活中属于边缘人物，她们俩此前还从没这么交谈过。但她又想，喔，那当然了，每个人的小道消息她都知道，那些妈妈们之间总在不停地嚼舌头，绯短流长老是在传来传去。谁的兄弟有自闭症啦，谁的爸爸在外面上了别的女人啦，谁的妈妈以前是干模特的啦，还有谁的叔叔自杀了，这些事总是传得尽人皆知。

“是，我觉得大家好像都知道。我觉得这挺酷的，你说呢？这让你显得更有趣，更神秘。”塞蕾娜一边说，列娜禁不住一边回想着自己生活中拥有的那些秘密，那些事跟她如今的自我迷失脱不了干系。她一生的故事之中有那么多的缺漏，有那么多她不敢面对的空白。她必须重新寻回她心里已经遗失、麻木或死去的那部分，也许这才是关键。

“是啊，我想是挺神秘的，我刚生下来的那段日子是挺神秘的，”她说，“可我不想它老这么神秘下去。”

失踪的父母和无法消失的女孩

列娜不知自己出生在何处。是在莫斯科哪座废弃的建筑里？还是在布莱顿海滩的哪座公寓里？肯定有人知道，列娜的父母就在此列，不管他们现在在哪，他们都应该知道，但列娜却不知道。列娜只知道自己是个流落在布鲁克林的孤儿。她怎么到的布莱顿海滩仍是个谜。

列娜尝试过想象究竟发生了什么事。也许在她父母从俄国来美国之后，她才在布鲁克林出生；也许她生在俄国，后来才被父母带到这里。后来，也许他们把她一个人扔下而自己回了俄国，也有可能他们仍然在美国的什么地方。不管怎样，他们把列娜留在了布莱顿海滩而自己却消失了。列娜却没法失踪。列娜是个活生生的、不能说没就没了的女孩，她只能像一个印渍一般被可怜地留了下来。列娜父母走的时候，没把列娜带上。也许他们请了个临时保姆？来，帮我们照看一下这孩子，行吗？好吗？在屋门口？还是在旅馆的大堂里？或许他们委托的人是旅馆的门童？兴许他们本来是打算带她一起走的，他们收拾好了所有的行李，带上了所有烦人的零零碎碎的婴儿用品，像尿片啦，奶嘴啦，奶粉啦，还有小衣服啦，睡觉前讲的故事书啦等等。一直等到飞机飞过该死的大西洋上空时，他们才猛地拍了下自己的额头说，孩子，我们把孩子给忘了。但这时已经太迟了。

列娜思前想后，她想弄明白自己究竟是如何落到了现在这般境地。也许，她身为新移民的父母出了事，于是他们想方设法找人来帮忙照料她。她想，父母当时应该也有很多亲戚。也许爷爷奶奶当时也都在俄国。那些昔日常一起喝酒聊天、称兄道弟的亲戚们，开始渐渐疏远，撇清关系。他们那位只隔了两代的表侄，以前口口声声说“我们打小是像亲兄弟一样一块长大的”，现在却声称，他只是个隔了四代的远房姻亲，严格地讲其实连亲戚都算不上，否则要他帮忙收下这个孩子一点问题都没有。世道又不好，什么东西都那么贵，还怎么再抚养一个非亲非故的孩子呢？她自己的家人呢？他们自己得负责啊！结果就是，没人愿意要她。就这样，列娜被从这儿送到那儿，又从那儿被送回到这儿。她意识到自己是个负担，于是变得更加沉默寡言，习惯了躲在别人的身后，偷偷地观察，不给别人添任何麻烦。然而，这个样子不会讨人喜欢，她的沉默在别人看来是一种无言的声音，她弱小模糊的身影和严肃的面孔如同巨石一般压在那些人心上。因此，他们便愈发不愿把她留在身边。

列娜不知道究竟发生了什么，导致她最终被寄养在一个与自己没一丝关系的妇人家里。在列娜尚存的最早记忆中，她是与一位叫拉多什拉娃·多拉科伏什卡娅的妇人住一起，她管她叫外婆，但她并不是她的亲外婆。

列娜扰乱了拉多什拉娃·多拉科伏什卡娅的生活

列娜记得，在她满五岁的那个夏天之前，她一直都和拉多什拉娃住在一起。列娜一直羁留在被称作布莱顿海滩的俄国人社区里的一幢公寓大楼里。这幢楼里有很多套像她住的这类狭小的公寓，里面住了许多讲俄语的小个子老太太。布莱顿海滩的俄国人多得如过江之鲫，因为这是在布鲁克林，四处都是新来的移民。那些老太太们看上去个个长得都很相似，她们所有的人都大同小异：拿布裹着头，每天随身带着辅助行走的医疗器械，慢腾腾地走到杂货店去收集一堆必不可少的购物袋。为什么必不可少？因为必须有它们，这一天才会过得有意义。如果要上海洋大道拐角的那个摊位去买洋葱，这些袋子是必不可少的，超市里的洋葱每磅要比那儿贵上两分钱呢。真是骗子，同一条街上，挺好的洋葱，在那里能便宜两分钱。那些超市里的家伙，他们以为自己是谁啊？没有人能糊弄这帮老太太。

她们溜达到卖洋葱的摊子买好洋葱，然后回家。第二天，则要去肉铺买肉。每次去肉铺买肉，她们每个人都会穿得很讲究。脸上抹的粉底说不出是什么颜色，好像跟一九三四年拍的照片成色差不多。粉底上面还要抹些胭脂。在靠近嘴唇的地方还要涂些口红。口红似乎总涂不准，不在嘴唇上，而是沿着嘴角的深缝一直涂到脸上去。有些女人，还要用卷发夹把头发给卷起来。她们一个个打扮停当，身上弄得香喷喷的，那香水味仿佛在对人宣称，今天早上我刚喷过香水，而且在穿长筒丝袜的前后各喷了一次。

拉多什拉娃总是告诉列娜，肉铺的老板，那个男人，跟满世界的所有男人一个德性。肉铺的老板，他有你想要的东西，也知道你愿意交换。他明白，尽管你表面装得若无其事，可其实你肚子里正饿得在叽叽咕咕地叫唤。他会朝你微笑，温柔地叫你的名字，那声音从他男人味的嘴里传出来真是好听极了。但他也有小偷小摸的时候，如果你不留神，他便会把本来应该属于你的东西拿去给别的女人。所以你千万得当心。男人都是这样。但是，如果你只是想得到你分内之物，那你就朝他笑笑，让他明白你知道怎么挑肉，你也不是个蛮横之人，而且让他觉得你非常信任他（但千万别信他）。问问你自己，拉多什拉娃告诉列娜，他免费多给你几两肉了吗？他有没有切最精的肉给你？他卖给你的是今天刚来的新鲜肉，还是昨天干巴巴的剩肉呢？如果他没把最好的肉卖给你，那他给谁了呢？

拉多什拉娃和无数老太太一样，成天邋里邋遢地在布莱顿海滩的街头来回溜达，在这个新大陆里边打发时光边等候着死神的降临。而她们的女儿们则在尽情享受这个资本和市场极度繁荣的世界，一个个都戴着水晶做的假指甲，指甲上还都有塑料宝石做的装饰。

拉多什拉娃·多拉科伏什卡娅总觉得自己吃的苦比别人都多，并因此与众不同。她声称自己要尽可能地足不出户。她有一帮朋友，都是些老太太，常常过来串门儿，一起喝茶吃点心。她常对她们说，她最害怕的就是哪天会在道上被黑人打劫，或是被小黑孩子抢劫；那帮人特别粗鲁，也不知道已经犯过多少案子，你都不知道现在还有谁可以相信。她也担心，自己哪天会像加利波娃太太一样在什么地方跌一跤，把腿骨摔断。加利波娃太太打那儿以后就连生活都没办法自理，被儿女们送进了老人院，那可是一个被上帝遗弃的地方，里面的情形比地狱还要可怕。她的另一个担心就是，哪天不留神被那些发疯似的计程车给撞死。这就是为什么她不愿经常出门的原因。

但其实，拉多什拉娃·多拉科伏什卡娅不愿出门的真正原因是她又懒又胖，不喜欢走动。她一贯如此，一直都是这么个不爱与人为善，不爱帮助别人的人。她打小起便懒惰成性，心地不善，年龄的增长只不过给了她一个美丽的借口来继续自行其是。她常常感叹人到老时万事俱衰，也常在人前大倒苦水，说一个人照顾自己多么不容易。但事实上，步入老年对她而言等于美梦成真。

但这时，列娜出现了。列娜把这一切都给毁了。这不是什么秘密，拉多什拉娃·多拉科伏什卡娅就曾用俄语对着小姑娘这么吼道："叶连娜！我已经老了，快死的人了，而你把我最后几天安稳日子都给毁了。"通常，她说这些的时候，旁边都有人，因为老是有人来找拉多什拉娃·多拉科伏什卡娅。列娜也老是呆在她身边。列娜胆小害羞，跟公寓楼里和街上的那群小孩们玩不到一块去。她怕那些小孩，他们之间相互都很熟，常在一起跑来跑去，大呼小叫。她根本无法想象自己能和他们混在一起。每当她和拉多什拉娃·多拉科伏什卡娅一起从楼里外出一趟，去买东西、洗衣服或是收发信什么的，她都觉得好像跟冒险一般，总是贴在拉多什拉娃腿边，用手拼命攥着她的裙子，紧紧跟在她的身侧。而拉多什拉娃·多拉科伏什卡娅则老想把她赶远点，就仿佛牛使劲甩着尾巴，想把苍蝇赶跑一样。

列娜记得最清楚的，是有一天她正在绒地毯上玩，突然听到有人在谈论她的妈妈。当时她正趴在这张绿色的地毯上，想象着这是一片茂密的森林或者丛林，而她的手指，则仿佛是数名白白胖胖的小探险家，正在这片野林子里寻路而行。有时，她的几个手指头之间还会互相交谈，而有时它们却只顾埋头探路，以躲避前方潜伏的危险。在这附近肯定藏有老虎，甚至可能会有狮子，或是那种黑色的猎豹。

列娜在地毯上玩着，拉多什拉娃·多拉科伏什卡娅则和几位来看望她的朋友们坐在数英尺外的餐桌旁。她们一边抽烟喝茶，尝着摆在桌子中间的一堆点心，一边操着俄语在聊天发牢骚。

"干嘛不把她送到别处去？凭什么让你来挑这副担子？"说

这话的是亚布洛科夫太太，那天她坐在拉多什拉娃·多拉科伏什卡娅旁边。她的老伴儿仍然健在，儿子们也都长得漂漂亮亮，正在念高中。据亚布洛科夫太太讲，他们可全都是学医的料。亚布洛科夫太太从没到外面工作过，这很少见。她喜欢的是在大楼公寓里面串门儿，把每家每户的倒霉事传来传去。她总是一副替别人发愁的样子，似乎不但她自己的生活非常拮据，而且还深深感受到别家的痛苦，所以必须得说出来，找人与她分担。她把每家的倒霉事都挑拣出几件，拿来在人前传来传去，非得让每个人都对他人的痛苦经历了如指掌不可。

假如你刚刚摔伤了脚，她便会忙着告诉你隔壁女邻居在熟睡中过世的消息。

“你这算什么？你瞧瞧马尔卡太太，她痛得连动都没法动。只伤了脚算是轻的。这就是痛苦，这就是生活，难受吧？肯定会难受的。唉，我真的不忍心，太让人难受了。你现在还能自己穿衣服吗？我猜不行吧。真惨，我太替你难受了。怎么会这样呢？”

亚布洛科夫太太能让你糟糕的心情雪上加霜。她不但让这个新的国度在你眼里变得更加危险和神秘，还能让你对刚刚离别的祖国的感情也变得更糟。只不过，你思念故土就如想念一个有虐待狂的老公，至少你知道每天晚上将会发生些什么。

“瞧她在那儿，她在地毯上干嘛呢？她是不是有点痴呆啊？”亚布洛科夫太太说。于是，列娜便开始留意听，因为他们在谈论她。

“谁知道呢？谁知道她妈她爸当时吸了什么毒。不清楚。”列娜那时还不知道毒品是什么玩意儿。列娜对毒品的概念混淆不清，因为她曾见过俄文的宣传反毒的大幅海报，那上面画的人都是些疯子、危重病人或小偷之类，你从他们被刻画出的形象就能看出那都是些坏人。所以只有坏人才会沾上毒品。

但是，她自己便经常和拉多什拉娃·多拉科伏什卡娅一起去药店，拉多什拉娃·多拉科伏什卡娅要买药，那里面的人就把药卖给她，看上去也不像是海报上画的那么回事[①]，药店里卖药的人不像是坏人，拉多什拉娃·多拉科伏什卡娅也不是什么坏人啊。是不是如果你是老年人就可以沾毒品，而像列娜这样的小孩则不行呢？也许是这么回事。列娜的妈妈就沾了毒品，那不应该，因为当时她还很年轻。

“年纪太小了，”拉多什拉娃·多拉科伏什卡娅长叹了一声，“自己还是个孩子呢，就生了小孩，太可怕了，而且还没结婚，怪不得是那种下场。”列娜更糊涂了，听起来似乎她妈妈很小就染上了毒品，生下她的时候尚没有结婚，而且现在不知去向。她是不是死了？列娜不知道，也没敢问。

“列娜，我们的茶凉了，你煮点新的。这次别又太浓了，我身子骨弱，心脏经不起折腾。”

“好的，外婆。”列娜答道。列娜一直管拉多什拉娃·多拉科伏什卡娅叫外婆，虽然她一直这么叫她，但她也知道她并非自己的亲外婆。如果拉多什拉娃是她亲外婆，她才不会用那样的口吻去编排列娜的妈妈呢。

“她就是一条到处流浪的野狗，没人要的野狗。所以，如果哪天她突然蹲下来，在这个他妈的国家生下个狗杂种，然后就跑得无踪无影，谁又会觉得奇怪呢？叶连娜，我的茶都凉了，这点事你总

① 毒品的英文与药的英文是同一个词drug。

该可以干吧？你说呢？”这时，列娜会边准备茶边想，喔，原来我是个狗杂种。可是狗杂种到底是什么呢？列娜想，这个女人肯定不是我妈妈的亲娘，要不，她无论如何都不会说，我妈妈从小是像野狗一样被养大的。

刚刚四岁的列娜给外婆煮的茶已经非常不错了。她总是先从桌旁搬过一张椅子紧靠在炉边，然后从炉子上取下水壶，盛满水，把它放到炉子上去，再把火点着，然后就坐在椅子上等着水开的哨音响起。最难的一步是把热茶从壶里倒出来，因为茶壶特别重，第一下往外倒的水往往倒不进杯子里，有时会直接洒到她膝盖上或溅在她脚趾上。

列娜把茶给那帮老太太们端过去，这便会让她们重新想起她来。

“她的亲妈呢？亲爸呢？就没有别的家人了吗？绝对应该让别人来照看她，你自己连上街买东西都应付不来……真不应该。”

拉多什拉娃·多拉科伏什卡娅连上街买东西都应付不来，对此亚布洛科夫太太似乎由衷地满意。

“她父母都走了，可能都死了，也可能是回国了。如果他们还在这儿，肯定不是天天上门来借钱，就是借用电话，借地方洗澡，或者是借沙发睡个觉，就好像我有多富裕，有多少东西要等着送人似的。”亚布洛科夫太太觉得很有这种可能，因为这更能说明那些小年青是怎样的不负责任。

“就没别人了吗？”她问道。

“她妈倒是有个妹妹，最开始，就是她将她扔下不管的。”拉多什拉娃说。听到这儿，亚布洛科夫太太的眼睛亮了起来。

“她为什么不接受这孩子？”

“她不同意。我跟她好说歹说过很多次，让她把这个包袱从我这里接走，这也是为了列娜好。但她先是一听是我就挂电话，后来干脆就整个把号码给换了。有时我在街上看见她，拼命叫她，她撒腿就跑，从我这个老人身边跑开。”亚布洛科夫太太听到这里，不住地摇头。太可怕了，太可怕了。

与此同时，地板上的列娜也都听了个一字不落。因为她从不出声，大人们便总忘了她就在身边。因此，列娜具备了其他小孩梦寐以求却又无从得到的超级魔力：她能让自己在别人眼里消失。她能得知所有发生的事情，听到人们说过的所有的话，只要她呆在那儿，不动弹，不说话，就能获悉所有一切。她一直都觉得大人们跟动物一样，只要你呆着不动，他们便会忘了你的存在。让列娜这般年纪的小女孩长时间一动不动是很难的，但她依然在坚持，因为她要收集所有的信息，她父母的，她潜在的领养人的，还有她自己的。

“有件事你想不想听？但你得保证不传出去。”拉多什拉娃压低了声音说。

“当然了，拉塔，对我你就放心吧。你说。”

“那个妹妹，你管那些人叫什么来着，她在夜总会上班。”亚布洛科夫太太的眼睛一下子睁大了，因为这比不能替自己穿衣服还让她觉得来劲。虽然这个女人不是很清楚在夜总会上班到底是个什么概念，但她想肯定跟跳舞有关，或许还得脱光衣服，给男人端酒，拍裸照，还有皮肉交意。在夜总会上班就得干这个，也可能不光是这些。

但在列娜听来，夜总会挺不错的，就像电视里看到过的。在那里上班，他们会给你发顶帽子，上面写着你的名字；你还会有一大帮朋友；你不但得记住好些密码，而且还会有一把能进出夜总会大门的秘密钥匙。列娜也想去夜总会。她特想和那位与拉多什拉娃截然不同的女人呆在一起。

亚布洛科夫太太的预言应验了：拉多什拉娃·多拉科伏什卡娅就这么死了

自从上次拉多什拉娃·多拉科伏什卡娅和亚布洛科夫太太坐在一起，谈论列娜的父母和姨，还有夜总会以及列娜究竟是不是有些痴呆后，两个星期已经过去了。今天，拉多什拉娃·多拉科伏什卡娅还在浴室洗澡的时候，列娜便已经醒来，听见了舆洗室里的水声。她飞快地叠好毯子，把它放进柜子，然后又把睡觉的沙发上的枕头收拾整齐，这才在电视机前坐了下来。她打开电视，津津有味地看起了《芝麻街》里一部讲山羊的动画片。列娜喜欢看《芝麻街》，虽然不懂英文，但她猜得出节目里讲的是什么，尤其是当那只狗使劲拽山羊的胡子的时候，山羊发出的怪叫声让她特喜欢听。

《芝麻街》看完，拉多什拉娃·多拉科伏什卡娅仍在舆洗室里没出来，而列娜想要尿尿。于是，她走到舆洗室门边听了听，然后又回到电视前，接着看《芝麻街》下面的节目。虽然列娜爱看这些节目，但总是很快便觉得没意思，因为她听不懂里面讲的话。她本可以换到讲俄语的频道，但那些是成年人看的，没什么有意思的画面。

列娜仍然憋着尿。她坐在地板上，两条腿向里盘着，脚跟压在自己的小腹上，身体一前一后地晃着。即使以这种姿势坐着，她也很难再坚持下去。此时，她已无法再专心看电视，注意力全都在想着尿尿以及如何才能不尿到自己的睡裤里。如果她果真尿到睡裤里，拉多什拉娃·多拉科伏什卡娅准会特别生气，因为这又会给她添活（其实最后还是会列娜自己干），而且拉多什拉娃·多拉科伏什卡娅一定会告诉她所有的访客，列娜到现在都还在尿裤子。

列娜一脚深一脚浅地又走回到舆洗室门边，听了听，淋浴的水仍然在流。这挺奇怪，因为通常热水用一阵便会用完的。每当列娜洗澡的时候，拉多什拉娃·多拉科伏什卡娅都会站在门外对她嚷嚷别把热水用光了。听着淅沥沥的水声，列娜更忍不住了，她又一脚深一脚浅地走进厨房，有几滴尿已经偷偷溜出来了。她取过一只碗，搁在餐桌底下的地板上，这样万一拉多什拉娃·多拉科伏什卡娅此时从舆洗室出来，也不会立刻看见列娜。

列娜蹲下身，开始冲着碗里尿尿，虽然那是个很大的菜碗，但还是有尿溅到了外面的地板上。于是，列娜挪了挪身子，想瞄得更准，但结果却适得其反。

列娜尿完，却没觉得轻松多少，因为地板上正摆着一碗热乎乎的尿，地上还溅了一些，这要被人看见她又得无地自容了。如果拉多什拉娃·多拉科伏什卡娅知道列娜在菜碗里撒尿，她会怎么说呢？她肯定会逢人便说列娜是如何古怪，如何顽劣。列娜飞快地搬过一张椅子，靠在厨房的水池边上，然后把碗从地上端起来，碗里的尿比她想象的要更满一些，她想方设法要爬到椅子上去，同时还不能让碗里的尿液晃悠出来。

列娜先将一条腿搁在椅子上，然后把另一条也搁了上去，但当她准备站起来的时候，身体轻轻晃了一下。就晃了那么一下下，已经变凉了的尿液立刻从碗里倾了出来，洒在她睡衣上靠近肚子的部位。这也是没法跟人解释得通的。你怎么跟人解释，那些尿印怎么会跑到肚子上面去呢？尿又不是从那儿撒出来的。

列娜把碗里剩余的尿倒进水池，又拧开水龙头把池子冲洗了一遍。接着，她拿了块湿海绵，蘸着肥皂，把洒在四处的尿液统统都给擦干净，然后才开始轻轻擦拭自己睡衣前面的那一片，她觉得这样可能会好一点。她可以告诉拉多什拉娃·多拉科伏什卡娅，她把水洒身上了，甚至可以说是自己煮茶的时候弄洒的。列娜打算把一切都收拾干净，然后把茶煮上，这样就不会有太大的漏洞。舆洗室里的水声还在响。即使水流声现在停住，她也仍有足够的时间，因为拉多什拉娃·多拉科伏什卡娅得花好半天才能从淋浴里出来，扑好粉，并且把她的假牙戴上。

拉多什拉娃·多拉科伏什卡娅怎么还在洗？但列娜又不敢去敲门。

一切都收拾完了。列娜的睡衣上也只剩下肚子前面的一片稍微有点湿，盛满水的大茶壶正在炉子上煮着，马上就要开了。列娜检查了一下前门，门已上了锁，门链也挂上了。她晚上睡觉的沙发旁有一小堆衣服，是她用来白天穿的。她便将衣服换上。换好之后，她坐回到电视前，把屋里又打量了一番。一切都很干净，而且也擦干了，看不出任何有人曾用碗盛过尿的痕迹，甚至没有任何迹象能让人看出厨房里的抹布曾被用来擦拭过东西。没留下任何证据。拉多什拉娃·多拉科伏什卡娅怎么还没洗完？

电视里又开始了一集新的《芝麻街》卡通片，列娜试着跟着节目学英文字母和用英文数数。屏幕上有三只蝙蝠在一起飞，啊—啊—啊—啊—啊，它边数边发出的那是什么声音啊？原来那是它的笑声。那几个飞来飞去的黑色东西是什么？这个列娜却搞不明白了。

一整集《芝麻街》又已看完，拉多什拉娃·多拉科伏什卡娅在浴室里面待得实在太久了。列娜算了算，自己醒来以后已经看了四集动画片，拉多什拉娃在里面的时间长得不对劲。列娜觉得有点饿，这也是个旁证。太久了。列娜想了想该怎么办。她可以去敲门，看看有没有出什么事。但这不行，如果列娜打扰了她洗澡，拉多什拉娃·多拉科伏什卡娅会特生气的。于是，列娜再看了一段电视广告，广告里卖的是与真人一般大小的玩具娃娃，你可以跟它手拉手，还可以搂着它一起睡觉。

列娜站起身，走到舆洗室门边，把脸贴在门上，小心地不让门撞在门框上发出声响，否则拉多什拉娃·多拉科伏什卡娅知道她在偷听会生气的。除了水声，列娜没听到里面有别的动静。列娜举起手，攥了个小拳头，在门上敲了三下。

没有反应。列娜敲得太轻了，跟没敲一样。她完全可以回去接着看电视，装出一副从未想要敲门的样子。但她走开两步，马上又回过身来。她紧走两步，尤其第二步简直就像是跳了起来，手“砰”地一声使劲敲在门上。她停了下来，仔细听着，还是没有动静，“砰，砰，砰”，再来几下，还是没反应。一，二，三，都砸三下了，列娜心说。啊—啊—啊—啊—啊。

她别不是死在浴缸里头了吧，列娜心想。列娜并没觉得难过，也不是很清楚死意味着什么。她之所以这么想，是因为拉多什拉娃·多拉科伏什卡娅老把这句话挂在嘴上：“总有一天他们会发现我死在浴缸里头了。”列娜以前不是很懂“总有一天”是什么意思，但今天她却弄懂了另一个词的含义。列娜就是那个发现拉多什拉娃·多拉科伏什卡娅死在浴缸里头的“他们”。以前她老在想，“他们”都是群什么人啊，是不是整天都在到处搜罗死人，找到以后便把人拉走，或是整天都在四处溜达，抢别人的东西，这些“他们”都是谁？

列娜想，既然拉多什拉娃·多拉科伏什卡娅已经死了，那她应该没法生气了吧。于是，列娜推开了舆洗室的门。水仍在流。舆洗室里有点冷，而要是有热水的话，里面通常应该很暖和的。浴池边挂了个桃色的帘子，帘子底部看得见长了很多棕色的霉点。因为有浴帘挡着，列娜看不到池子里面的情形。墙上的镜子上没有雾气。有热水才会产生雾气的，列娜心里暗说。她走进舆洗室，随手把门带上。

列娜双手撑地，跪在浴缸旁边。她小心翼翼地伸出一个手指，把帘子悄悄撩起了一条缝，以便能看到里面的情形。她慢慢把头凑近那条小缝，格外小心，生怕万一拉多什拉娃·多拉科伏什卡娅并没有死。列娜可不想让老太太知道，列娜在她洗澡的时候往里偷看过。

列娜首先看到的是拉多什拉娃的头发，它呈灰色，笔直地耷拉着，有几绺已经脱落。一开始，列娜还以为自己看见的是拉多什拉娃的后脑勺，她以为拉多什拉娃·多拉科伏什卡娅正埋着头，面朝着浴缸的底部，但马上意识到这其实就是拉多什拉娃的脸，只不过她的头发全都湿漉漉地紧贴在脸上。拉多什拉娃的双眼都睁着，但它们并没盯着列娜看，头发把它们给遮住了。所以,列娜觉得拉多什拉娃·多拉科伏什卡娅并没看见自己。

列娜使劲盯着拉多什拉娃·多拉科伏什卡娅看了好半天，后者既没眨眼，也没呼吸。过了许久，列娜嗓子里发出了一点声响，拉多什拉娃·多拉科伏什卡娅似乎也没听见。列娜把帘子撩得更开一些，这时她才意识到，拉多什拉娃·多拉科伏什卡娅已经听不见也看不见她所做的一切。

列娜俯视着浴缸里的拉多什拉娃。本来她是绝不该如此打量的。列娜这样觉得，是因为此刻拉多什拉娃·多拉科伏什卡娅正光着身子，而且已经死了。列娜的外婆两条腿往外撇开，躺倒在浴缸里，深色的阴毛从她胯部一直延伸到小腹，透过阴毛列娜能看见她两腿间层层叠叠的皮肤，那部分皮肤呈深紫色或者深棕色。这是列娜见过的最令人恶心的一幕。

列娜又看了看拉多什拉娃的脸，脸倒没怎么变。仍在流着的水飞泻下来，砸在拉多什拉娃的肚皮和胸脯上，她的两只乳房耷拉在身体两侧，硕大的乳头呈紫红色，像极了《芝麻街》里卡通人物的眼珠子，它们可以同时各自往两个不同的方向瞧，样子傻极了。

淋浴间里有股粪便的气味，列娜在浴缸里看见了几块残留的大便，大部分已被水冲走，剩下的是几块没法被冲掉的大块头。

没看见什么地方有血迹，跟电视里人死的时候不一样，所以列娜不知道自己该怎么办。她觉得应该把水关掉，但她又怕那样做会把拉多什拉娃给弄醒。如果那样，她便会发觉列娜偷看过她从胯间一直延伸到小腹的阴毛了。她肯定会把这件事说给邻居们听的。列娜想，那一定会让她特别尴尬。于是，列娜走出舆洗室，把门又给关上。

下午四点左右，亚布洛科夫太太过来找拉多什拉娃喝茶。列娜正在电视机前坐得特别近看节目。亚布洛科夫太太也没敲门，她走进来看见列娜，便问道："拉多什拉娃呢？"

"她死在浴室里头了，"列娜答道。

这就是那些"他们"啦

接下来发生的是，亚布洛科夫太太一边尖叫一边冲进浴室，在浴室里又尖叫了好久。后来，她把水关上（这多浪费呀），又用拉多什拉娃的电话拨了911。接着，她给她认识的每一个人都打了电话。在亚布洛科夫太太哭叫和打电话的过程中，列娜一直都坐在那儿看电视。终于，亚布洛科夫太太从浴室走了出来，她跪在列娜身边的地板上，对她说，“你这个可怜的小东西，”然后她伸出胳膊搂住了列娜，拥着她，边哭边用俄语说，“你外婆，她死了，永远地去了，你没亲人了，一个也没有。”

列娜被紧紧地按在亚布洛科夫太太充满香水味的胸前，觉得仿佛掉进了陷阱一般。她想让亚布洛科夫太太把她松开，好让她能接着看电视。

“你还能去哪儿呢？他们拿你可怎么办？”亚布洛科夫太太在哀叹。

列娜仍在看电视，里面在讲她听不懂的语言，但她不想搭理亚布洛科夫太太。

亚布洛科夫太太似乎觉得急救人员即刻便能赶到。她边哭着打电话给所有的邻居，通知他们这件事，边从门上的猫眼往外看急救人员是不是已经到了；她还时不时把门打开，往走廊里瞅，看他们是不是在那里。她花了好大工夫跟聚在楼道里看热闹的人描述事情的经过，讲述她是如何第一个发现拉多什拉娃的，因为她是拉多什拉娃最要好的朋友。

过了大约十五分钟，亚布洛科夫太太紧张起来，她开始打第二轮电话。

“我告诉你，他们还没来人把尸体运走，她在那个浴缸里都快烂掉了。十五分钟之前就通知他们了。怎么搞的，太不像话了。”

半个小时过去了，还是没人来。

“没别人，公寓里只有我和那个小女孩，还有拉塔的尸体，尸体还跟那儿躺着呢。没有。我觉得她根本没意识到发生了什么事。没有，她还坐在那儿看电视呢。我觉得那孩子好像有点不对劲。跟死尸在一起呆了那么久，能有什么好？就让她在那发腐，烂掉，太过分了吧。”这些话亚布洛科夫太太全是用俄语说的，而且是就在列娜的耳边说的。过了两个小时，还继续跟死尸呆在一间屋里，亚布洛科夫太太为此越来越紧张。她冲着电话里说，空气里也许已经有病菌了，她已经闻到尸体腐烂的味道了。列娜却并未闻到什么。亚布洛科夫太太冲着电话里大声说，她的神经都要崩溃了，今天这件事对她的精神打击太大了。然后，她便走了。

过了将近三个小时，急救人员才到，列娜给他们开了门，告诉他们人在浴室里。然后，她走进拉多什拉娃的卧室，从床头柜最上面的抽屉里拿出一个信封。信封里装的是拉多什拉娃的遗嘱。拉多什拉娃曾无数次告诉过列娜：“在我死后，在我的痛苦终结之后，把这个交给他们。”列娜想，这些人可能就是“他们”吧，人死以后，也许就是他们这些人过来把你弄走。她想，是不是本不应该由她第一个发现拉多什拉娃死了呢？因为只有这些人才知道怎么应付，他们能说会道，带了很多设备，还有一张有轱辘的金属床。

列娜把信封递给其中的一个人。那人当时正在打电话，他对电话里说了声，“等等别挂。”

“你叫什么名字呀？”他用英语问道。列娜盯着他看了看，然后便盯着地板，因为她听不懂。那人便又接着打起了电话。

“她不说话。我估计是五点左右，也可能是四点。她年纪很小。不，公寓里就她一个人，好吧，我们会一直等到那时候。那好。”然后，他挂断电话，朝列娜笑了笑。

“马上就会有人来帮你，好吗？”他微笑着说。说罢，他回到拥挤的浴室里面，同另外两个人汇合。列娜便在电视前坐了下来。

列娜能听到那几个人在浴室里的声音。她想，他们怎样才能把拉多什拉娃·多拉科伏什卡娅从浴缸里搬出来呢？她想问这个问题，并不是因为她个头大、已经死了，或者身上是湿的，而是因为她是裸着的。列娜无法想象一个人去触摸别人一丝不挂的躯体。

那几个人讨论了许久，列娜能听见他们的声音从浴室里传来。那三位全是男人，其中一位时不时从浴室出来一趟，到他们放在走廊上的红包里面取几样东西。再过一会儿，三个人都从浴室里出来，那个先前跟列娜讲过话的人再次对她说话。

“我们马上就回来，好吗？别担心，马上就回来。”他把话说得很慢，然后三个人便都从公寓里走了出去，关上了门。列娜不知道他说了些什么。刚才门开的时候，她看见外面楼道里有好些人，他们都在围观那些急救人员，看上去一个个都十分兴奋。但没人进来问候一声，甚至连个敲门的都没有。

列娜走进浴室，看他们究竟都干了些什么。拉多什拉娃·多拉科伏什卡娅仍在浴缸里，姿势与以前一模一样，但看上去跟先前有些不同。她皮肤的颜色变了，另外一些细微之处也有了变化。那几个人已把她的眼睛合上，所以现在她的眼睛不再盯着天花板看。另外，她的嘴唇似乎消失了，好些牙齿都露在了外面。列娜站在那儿俯视着拉多什拉娃·多拉科伏什卡娅，仍没琢磨出那些人怎样才能把她从这里给弄出去。突然，她听到外头有人敲门，接着门开了，有人说了声“急救队的”，忙从浴室跑了出去，因为她不想让别人知道她曾经在这里面呆过。她觉得她不该有这种好奇心，想去看外婆死了的样子，何况她还光着身子，浑身湿漉漉的，眼睛虽然合上了，牙齿却还露在外面。

那些人并没看见列娜从浴室跑出来。他们根本没注意她是从哪儿出来的，因为他们正忙着把一张铁床从外面弄进公寓里来。先把床搬进客厅，然后便推着走，床底下有轱辘可以滚动，在列娜的地毯丛林中留下两行深深的印子。

床上有块铺了红色软垫的床板，这几个人把床板取了下来，扛着进了浴室。

列娜坐在客厅里，电视的声音开着。即使如此，她也仍能听见拉多什拉娃淋湿的皮肤在浴缸上被拖动的声音，也能听到那几个人的动静，以及他们的抱怨声和喘气声。她听到那块木板被啪的一声扔在浴室的地板上，接着便听到有东西重重地磕在浴缸上，然后便听到“吱吱”的声音，那一定是拉多什拉娃的皮肤贴在浴缸上，拖起来越来越难。列娜自己就曾在浴缸里弄出过类似的声音，只要坐在浴缸里，使劲来回地动来动去就能办到，所以她知道那“吱吱”的声音是怎么回事。

列娜的小脚上穿着袜子，在走廊里的油毡地毯上慢慢挪动，小心翼翼地惟恐地板发出任何声响。盥洗室的门开着，列娜往那边探了下头，看有没有人在往她这边瞧，会不会发现她。但里面所有的人都正背对着门。

列娜向前倾了倾身子，又观察了一下，然后便走到门口。他们仍没注意到她。她还可以继续再看看。

那几个人把拉多什拉娃·多拉科伏什卡娅侧过身来，现在她是冲着那几个人侧躺着。其中两人将她抱住，使她保持眼下这个姿势，一个人扛住她的肩膀，另一个则从她屁股下面一点的部位抱住了她的双腿。

这种侧躺的架势，在列娜看来更难看、更可怕。她的肚皮耷拉在身前，仿佛已不再是身体的一部分，而且肚皮上还满是赘肉挤压出的一道道褶子。她的肚脐已变成了一个又丑又黑的玩意儿，两个乳房也好不了多少，上面也全都是褶子。

那第三个人，就是先前同列娜讲话的那个，把床板放在拉多什拉娃身后，另外两个人慢慢让她往后躺倒在板子上。列娜能看到，现在他们已经能够把木板抬起来，把拉多什拉娃·多拉科伏什卡娅抬出浴缸，而不是直接把她软塌塌的身体抬出去。他们用黑色的带子把拉多什拉娃·多拉科伏什卡娅固定在板子上。接着，就听他们喊："一、二、三。"

他们开始把板子往上抬。列娜看得出，要把板子抬平很困难，因为他们的胳膊都在使劲发抖。他们只好离浴缸再靠近些，而且得稍微下蹲，这样才能使板子保持平衡。这几个可都是身强力壮的大男人。

总算把拉多什拉娃·多拉科伏什卡娅在板子上放稳了。他们抬着她，慢慢向门口移过去，走在前面的两个人其中一个，就是那个没同列娜讲过话的，突然发现列娜正在门口站着。他根本没料到列娜出现在那儿，不禁倒吸了一口冷气。

"天啊！"他说。

"妈的，糟了。"那个先前同列娜讲过话的人嘴里嘟囔了一声，然后对列娜说，"宝贝儿，你不能呆在这儿。你不应该看到这些。你到那边去看电视，行吗？"这人的声音听上去很和蔼，他并没生气。列娜不明白为什么他让她去看电视，也不明白为什么他在完成此项费力的工作时让她走开。她觉得自己不该走开，尤其是这人同她说话的语气还那么友好。

列娜退到一边，让那几个人把拉多什拉娃·多拉科伏什卡娅从浴室里抬出去，然后又跟着他们来到客厅。他们把拉多什拉娃挪到那张带轱辘的床上，在她身上盖了一张白色的布单，把整个身体都给盖住，包括头和脸。列娜觉得这看起来还不错。讲话的那人打开门，扶着，另外两个则推着床把拉多什拉娃·多拉科伏什卡娅推到了外面的走廊上，穿过围观的人群，向外推去。那些看热闹的人早就等着目睹这一刻，好近距离地参观在浴缸里摔死的拉多什拉娃·多拉科伏什卡娅，亲眼看看躺在担架上的真正的死人是什么样。

先前对列娜说话的那个人留了下来没走。他关上门，看着列娜。他叹了口气，一副十分疲倦的样子。

“我在这陪你一起等，一直到社工过来。可能还得有一会儿。你需要什么吗？”他的声音仍然很和蔼，似乎也没有因为列娜没回答他的话而不快。

“今天一天够你受的吧。你要不要吃点东西？想喝水吗？”列娜真希望自己能听懂他在说什么，因为她挺喜欢他的，也希望他能接着讲下去。

“好吧，我得去弄杯水喝，替你也弄一杯。就是等，我们也得舒舒服服地等，是吧？”列娜瞅着那人走进厨房，看着他伸出有力的胳膊，把厨柜一个一个打开，似乎在找什么。他找到两只装水的玻璃杯，从水池的龙头下接了水。他走过来，递过一只杯子给列娜，然后在沙发上坐了下来。列娜接过杯子，也在沙发上坐下。那人拿起电视的遥控器，打开了电视。

“我特喜欢这个节目，”他说，电视上正在放《芝麻街》，“老跟我的孩子们一块看。”他边笑边看着电视。列娜也爱看《芝麻街》，她看得出这个人也爱看，因为他朝她笑来着。

列娜坐在那人身旁，心里暗想，也许他是来照顾我的吧。拉多什拉娃·多拉科伏什卡娅刚死，他就来了。他大模大样走进屋，他找水杯时的架势就好像那是他自己家厨房里的柜子一样。他看上去就好像他在这儿住似的，她想。也许，从现在开始，他真的要在这儿住下了。

和这个好心的叔叔坐在一起，听着他和蔼的声音，听着他一边笑一边看《芝麻街》，列娜觉得格外兴奋。伯特和厄尼[①]正在介绍一部关于一个男孩、一个女孩和一盆花的卡通片。那盆花看上去很伤心。列娜喜欢这部卡通，因为她能看懂，虽然里面也讲英语，但她还是能看懂是怎么回事。

一开始，那个男孩把女孩叫过去，指了指那盆伤心的花。你能看出它很伤心，因为它大大的绿色叶子无力地耷拉在地上。女孩看了看那盆花，说了句什么，然后男孩走了，紧接着他又走了回来，手里拿着一只闹钟。闹钟发出一声报时的响声。接下来，男孩和女孩又相互说了些什么，只见男孩跑开又领了只狗回来。狗对着那盆花不住地流口水，还冲着它大叫。男孩和女孩又说了些什么，男孩又跑开了，这次回来时带了一只浇水用的大水壶。他开始用水壶替那盆花浇水，那盆花开始变得开心，它的叶子舒展开来，这时的音乐也让你听得出那盆花特别开心，男孩和女孩也同样变得高兴起来。

那个人也爱看这部卡通。看到最后，他们俩，列娜和那个好心的叔叔都在笑。

---

① 伯特和厄尼是《芝麻街》中的两个布偶角色。

这其间那人好几次从口袋里掏出手机接电话，每接一次，列娜都觉得他的声音听上去很伤感，但电话挂断后，他又总是在笑，同列娜说话也愈加温和。

那人甚至从储藏柜里给他们弄了一盘小甜饼，给自己倒了杯牛奶，给列娜也倒了一杯。然后，他给列娜示范如何把饼干先在牛奶里浸一下，再把它吃掉。列娜以前从没把饼干这样到牛奶里泡过，她觉得这真是一件最最好玩的事情。这个好心的叔叔肯定会好多好多这种好玩的事。她觉得好温馨，好幸福，渐渐地睡了过去。

有人敲门，再见了

敲门声并未将列娜惊醒，她醒来是因为那个好心的叔叔从坐着的沙发里站起身来。

那人从沙发里站起身，走过去把门打开。这时，列娜睁开双眼，希望他能马上回来。她喜欢在睡觉的时候，有他一直醒着陪坐在身边。她喜欢在这样一个温暖的下午，蜷在沙发里，在开着的电视旁小睡一阵，即使中间有一段那人换了个台看新闻。他换台的时候把她弄醒了，就一眨眼的工夫，但她装作仍在熟睡，因为她希望他们俩共处的这段时光永远都不要结束。

敲门的女人在门口同那个男的交谈了数分钟，然后她进到门里，走过来挨着列娜在沙发上坐下，那个好心的叔叔则站在她俩旁边。

“你会讲英文吗？”女人的声音和那个男人的一样和蔼，但列娜听不懂，所以她没回答。

“你讲俄语吗？”那个女人又用俄语问道。列娜听懂了，她用俄语答道，“是。”

“你叫什么名字？”

“叶连娜，”她答道，报了自己的全名，她同大人说话从来都这么告诉他们。

“叶连娜，我叫安娜，接下来我要问你几个问题，你尽管回答，说错了没关系。”旁边那个好心的叔叔正在穿上自己的大衣。

“你住这儿吗？”她问。列娜不明白她为什么会这么问。不住这儿她还能住哪儿？看着那个男人穿上大衣，列娜心里隐隐有一丝不快。她使劲盯着他，心里格外担心。她希望安娜能停下来别再问了，也许这样那个男人便不会离开。

“你在什么地方睡觉？”安娜又问道。

“这儿，”列娜指了指沙发。安娜点了点头，仰着头看着那位好心的叔叔。

“马克，十分感谢你。下面的事都交给我好了。”马克笑了笑，点点头，然后弯下腰来跟列娜讲话。

“你不会有事的，宝贝儿，好吗？”他轻轻拍了拍她的头，然后转过身向门口走去，拉开门，走了出去。列娜不知道他什么时候会再回来，她希望不会太久。

接下来安娜又问了列娜几个别的问题，然后帮列娜收拾好她的衣服，放进包里。她们俩手牵着手走出公寓的房门，来到外面空无一人的走廊上；她们来到电梯前，乘电梯下到车库那层，她的车便停在那里。她领着列娜离开了原来的住所，准备带她前往一个新的去处。

列娜其实并不想离开，因为她不知道那个好心的叔叔是否还能找得到她。她担心，万一他想回来接着看《芝麻街》的节目，自己却已经不在了。

早上好，阳光女孩

列娜在安娜的车里睡着了。她醒来的时候，车正停在一幢大房子跟前。安娜带着她走进房里。因为已是半夜，里面一片漆黑，悄无声息。安娜把列娜带到安排给她的房间里，帮她收拾好床铺。列娜刚刚上床躺下，马上便睡着了。

第二天一大早，列娜就醒了。她听到房子里有声响：早上忙碌的声响、小孩犯困的声响、小孩兴奋的声响。有小孩在楼道里跑来跑去，还有几个在大声嚷嚷。她从来没同这么多小孩在一起过。隔壁屋里，有人在听收音机，边听还边跟着唱；还有另外一个人，在跟着听收音机的人一起唱。

列娜想尿尿，但又不愿离开自己的房间。虽然想不出是什么，但她觉得自己在干什么傻事，一件自己本应知道该做或不该去做的事。而且她肯定，其他的那些小孩一定会笑话她，拿她寻开心。她不想看到他们，不想跟他们讲话。

等到所有的声音都渐渐去了楼下，列娜才慢慢地悄悄出了自己的房间，跑到卫生间去尿尿。卫生间离楼梯很近，厨房里的味道从楼梯那边传了过来。列娜闻着，觉得很熟悉，是烤面包片的味道，列娜已经饿了，却没有勇气走到楼下去。

列娜回到自己屋里，坐在昨晚躺过的那张印着蓝花的床上静静地等着。她开始担心，现在如果有人进屋，他们会很奇怪：为什么她一声不吭地在这里等呢?也许他们能看出，她是害怕出去跟大家交谈，害怕大家看到她。列娜不想那样，因为她为自己的胆小羞涩自卑，更为听不懂别人讲话也无法跟别人讲话而自卑。

列娜又在床上躺了下来，装作睡着了。她听到楼道里响起了脚步声，便紧紧地闭上双眼，纹丝不动地躺在那里。

脚步声在屋门外停了下来，“吱扭”一声，门被推开。

“如果你饿了，这里有烤面包片。”列娜听到有人在说话，但她听不懂，于是仍旧闭着眼。她想，也许这人会以为列娜太累了，正像童话里的公主一样在沉睡，而人们没法将她唤醒。这么想,也许这个人便会走开。

“安娜怕你饿，让我把这些烤面包片给你送来，你还是赶紧起来，把它吃了吧。”那人抬高了嗓门说道。列娜开始有点烦了。

脚步声和烤面包片的味道（上面还抹了奶油）进到了屋里，一步一步离列娜越来越近。

放烤面包片的盘子被搁在了木地板上，发出一声好听的闷响，接着，那人把手伸过来，摇晃列娜的肩膀。现在，列娜再也无法继续装睡了。列娜翻过身来，打量着那人。是个女孩，年纪比列娜大一些，个头也高出许多。她是个黑人，头发编成了许多小辫，每个小辫的末端还用发夹夹着。那些发夹都被做成蝴蝶的形状，还有各式不同的颜色。

“你没睡着，”她说，“你为什么不说话？”列娜觉得很尴尬，因为她听不懂她在说什么，她真希望这个女孩能停下来别再说了。

“你会讲西班牙语吗？”她又用西班牙语问道。列娜还是不吭声。

“好吧，真是的，不想开口就算了。吃不吃面包也随你。既然已经到了这儿，您总得下趟楼吧？”列娜仍没说话。她听不懂。看来，这个女孩不像安娜和那个好心的叔叔：即使列娜不答话，他们也仍会高兴地同列娜接着讲。这个女孩可没他们那么好。

女孩走了。列娜赶紧把面包都给消灭干净。她想，装面包的盘子倒是给了她到楼下去走走的借口。她不能把脏盘子留在屋里，她知道该把盘子送回去，拿到厨房的池子里用水洗干净，这样才礼貌。而这些她都知道该怎么做。

列娜走出房间，来到长长的走廊上。有些小孩已经回到自己的屋里，所有的房门都敞开着。每个房间里有一到两张床，有的里面还摆了好些东西，绒毛动物玩具啦，墙上贴的画啦。而有的屋里则什么都没有，像列娜的屋里。

房间里的小孩们，有的在叠衣服，有的看书，还有的则在一起聊天或玩游戏。

也有几个小孩脸冲着墙，在床上躺着，像列娜刚才那样。

列娜沿着长长的楼梯往下走，这时她听到了安娜的声音。她正在同另一位女士说话，她们的口气听上去很严肃，与前一天安娜刚把列娜带到这儿来时一样。列娜便朝她们说话声的方向走了过去。

她们正坐在一张大餐桌旁，安娜在打手机。她们身前放了好些文件和纸页。安娜正往她手边的一张纸上写满了字。

安娜看见列娜走进厨房，她噌地一下从椅子里站了起来。

“嘿，小鬼，嗨，早上好。”她接过列娜手里的盘子，顺手摞在水池旁边一叠脏盘子上。两个小孩正站在水池边上一起刷盘子。他们一边聊天，一边拿屁股互相拱对方，弄得各自的衣服都沾上了池子里溅出的水和肥皂泡。他们都哈哈大笑，不是嘲笑对方，而是为他们共同的开心而欢笑不已。

安娜领着列娜来到客厅旁边的一间屋里。

“这是游戏室，也是美术室，工艺室和通用室，”她告诉列娜，“你在这里干什么都行。”列娜往四周看了看，靠着每一面墙都摆着个架子，架子上有书和玩具。屋里还有许多桌子，上面放了好些成盒的彩色蜡笔和大张的白纸。屋里四处还有好多透明的塑料箱，里面装的全都是玩具。几个跟列娜差不多大的小孩，正在地板上的一张毯子上玩玩具汽车，毯子上印的是街道和街道两旁房屋的图案。

“你喜欢涂颜色吗？”安娜问，“来，我们来玩。”安娜扯过一把椅子放在桌边，让列娜坐下，已经有一个女孩坐在这张桌旁,正涂着颜色。这女孩看上去比列娜大，但没有给她送面包片的那个女孩大。列娜和安娜在桌旁坐了下来，那个女孩连眼皮都没抬一下。她正在往一幅画上涂着颜色，画上是一片蓝色的大海，里面有一条粉红色的小鱼。她正小心翼翼地把海水的颜色涂得离鱼越来越近，但又不能把海水的蓝色涂到鱼身上去。

“贾内尔，这是列娜。”贾内尔没说话。于是，安娜拿过一张大白纸，放在列娜面前，接着给自己也拿了一张。然后，她拿过一大盒彩色蜡笔搁在她们俩之间。她取出一只棕色的蜡笔，开始在她的纸的正中间画一朵大花。花瓣的形状是那种最漂亮的两头尖细的梭形。画完了花的线条，她便开始用粉色的蜡笔给它上色。

安娜伸出手，从盒子里选了一只粉色的蜡笔递给列娜。

列娜拿着蜡笔，慢慢地让蜡笔尖落在纸上，她小心翼翼的样子就仿佛这么一接触便会马上引发某种化学反应。只见她的眼睛盯着蜡笔，而不是纸，慢慢地用手推着笔在纸上滑动，轻得几乎在纸上没留下笔印。她的注意力集中在如何把蜡笔从纸的这头滑到另一头。然后，她又把蜡笔侧着放在纸上，用这种姿势把笔从纸的这头推向另一头。她按住笔，将它两边来回地扭动，尽可能摹仿着蚯蚓的动作，让笔在纸上滑动。她在脑中回想自己见过的蚯蚓是如何动的，想着它们是如何先蜷缩起身体然后再伸展开来。她努力想使自己手里的蜡笔能做出同样的一伸一缩往前挪动的动作来。她想起了以前用手指在地毯上玩过的游戏，也想起了这间屋里的那张新地毯，要是自己能一个人在那张地毯上玩该多好啊。如果能那样，她的手指便能在毯子上面印着的街道上徜徉，她的双手便能在毯子上面的高速公路上飞奔了。

列娜喜欢这个活动，因为它不需要跟人说话。而且当别人都在安静地做事时，她自己也喜欢静下心来，专心致志地在桌前坐着。她也想学别人那样，拿笔在纸上画出印子来，那看上去很有趣。但同时，她也喜欢自己往画上涂颜色的方法。用列娜的方法，她可以一直玩下去，根本不用担心纸和蜡笔会被用完。

姨的生活是如何被列娜搅乱的

在拉多什拉娃·多拉科伏什卡娅死后的那段陌生的日子里，好心的人们按照相关的规定和程序尽可能妥善地照顾着列娜。他们仔细审阅了拉多什拉娃·多拉科伏什卡娅留在床头柜里的遗嘱。拉多什拉娃·多拉科伏什卡娅在遗嘱里明白无误地表明，列娜的抚养权应当交给她的姨叶卡捷琳娜。但由于拉多什拉娃并非列娜的法定监护人，所以她无权指定让叶卡捷琳娜或别的什么人来抚养列娜。更糟的是，根本找不到相关的档案能够证明，究竟谁应该是列娜的监护人。自从她的父母失踪以后，政府的儿童数据库里就再也查找不到列娜的信息。事实上，至今人们都不能确定，列娜是不是从来就没被儿童数据库记录在案。基于找不到她在美国的出生证，可以说她是在俄国出生的，但同时也找不到她的移民档案，所以也可以说她是在美国出生的。

拉多什拉娃·多拉科伏什卡娅在遗嘱里指认叶卡捷琳娜是列娜的姨，这是迄今为止唯一一份能证明列娜此人确实存在的文件。经过大量的搜寻和讨论，最后得出的结论是：叶卡捷琳娜是列娜最恰当的法定监护人。她们俩血缘关系很近，而列娜的父母又不知所踪，从各方面情况看他们的确是消失了。而最终，叶卡捷琳娜本人也表示同意。

“她多大了？”叶卡捷琳娜问。

“这个岁数可以免费上学吗？”

“我的工作本来就赚不了几个钱，你让我怎么负担所有这些？上学的书本费，吃的，穿的，还有别的那些？”

“生活补助？那是什么？”

“那有多少钱？”

“第一张支票什么时候可以到？”

于是，列娜便跟她姨住到了一起。这件事列娜还是记得的。有些事能记得很清楚，有些则记不太清，人的记忆就是这样。

列娜跟安娜一起玩了好几天涂颜色，一直到她姨过来把她接走。在列娜的记忆中，那几天就是涂颜色的代名词，因为在那些天里，除了涂颜色，她别的什么事都没干。她想玩多久就多久，想要用多少张纸，想要多少支蜡笔都行，她沉浸在长时间涂颜色的活动之中。每逢用餐和吃点心的时候，有时她会去吃，有时她不想去，这取决于当时有谁在注视她或当时她的胆子有多大。大多数时间里她可以一整天都泡在那里涂颜色。第二天晚上睡觉的时候，她清楚自己该去哪间屋睡，也清楚没人会来打搅她。她可以盖着被单入睡，高兴什么时候上厕所就什么时候去，等她睡醒了，还可以再接再厉涂她的颜色。

到第三天，列娜的感觉越来越好，她开始期待着明天早点到来，期待着涂更多的颜色，直到她的手和眼睛都开始觉得难受。现在，她已经彻底了解了这座早先让她害怕的房子。她知道吃的东西放在哪里，也知道杯子用完后该放回到什么地方。还有，这里又新来了一个小孩，一个年龄比她小但个头比她高一些的男孩。他的脑袋特别圆，她还从没见过这么圆的脑袋。这么一来，她便不再是最晚来这里的新人了，她已经是一个对这里知根知底，在这里如鱼得水一般快活的老前辈了。她知道，那个新来的男孩看见她，一定会又紧张又害怕，他肯定会觉得她对这里的一切都了如指掌。她也确实什么都知道了。

但这时，列娜的姨来了。列娜以前从未见过她，但她从拉多什拉娃那里听说过。自从发现拉多什拉娃·多拉科伏什卡娅在浴缸里死去以来，这是她第一次想到拉多什拉娃已经去世。她觉得，自从拉多什拉娃·多拉科伏什卡娅死后，她每天的日子都过得好极了：可以天天玩涂颜色，不愁没吃的，而且每个人都很和蔼，都同她一起玩，也没人来烦她。她觉得外婆死后她很开心。她想到了曾听别人提到过的姨，她想，要是能和她在一起，她的日子也许会过得更开心。

列娜曾听拉多什拉娃说过，她姨在夜总会里跳舞，她总是浓妆艳抹，而且总在夜里出去寻欢作乐。

姨来接她的时候，列娜非常羞涩，她想说些什么，好让姨喜欢她，却一句话也说不出来，因为她不知道该说什么好。姨来的时候她正在往画上涂颜色，姨瞅她的那副表情让她觉得涂颜色是件非常丢人的事。看着姨那副样子，她想立刻停下，想用手遮住她在纸上画的几个浅显的小圆圈，她不想让任何人看见。

姨并没有列娜期待中那些亲昵的举动，她没显得有什么格外的兴奋，没有对列娜笑，也没跟她说“嗨”，没有流露出哪怕是一丝的善意。

列娜以为自己又把事情办砸了，她不知道自己又做了什么让姨不高兴，让姨生气的事。她本以为能跟姨在一起住会特别好，但现在自己又把事情搞砸了。她有满腹的疑问想问姨，但又觉得现在还不是时候。她想知道姨跟自己是怎么个关系，你要怎样才能成为别人的姨呢。

姨和安娜谈了一阵，填了很多表格，还在一些文件上签了名。接着，安娜又说了些什么，她点点头笑了，而姨却没有回赠她一个微笑。

这时，只见姨朝列娜走了过来。让列娜宽慰的是，姨跟她讲起了俄语。因为此前列娜一直担心姨只能讲英语。

“你可以走了吗？有没有什么东西要带走的？”列娜点了点头。

姨牵着她的手，她们一起朝门口走去，安娜在朝她们微笑，列娜能感觉到，安娜似乎有点不放心还是怎么的，这让列娜自己也紧张起来。

姨有辆车，就停在房子外面。拉多什拉娃·多拉科伏什卡娅从来没有过车。这车闪闪发光，似乎是新车（车是银灰色的，很小，是只能坐两个人的那种型号），看着很时髦，列娜想，姨肯定特别有钱，她保准有好多跟车一样的好玩意儿。

那时，列娜尚不懂诸如汽车租赁、男朋友以及保险诈骗等等与车相关的事情。

姨向车的前座走去，列娜则朝另一边走。她把门拉开，车里的情形跟她期待中的大相径庭，因为车里满满的都是杂物和垃圾。衣服扔得到处都是，地上是乱扔的饮料罐子，车里的气味特别难闻，烟头从烟灰缸里在往外蹿，还有CD碟片被乱扔在地上。地上，座椅上和别的地方塞满了各式各样的杂物。车里有一排很窄的后座，列娜尤其搞不懂这一点。（只有两个门？那人怎么坐到后座上去呢？）后座上也同样堆满了衣服和杂物。

属于列娜的那个前座上也放满了东西，列娜不知如何是好。她不敢坐在姨的东西上，怕把它们弄乱了，所以只好蹭着座位的边儿半蹲着。列娜知道自己应该系上安全带，但她不敢动弹，不敢从挨着她屁股的座椅边上挪动一下。整整颠簸了一路，她就这么把屁股挨在座椅边上坐着。车子一边拐来拐去，一边大声放着音乐，列娜觉得有些饿，也觉得很难受，很不舒服。列娜开始害怕去姨家，她开始想念安娜，甚至想念那个给她送面包的女孩。

遇到这种情形，像列娜这样的孩子能做些什么呢？如果你也是如此年幼无助，如果你也只拥有几件勉强能蔽体的衣服，外加一只卡头发的发夹（还老往下掉，总卡在耳朵后面的头发里），你又能做些什么呢？如果你没有电话也不知道该打给谁？即使你想起了什么人或许能帮你或能让你感觉好受一点，比方说安娜，即使有这种可能，你又该怎样打电话告诉她呢？你能立刻开始制订计划，让自己脱离这个让你痛苦异常的地方吗？虽然你已经隐隐地开始觉得，你宁可呆在任何别的地方也不愿呆在你姨的车里，也不愿意去车正载着你去的那个地方，但你又能做些什么呢？

欢迎回家，列娜

姨把车停在一条很漂亮的街上。街边有好多树，上面长满了各色的叶子，还有条道旁长着青草的人行道。街头四周停满了各式车辆。姨住的地方原本是一幢大房，现在被分成上下两个单元，姨住上面的单元，所以你得爬楼梯才能上到公寓门口。

姨站在纱门和木门之间，在包里掏了好半天钥匙，嘴里一直在嘟嘟囔囔。最后，她从包里掏出的却是一包方盒状的香烟。列娜知道那是什么，因为以前拉多什拉娃的朋友来家里探望她时就抽过。列娜知道那不是什么好东西，更不是小孩该碰的，因为拉多什拉娃·多拉科伏什卡娅从不允许她碰它，哪怕有时客人把抽剩的又短又脏的一小截烟头扔在拉多什拉娃摆在桌上的水杯里或玻璃盘子上，列娜也不能去碰。

“拿着，”姨对列娜说，然后把那盒烟交到列娜手上。列娜觉得很惊讶，因为她不应该碰烟的，但同时她又很高兴姨能让她帮着做些事情，也很高兴姨终于开始同她讲话了。这太好了，看来姨非常信任她，把烟让她拿着，相信她不会用它来干坏事。

姨总算找着了钥匙，她推开门，走进屋去，列娜也跟了进去。

列娜走了两步就停下了。叶卡捷琳娜则连走几步，把包扔在了沙发上。她进了一间屋子，然后关上了屋门。

列娜一动不动地站在那里往四周看，因为她不知该怎么办。屋里的一切看上去跟姨车里的情形一模一样，东西扔得到处都是。有些东西多得数不胜数，而有些东西却又一物难求。地上铺着张白色的地毯，看上去粘乎乎的。地毯上斑斑点点，有好些因为脏东西泼在上面而留下的印渍，还有许多灰黑色的小洞洞。屋里有张很大的黑皮沙发，但上面有的地方破了，白色的沙发里子从破口处露了出来。沙发前面还摆了张玻璃面的桌子，桌上满满的摆的全是垃圾，有饮料罐、玻璃瓶、烟灰缸，还有好些装食物的白色盒子。

厨房和主屋之间由半堵墙隔开，而不是一整面墙。厨房里面也是一片狼藉，盒子、罐子、保鲜纸扔得比比皆是。橱柜上有一扇柜门已经不见踪影，列娜因此能看出至少有一个柜子里面是空空如也。

这时，只见姨从那间屋里走了出来，她穿着一身两件套的泳装。她全身，至少是大部分身体，都涂成了桔色，肚脐上还戴了一只环。她从地上捡起一条牛仔裤，很快地穿上并且扣好，她穿裤子的神情就仿佛她对自己那双腿有着满腔的怒气一般。

列娜仍在离门口两三步远的地方一动不动地站着，而姨的神情就仿佛列娜根本不存在一样。接下来，姨做了一件迄今为止她做过的最奇怪的事：姨从一个小瓶子里抠了些粉色发亮的唇膏，涂了一些在嘴唇上，紧接着又把上身两根呈三角形的比基尼带子中的一根扯到一边，把粉红发亮的唇膏涂在了自己的乳头上，涂完之后，还使劲捏了三下。做完这些，她把这根三角形的带子放回原处，又把另一根带子扯开，做了同样的动作。最后，她从地上拾起一件长袖运动衫套在了身上。

“我上班去了，”姨说着拎起自己的包，接着，就听见“砰，砰”两声，门在她身后被关上。她就这么走了。

终于走了，这让列娜长出了一口气。列娜已经饿了，她到厨房里看了看，里面没发现什么看着像食物的东西。冰箱里有个食品盒，里面还有些米饭，列娜就胡乱拿过来吃。白色的米饭已经冰凉，而且一颗颗特糙，但列娜把它吃了个一粒不剩。

她走到沙发旁，把上面堆着的衣服和杂志推开一些，给自己开垦出一小片地盘，然后便在那儿睡了过去。

列娜醒来的时候，外面的天已经黑了，她不知道现在是什么时间，也不知道怎样打开电视，好让屋里没这么可怕。她不知道灯的开关在哪里，所以只好呆在沙发上一动不动。她使劲忍住不哭，因为她怕一旦开始哭，自己便会一发而不可收拾。

厕所间就是个厕所间

列娜回想着自己独自呆在姨家的那些日子，以及她第一次与瓦茨拉夫相见那天的情形。列娜不想把任何与瓦茨拉夫有关的事告诉塞蕾娜。与瓦茨拉夫的往事已被她精心包好，存放在她的心坎里，她的胸膛里，牢牢地塞在她柔弱的肋骨和她澎澎跳动的心脏之间。对她来说，他是那样的神圣以至她不能容忍自己把他的名字念出声来给别人听，她要用她的一生来守住他这个秘密。他就好比儿童们床上最心爱的那条毛毯，她不能容忍别人碰他一下，哪怕是用耳朵也不行。

每当她自己去触碰瓦茨拉夫在心中留下的完美回忆，她也会害怕。她每每会想起他，尤其是最近几年，但她却一直在担心，假如她把他从封存的记忆中取出来，她就可能会失去他，记忆中的他便会被现实给吞噬掉。

列娜想起了瓦茨拉夫的妈妈在睡前给她讲的故事。她至今几乎都还记得故事里的每一个字。她回味着故事的结尾，想着那个男孩为什么在最后那天晚上没坚持去城堡的窗户下等候，为什么他会放弃他最后的一线希望，使得他自己永远不知道事情的结果。她不想为了这种所谓的“未知的安全感”而失去瓦茨拉夫。她现在就要给瓦茨拉夫打电话，而且她还想找到自己的亲生父母。

“我觉得，九岁的时候被领养简直太棒了。”塞蕾娜的话打断了她的思绪，“那感觉是什么样的？突然有了一个，怎么说，全新的妈妈？”

“是啊，当时我也挺害怕的，但也特别开心。”列娜答道。

跟埃米莉一起度过的最初几日是列娜一生中最幸福的日子。她记得埃米莉带着她在大房子里面边走边向她介绍，埃米莉告诉她，这房子也属于她。她记得埃米莉对她说，这里从此便是她的家，永远都是，她再也不用离开被转送到别处去。她记得她第一次看到自己的房间，里面有她自己的小床，那是一张竖有四根帷柱的床，床上摆着毯子，还有好多个枕头。她还记得房间里有个好大的衣橱，里面挂了好多空的衣架。埃米莉跟她说，她们要去给列娜买好多衣服，她喜欢什么式样的都行，买来以后便都要挂在那些衣架上。对列娜来说，这真是太完美了，简直就是美梦成真。

但在埃米莉的回忆中，却是另一番景象。

埃米莉的回忆

埃米莉吓坏了。她带着列娜把整所房子都看了一遍，教她怎么使用微波炉，怎么使用浴缸里堵水的塞子，还有怎么打开和关上电视，因为她不知道她还能干些什么别的。列娜什么话都不说，脸上也毫无表情。埃米莉曾一度担心列娜会胆小、害羞或是没来由地发脾气，但现在看起来，列娜的心思根本就不在这里，根本就没法同她交流。埃米莉读过几篇文章，讲的是一些父母从罗马尼亚的孤儿院领养了几个无人照顾的孩子。文章谈到那些小孩最终未能与父母产生感情，未能回归正常，有的后来甚至成了厌恶社交的人。她也读了关于父母的那部分，他们中有的人在经过多年努力之后，最终得出一个结论：这些孩子需要更多的帮助，而且是他们所提供不了的帮助，他们必须把这些孩子送走，送到一些专门的机构去才行。

又过了好几天，列娜还是没开口说过话。埃米莉带她去看了儿童精神专家，那医生是位长相很可爱的女人，她的办公室里摆满了玩具。在单独对列娜进行了一小时的诊断之后，医生把埃米莉叫进办公室并告诉她，她需要对列娜进行更多的测试，继之以长期的治疗。埃米莉看了看坐在小椅子上的列娜，列娜的脸上有一种前所未见的恐惧。

医生嘱咐埃米莉下星期带列娜再来一次，下星期他们要开始对列娜进行测试，而且接下来，列娜每星期要看三到四次医生。埃米莉拒绝了。她带列娜回了家，然后，列娜便坐在餐桌边看埃米莉做烤乳酪三明治。

“我们不会再回那个地方去了。如果你不想开口说话，你永远都可以不说。”埃米莉对列娜说，“我给你做了份烤乳酪三明治，绝对是附近这三个州交界处[1]最棒的三明治了，你要能对我说声‘谢谢’，那就太好了。”说完，埃米莉把三明治放在列娜身前的桌上。

“谢谢，”列娜开口了。

① Tri-State Area，指纽约州、新泽西州、康乃提克州三个州的交界处。

“不客气，”埃米莉下意识地回了一句，她惊呆了。

接下来的几天里，列娜开始讲话了，她会问问题，看电视的时候甚至咯咯地笑出声来。她丝毫没谈起她的姨和她此前的经历，仿佛她生下来便已经是九岁，仿佛她对以前的事没有任何记忆。她只关心眼下的事情，她缠着埃米莉问鸽子们有没有自己的名字，人行道是怎么建的，以及水彩里面的颜色是从哪儿来的等等。对大多数问题，埃米莉都尽量给出最佳的答案，而列娜看上去也对她的答案非常满意。

但要想让她重新回学校上学便是另一码事。每次，埃米莉只要跟她一提起学校两个字，她就变得格外焦躁。有一天她们一起去商店买上学用的文具用品，就因为埃米莉没弄清楚她究竟想要哪种铅笔，列娜便大发了一通脾气，连带着把店里用来展示的一块黑板也撞倒在地。那一趟她们最后什么都没买成。

埃米莉为她上学所做的一切准备工作似乎都白费了。她们曾一起步行到学校去过，见过列娜的老师，也参观了学校的礼堂、图书室和体育馆。即便如此，重返学校的那天早上，列娜吃麦片粥的时候连手都在哆嗦。埃米莉那天也待在了学校，她在校园的角落里找了一张长凳，拿着本书在那里坐了一整天。放学的时候，埃米莉陪列娜一起走回家。列娜不愿开口说话，埃米莉问了她好多关于老师、同学和课堂上阅读过的书本的问题，但列娜都一一不作回答。

列娜重返学校的第三天，学校把埃米莉叫了去。

“她每天都要发一通脾气，”里斯小姐告诉她。埃米莉局促地坐在教室里的一张小椅子上，不安地把手提包搁在自己的腿上。

“那可真奇怪了，因为最近她越来越有进步。”埃米莉答道。

“是吗？”里斯小姐说，她的眉毛往上抬了抬。

“在家里，是的，她已开始在讲话，在表达自己的想法……”埃米莉说。

“她在家里也发脾气吗？”里斯小姐问。

“有时候她会表现得很沮丧，”埃米莉说，她没好意思将实情说出来：她们俩每次坐下来开始做作业的时候，列娜都会大发雷霆。

“不过，她在学校倒是颇具破坏力的。她会使劲敲桌子，还发出一种声音，很难描述给你听。她是在尖叫。”埃米莉非常清楚里斯小姐指的是什么声音，列娜常发出那种嘶叫，声音却又似乎被堵在喉咙里面出不来。“别的孩子似乎都很怕她。”

后面这句话倒是让埃米莉的担心稍微减轻了些，因为一直以来，她都担心别的小孩会拿列娜寻开心，甚至欺负她。

“你听我说，”埃米莉说，“她需要多一点时间来适应……”埃米莉特别担心列娜的老师会把她从学校赶出去。

“你该知道，如果有学生危及到其他人安全的学习环境，那我是不能允许的……”里斯小姐还没讲完，她的话就被埃米莉打断了，因为她不想听到接下来总结的那句话。

“我懂，会变好的，一定会的，多谢你的体谅。”埃米莉揣着一肚子的火离开了教室。这个女人竟然在列娜开始上学的第一个星期便威胁要把她赶走，而且埃米莉还得替列娜向她求情，这让埃米莉窝了一肚子火。而此时，列娜应该正在家里吃着点心，埃米莉请了一个临时保姆（她一个好朋友的女儿）陪列娜在家呆着。埃米莉往家赶的一路上都在想，自己对这个女人和学校实在是失望之极。每个人都信誓旦旦地说，学校是个安全和充满关爱的地方，并且还是最能容纳分歧和不同意见的地方，那它就应该同埃米莉站在一起给列娜开辟出一条成功之路啊。但里斯小姐根本就没提出什么对埃米莉和列娜有帮助的建议，所以埃米莉得去找校长才行，她得跟校长反映一下刚才与里斯小姐的谈话。虽然里斯小姐说得很委婉，但她明白无误地传达出了她的意思：她不会接受列娜，也不会帮她。

埃米莉憋了一肚子火，但到家时，她却做了个深呼吸。她不能让列娜看出自己在生气。她刚进门，顺手把钥匙扔进摆在门边的碗里，便已经听到了列娜冲着作业发出的嘶叫。

厨房里，列娜正双手抱头，撕扯着自己的头发。那个叫艾米的临时保姆耐心地坐在列娜旁边，一副不知所措的样子。见埃米莉进来，她做了一个抱歉的表情，但埃米莉马上说："艾米，没关系，没关系。对不起，我马上把钱给你，你可以回家了。"埃米莉给了艾米二十美元，这比原来谈好的酬劳多多了。

等艾米走了，埃米莉便在桌旁挨着列娜坐了下来。

"列娜，别再扯头发了，"她说，但列娜似乎没听见。

"列娜，停下来，停下来。"她感到自己体内正酝酿着一股怒气，那股她想留在门外却没有成功的怒气。她气列娜竟然会傻到去伤害自己的身体，她也气那个老师，所有的一切都让她生气。

"你给我停下来！"她对着列娜大吼一声，"你心情不好，你心里有气，你有理由发脾气。我知道你肯定很生气。你聪明，你比你们班上所有的学生都要聪明，你甚至比那个老师还聪明。你只是不太会说，但这不能怪你。这不是你的错，不是你的错。"埃米莉对着列娜大声喊着。

列娜大声哭了起来。

"你不能再在学校里乱发脾气。这是规定。不能大声喊，不能大声叫，这是规定。"她不知该怎么说好，但她猜也许列娜就喜欢别人给她定下规矩。“你可以在家里喊，在家里你怎么着都行，但在学校不可以。”

列娜点了点头，揩了揩眼睛，她的嘴唇在刚才的一番大哭之后还有着微微的余颤。埃米莉在桌边坐了下来，她们开始一起做她的作业。

次日，埃米莉估摸着在学生课间休息的时间往学校打了个电话，找里斯小姐。她在厨房里来回踱步，等着电话接通。

“喂？”因为现在是午餐休息时间，里斯小姐听上去明显不是很高兴。

“你好，我是列娜的母亲，我叫埃米莉。很抱歉打扰了你休息。我就想了解一下，列娜今天上午的表现是不是比平时要好一些？”此时才上午十一点半。

“她一上午都在桌边坐着，没闹。”里斯小姐答道。

“太棒了，这正是我想听到的。”

“还有别的事吗？”里斯小姐问。

“没有了，”埃米莉一边答，一边有了一种胜利的感觉。她知道列娜在依照她定下的规矩行事。现在她确信，自己以前对列娜的那个猜测是正确的，列娜最怕自己违反别人给她定下的规矩。

就这样，列娜继续每天都去学校，而回家时总是一副受伤的模样。埃米莉会同她坐下来，逐字逐句地帮助她做作业。每当要坐下开始做作业的时候，列娜便会开哭，有时在做作业的整个过程中都会一直哭个不停。一哭就是好几个小时。列娜的数学一塌糊涂，看上去她似乎连最基本的概念都没学过。列娜告诉埃米莉，她觉得自己像个傻瓜，自己说的话听起来也特别笨，学校里的每个人都在背后取笑她。因为经常跟里斯小姐通电话，所以埃米莉知道，列娜说的并不是实情。

渐渐地，情况有了好转。列娜对作业和她上的课开始理解得越来越多，她变得比以前镇定多了。有一天，做完作业以后，外头的天还是亮的，于是她们便出去散步，在展望公园[1]里，她们发现了一个从树上掉下的知更鸟的鸟蛋。列娜把它带回了家，放在她床头的桌子上。第二天，情况变得又更好一些。慢慢地，她们花在做作业上的时间越来越少，而出去散步、收集战利品的时间却越来越多。

到上初中的时候，老师们都为她的进步大喜过望，因为她的成绩是全优。列娜如饥似渴地博览群书，词汇量迅速地增长。这一天，她从学校回来告诉埃米莉，学校里的一帮女孩约好要一起坐火车到曼哈顿去玩。

"绝对不行，不行。"埃米莉说。

"什么？"列娜带着一副难以置信的表情说，尽管她早该料到埃米莉不会允许她出去玩这一趟。

"你不能去，列娜，绝对不行。"

"为什么？"列娜问道，她的语气依然很平静。

"因为你还太年幼，不安全。"

"你不相信我？"列娜说。

"我当然相信你，这跟你没关系，我只是信不过世界上的其他人，列娜。"

"我年幼又怎么了？"列娜问道，"如果不是我的缘故，而是因为这个世界太危险，那我就永远都不能一个人出去，是吗？照这

---

[1] 纽约布鲁克林的一个公园。

么说，我就得永远在家里躲着啦。”

“不是这样的，”埃米莉说，“再过几年你就会长大的。”

“但你刚才说的，这跟我没有关系。”列娜反驳道。

“打住，”埃米莉说，“就是不行，别再说了。”埃米莉第一次意识到，列娜也能把她驳得哑口无言，这样的事后来也还有发生。列娜已开始发现，她能够从自己的学识和语言当中汲取力量。埃米莉得时不时提醒自己是在跟一个十几岁的孩子打交道。

自从列娜开始在学校开口说话，她便迅速结交了好多朋友。在埃米莉看来，列娜应该不用费太大劲就会在学校成为受欢迎的女孩，因为所有其他的孩子本来就有点怕她。她人很聪明，又喜欢发号施令，还很会逗乐，每到周末，都会有一帮女孩子唧唧喳喳地来列娜家过夜。

到十七岁的时候，列娜已是学生会的成员，据老师们讲，她常常率先参加课堂里的讨论。但她的自我迷失和脆弱也依然如旧。每天做作业的时间对她而言就仿佛是一种另类的雷区。列娜写了又写，检查来检查去，一坐就是数小时，有时甚至直到深夜。列娜完全是靠着自己的意志力，通过逐条背记语法规则从而掌握了英语这门语言。她害怕自己看上去又蠢又笨，害怕同学们嘲笑她的课堂发言，这些都成了她语言学习的强大动力。即使在她的英语已经变得足够好之后，她仍然没有放弃这份勤奋和自律。她写作业的时候都很平静，但作业里出现的一些小纰漏会让她狂躁不已，念念不忘。举个例子，如果有一个方程式她没能马上解出来，或者老师对一篇她花了好多工夫的论文很委婉地提了些意见，任何诸如此类的事情都有可能让她这种心态开始发作。看上去，列娜是很正常的一个十几岁的小姑娘，但埃米莉却觉得她仿佛正处身于一场强风暴的正中心。

再见了，斑点

“这么说，你对你的亲生父母一无所知啦？”塞蕾娜问道，“那你在被领养和转来这里之前，跟谁住一起呢？”

“是啊，亲生父母的事我一点都不知道。”列娜说，她故意不去理会塞蕾娜的第二个问题。列娜不想继续跟塞蕾娜聊下去。她烦透了总得费力地拼凑和隐藏以往生活中的零碎片段，也不想对她能说的那部分进行解释。列娜的人生经历之中有许多部分至今仍被掩盖着，对此她有种刻骨铭心的遗憾。别人的人生故事一个个都清晰如画，色彩斑斓，明快得如同一张张明信片一般。列娜不愿把那些已经蚀去的部分从她的经历中完全剔除出去。她不喜欢那段她几乎什么都想不起来的时光，更不喜欢那些靠道听途说得来的关于她往事的传闻。自己的往事中有那么大一段空白，对此她深恶痛绝。每当她回首往事，回想自己是如何一步步走到今天，她就觉得自己仿佛正在一个布满深坑的雷区里艰难地跋涉。

有一次，她曾对埃米谈起过她的这种心理感受，说她每次回忆过去都会把自己的心情弄得一塌糊涂，因此不爱回忆往事。埃米告诉她，一直以来，甚至有许多成年人都与她有着同样的感受。列娜又问埃米，那有没有人在年幼的时候就有这种感受呢？埃米回答说，没有，因为大多数人都有一个美好的童年，所以他们都爱回忆过去；不过，当他们年纪越来越大，开始犯错，开始后悔和伤心的时候，就不再爱回忆过去和回顾往事了。大多数人都是如此，埃米说，但也不是所有的人。人得朝前看，去寻找自己的幸福，埃米说，而不是往回看，就这么回事。

但列娜却不单单想往前看，她也想往回看看，她渴望能把那些空白填补上。

“我就是想把以前的那些空白都给填上，”她对塞蕾娜说。

“那就去啊，哥们。”塞蕾娜很真诚地说。

于是，列娜下定决心要把自己往事里的空白一一填补上。她要找到瓦茨拉夫，然后让他帮助她找到她的亲生父母。以前，她曾一度想过请埃米帮她找她的父母，但马上又打消了这个念头。并不是因为她与埃米的关系很脆弱，也不是因为怕埃米会阻拦她；很难解释清楚，她只是不忍心看到埃米为此担心，为此受到伤害和感到失望。让埃米来受这些罪，这样的念头她连想都不愿想。

“谢谢你，”她对塞蕾娜说。

“不用，这是我的荣幸。”塞蕾娜答道。刹那间，列娜已经把一切都准备就绪（所有众多的自我也都已准备好），她要回到外面的走廊上去，重新回到外面的生活中去。列娜来到外面的走廊上，赶着去参加朋友们为她举行的生日晚餐。直到此时，她才想起那个有着“未知属性”的斑点，她甚至都忘了跟它道别，更没有把它牢牢地记在心里。它肯定会跟所有别的事情一样，慢慢地被她的记忆淡忘，对这一点，此刻她毫不怀疑。

重　逢

就在同一时间

与朋友们一起聚餐，打出租往家赶，到家又跟埃米待上一会，列娜在恍然不觉的状态中做完了所有这一切。列娜如此兴奋，如此紧张，肾上腺素分泌如此旺盛，每分每秒此刻在她觉得都如同一个小时一样漫长，而每一个小时在她觉来则已经膨胀到了无法想象得长久，时间似乎停滞不前了。然而，时间当然依旧在流逝，这是宇宙间一个不变的真理：无论你多伤心或是开心，无论你多紧张或是焦虑，不论你的爱有多深，怕有多深，也不论你如何心痒难耐，情如火炽，或者如何忐忑不安，时光都不会因此而停滞。于是，一件曾经觉得是那么毫无可能之事突然摆在了列娜跟前，在等她去做。刚刚熬过去的那数小时，虽然当时觉得如同上千年那么漫长，而此刻回想起来，却又在顷刻间分崩离析。因此，这件事又似乎是突如其来，等待的过程仿佛是一晃而过，等待的时间仿佛根本没存在过。此时，列娜就是这种感觉。此刻是她十七岁生日当天夜里十点半，她终于能独自在自己房间里给瓦莰拉夫打电话了。

列娜知道吗？此时此刻，瓦莰拉夫也正在想她（准确地说，是在想着如何能不去想她）。

她锁上屋门，在电话旁坐了下来。她毫不犹豫地拨了瓦莰拉夫的号码。那个七位数的号码，从九岁那年起便一直深埋在她的记忆中，而此刻在她强劲而又宁静的大脑驱动下正被重新拨动。她的手指下意识地就知道该怎么行动，就像保持身体的平衡，就像呼吸，就像胃壁的蠕动，这些都已成为你身体的本能。你若爱着一个男孩，又有他的电话号码，那就会这样。曾经爱过？仍将爱下去？随你怎么说了。

当电话在那头响起的时候，列娜想，接电话的人有可能不是瓦茨拉夫。现在已经十点半了。这个时间给别人打电话有点不大合适。但她还是平静地任电话继续在那头响着，因为她知道接电话的会是谁。不知为什么，她知道他正等着她打这个电话。

电话在床头响起的时候，瓦茨拉夫刚刚睡着，这是他第一次没跟列娜说晚安就睡了过去。他一把抓起电话，甚至还没开口，他的心就已经七上八下地开始蹿来蹿去。

“喂？”他说，但其实他们俩都知道电话线另一头的人是谁。

“我是列娜，”她说。还能怎么说呢?

“我是瓦茨拉夫，”他说。是啊，还能怎么说呢?

“你好吗？”她脸上绽开的那朵笑容好大好大。

“我挺好。你呢？”他们的交谈看起来正沿着一条谁也看不见的轨道在按部就班地进行，都是些千篇一律的老调。

“我也还好。今天是我生日。”她说。

“我知道，”他说，“我知道。”

“是吗？”她问。

“是啊，当然了。”

就这样，瓦茨拉夫和列娜已经就最关键的事情完成了沟通，那是他们俩都最渴望知道但又没问出口的问题：你一直都在想着我吗？我在你心里是不是和你在我心里同等重要？你也还记得我们以往的时光吗？你的心是不是一直都和我在一起？

他们的心当然自始至终都在一起。即使不刻意去看，他们也不用担心。她总是在那里，他也是。在她的屋外，像天边的那轮明月，在那黑暗笼罩下的某个地方。

“你在哪儿？”瓦茨拉夫问。列娜觉得这个问题有点怪。

“在家啊，”她这才意识到，他对她的现在一无所知，包括住在哪里，什么都不知道。“公园坡附近，”她补充道。他在哪儿住她却是知道的。

“你还在布鲁克林吗？”他惊呆了，她竟然一直都离他这么近。

“是，”她答道。

“你在哪里上学？”他接着问。

“伯克莱·卡罗高中，很小的一所学校。”她说，并已预先为他没听说过这所学校表示了歉意。她不想让他们的谈话有任何的隔阂和虚假之感。但瓦茨拉夫其实知道这所学校。他有很多朋友都住在那附近，他去咖啡店的时候几乎总是从那经过。

“我知道那所学校，我老打那儿过—奥齐兹咖啡馆就离那儿不远。简直不能相信我从没碰见过你。”他说。太不可思议了，原来一直以来列娜距离他也就数街之隔，原来当他在她学校外头的人行道上经过时，她就坐在里面看书，就在里面上体操课，就在里面学微积分。原来她一直就在他的眼皮底下。

“我也常去奥齐兹，”她边说边想，自己是不是曾经见过他，只不过没认出来，但这似乎又不太可能。“你呢？在哪儿上学？”

“我在布鲁克林理工，”他说。

“哇，你真棒，”她说。因为布鲁克林理工谁都想去，但很难进。它虽是一所公立学校，但只有那些在科技方面有超群天份的学生才进得去。她又想了想，他能上那所学校，其实一点都不意外。

“哦，谢谢。离我们家稍微远了点，但我很喜欢它。”

“你想聚一聚吗？”她问。

“好啊，”他说。

“星期一放学后，”她说，“三点半，行吗？”

“好，”他说。

“我在你学校旁边等你，就在街对面的佛特格林公园。”她说。

“好，”他说。

“好吧，”她说。

“列娜，”他突然说道。叫一声她的名字，那感觉就像翻了个筋斗一般。

“瓦茨拉夫，”她也叫了声他的名字。念出他的名字，那感觉便如同在大庭广众之下放声高歌了一曲。

“我真的很高兴你打了这个电话。”

“我也是。”

“我也是。”

“那再见。”

“再见。”

接下来，他们俩在各自的屋里一动不动坐了好一阵，让他们的心跳能缓下来，让他们的心脏不至于炸开。他们都在想，为什么不能现在就马上见面呢，就在今天夜里？为什么不呢？任何事都是可能的。方才，整个世界都已经崩溃，现在才刚刚短暂地愈合，可过一会，它又即将分崩离析。此刻，整个世界就如同一副钹，在不停地自我撞击。砰！砰！砰！砰！你的世界中如果始终充斥着这样的噪音，要想睡觉是不可能的。砰！砰！砰！砰！

次日清晨，他们俩都和各自的母亲一齐用早餐。两位母亲看上去如同黑夜与白昼一般大相径庭，一胖一瘦，一个黑发一个金发，一重一轻。瓦茨拉夫和列娜都和妈妈坐在一起，但谁也没跟妈妈提昨晚的电话，更没讲还有个见面的事情。为什么呢？为什么要对妈妈们隐瞒呢？为什么要为这个算不上秘密的事保密呢？瓦茨拉夫和列娜也答不上来。他们就知道必须把这个秘密紧紧攥在手心里，然后把两个手掌紧紧地合在一起来护住它，就仿佛它是湿草里找到的一只晶莹剔透的小青蛙，他们本能地要替它把任何可能的危险挡除在外。但同时，他们又想拿给别人看，与人分享这个令人兴奋又新奇的玩意儿。他们在脑子里一遍又一遍难以抑制地重复着同样的内容，一直默默地念着几句话：你猜我昨晚跟谁通电话了？你绝对不会相信昨晚我跟谁聊天来着。先让我告诉你这个，你知道列娜告诉我什么了吗？但是，他们都没把这些说出声来。除了自己，他们小心翼翼地谁也不让知道。

瓦茨拉夫有没有想过要把这件大事告诉他的女朋友莱恩呢？没有，他没有。

瓦茨拉夫一心在想着星期一怎么和列娜见面。莱恩早被他忘了个干干净净。

列娜开始着手她的计划。

瓦茨拉夫比别人高出一头

列娜从来没有无故旷过课，但星期一上午，她觉得还要去上课实在无法忍受。今天上午的课可以不去，这个决定作出以后，她的心情变得格外平静。她喜欢简易地划分事物，喜欢这种方式绝对划一的特点。她不能容忍在今天这样的日子里还要上课。想想今天还要坐在教室里学微积分，那简直不可理喻。整个周末，她的焦虑不断地呈几何增长。想到瓦茨拉夫在电话里的声音，她便呼吸困难。

列娜从学校出来，换了两趟公交车到了佛特格林。为了等瓦茨拉夫，她在布鲁克林理工高中街对面的长椅上坐了三个钟头。她瞅着校园里的教学楼，数着它有几层，几扇窗户，几扇门。瓦茨拉夫就在这幢楼里，在某间教室里，坐在椅子上，听老师讲课。他就在里面。他活着。他是个活生生的现实中人。也许，他也正在为即将见到她而感到紧张。这有没有使她如同通了电一般的神经稍微平静一些呢？似乎没有。

此时已是秋季。无疑时已入秋，但天气依然暖和。空气里尚没有秋寒的料峭，今天是个暖烘烘的日子。树上的叶子刚刚开始变色，仅仅有那么一小点。叶子的尖上稍稍出现了桔红色，原来的绿色正在略微消退，但尚无任何显著的变化。

虽然还未到放学时间，街边的人行道上已开始有一伙伙的小孩在经过。也许他们今天没课，也许是提早走，还有可能是逃课。但看上去这帮小孩最像是从学校里偷溜出来的，从布鲁克林理工这样规模的学校里溜出来几个小孩是正常的。

列娜坐的长椅正好在一棵枫树底下。形如一对翅膀的绿色树叶，时不时悠悠地从树上旋转着落下来，仿佛大自然正在举行一个盛大的舞会，负责服装设计的大树们正把打扮停当的树叶纷纷空降到会场。列娜拾起一片树叶，把它剥成两半，两只翅膀被从中分开，她把其中一只翅膀的一半卷了起来。她想，这就是植物学里讲的子叶吧。这棵树应该属于双子叶植物了。但她一时却想不起来单子叶植物和双子叶植物的定义都是什么。

学校里面传来了一阵铃声，铃声非常响亮，连列娜都能听到。接着，只见校门被冲开，学生们争先恐后往外跑了出来。列娜有些焦虑不安。学生太多了。他们俩不可能见面了，他没法找到她，而且她也不想在人群里伸着个脖子去猜哪个是瓦莰拉夫，而且还显出一副急不可耐的神情。她希望他能一下便找到她，在她跟前出现。这些学生们发出的声音简直太吵了，他们有的在喊，有的在叫，正要把强憋了一天的声响全部都发泄出来；每个人都在大声说话，大声谈笑，互相大声地吼着。

列娜想不起来自己的学校什么时候这么喧闹过。也许，她想，如果你是他们中的一员，你便不会觉得闹了。列娜的学校要小得多，但它却美丽而幽静。

在学校的路边，学生们围成了好几群。他们个个穿的都特别出格。一般人在衣服上不过稍作点缀而已，但这些学生穿的简直就跟戏服一样，太过了。想起自己的学校，她暗暗有些沾沾自喜，因为那里的每个人都活得很本色，可以自行其是。她禁不住生出一种……优越感？抑或是幸运感？反正这感觉挺陌生的。而在这个学校，无论干什么都得弄出又大又响的动静来，换作她会累死，或痛苦死的。

在稍小的一群人里，有一个比别人都要高的学生引起了列娜的注意。他足足比旁人高出一个头，甚至一英尺，站在那里犹如鹤立鸡群一般。这时，他转过头同别人说话，列娜看清了他的脸。没错，他就是瓦莰拉夫，但看上去跟以前完全不一样。他现在已是个成年男人，脸上仍挂着瓦莰拉夫招牌式的微笑。他尚未注意到她。列娜想，这难道只是个巧合吗？那么多人中间我唯独就注意到了这个人？还是他的后脑勺？然而，单单是这个后脑勺转过来就变成了瓦莰拉夫。当然，这也是因为他个头太高，换了谁都会注意到他。谁能想到瓦莰拉夫能长这么高呢？话又说回来，事情还真就那么巧，列娜想要找的那个人，那个在她心里如此特别的人，恰好在整个世界里也如此与众不同，他高高耸立，超出众人之上，他光彩夺目，浑身都散发出魅力和神奇。

她正坐在那儿想，瓦茨拉夫是不是也同样能很快认出自己来，却只见瓦茨拉夫开始穿过马路，沿着横行道直接朝她走来。他的头发是那么的乌黑，好似漫画里超人的头发一般，她似乎都快看见他头发轮廓上闪出的蓝色电火花了。他的头发狂乱不羁，感觉就仿佛他整日拧转头发，要在头上拧出两只角来一样。她被他的头发惊呆了，但更甚的是，她的目光一刻也没从他的眉毛上离开过。

瓦茨拉夫的两只眉毛又粗又黑，但它们各自分开，两眉之间并未相连，二者互不干扰。眉毛很重很浓，却又不知怎么的，又让人觉得它们很轻很薄，像是用炭笔描出来的，只是比炭笔更亮，更生动，光彩四射。它们能发光吗？他整个脸上都洋溢着微笑，那微笑在他脸上仍在不断扩展，甚至当已经达到笑的极限，不能再多了的时候，这种扩展也没停下来。此刻，她脸上也浮起了微笑。她从椅子旁站起身来，因为他就在那儿，就站在她跟前。她不是很确定他们俩该不该来个拥抱，但，没错，他们拥抱在了一起，接着，没错，她被他搂进了臂弯，她的双脚被抱得离开了地面，他的脸埋进了她的秀发之中。她笑啊，笑啊，笑啊，他也发出了好大一声，那声音有点像你从游乐场里最陡的那条水滑梯上滑下来以后发出的呐喊。他们俩就那么抱着，永远永远地抱着。

事实上他们并没有永远拥抱下去，

但有些时刻的确给人永恒的感觉，不是吗？

在列娜进入瓦茨拉夫的视线之前，他就已经知道她坐在那儿了。他能感觉得到她在注视他。他知道一定是她在注视他，不会是别人。因为那一瞬间，他突然产生了一种遏制不住的冲动，想马上转过身，往长椅的那个方向看，往她的方向看。仿佛他眼里装有磁石，而她则是一块带超强磁性的巨石，不知从哪个未知的星球刚刚跌落到地球上来。

她依然那么瘦小，肤色依然那么深，眼神还是那么跳跃不定。但如今，她脸上的各个部位都已出落得格外端庄。她的一头秀发是那么卷曲，那么率性，看上去头部四周像是围了一圈马鬃；她的头发与她已融为一体，就像是蜥蜴身上长的肉领子，每逢蜥蜴开始打斗的时候，它便会突如其来地亮出那些肉领子。除此之外，她脸上的一切都变得比以前自信得多。瞧这，我是鼻子，我是嘴巴，我就是干这个的。一切都泰然自若，一切都井井有条。他从来想象不出列娜看上去会是什么模样。但现在既然他已经见到她了，便不会再有什么别的想象，什么别的都不会再有。本来，他只打算和她轻轻拥抱一下，但当他俯下身去而她仰身来迎的时候，他感觉她的身体轻若无物，她似乎一门心思要投入到他臂弯里来。于是，他抱住了她。本来他根本没这么打算，因此他有些担心，过一会他把她放下时，他们也许会觉得尴尬。他感觉这一丝尴尬已慢慢爬上他们的脚跟，痒痒的，并且在往别处蔓延。

终于，他把她放了下来。他们仍旧在路边的人行道上。三三两两的行人正绕过他们，擦身而过。这可就奇怪了。刚才，当她身体还在空中的时候，当她还在他臂弯里的时候，四周可似乎是一个人都没有的。她仰起头看着他，笑了，是那种傻呵呵露出一排牙齿的笑，她的嘴唇美极了。瓦茨拉夫也冲着她笑了。

“我想你和我一起去俄国，”她说。

“好啊，”他答道。

“我认真的，”她笑着说。

“我知道，”他说。

“你想不想去什么地方待会儿？”她说。

“不是说去俄国吗？”他说。

她把双手放在臀上，然后朝他做了个假装严肃的鬼脸，一只眉毛往上抬，另一只往下挤，下巴微微地翘起。他们最后那次见面的时候，她也冲他做过与这一模一样的鬼脸。

“我是说现在，”她说。

“那什么时候去俄国呢？”他说。

“很快，”她说。

“今天下午？”他说。

“不是，”她说。

“那就好，我还没整理行李呢。”

“我是当真的，”她说。

“那是什么时候呢？”他说。

“到时候看吧，”她说。

“我们现在去哪儿？”他说。

“吃点东西吧，怎么样？”她说。

“好啊，太棒了，我还真饿了。”他说。

“我还好，”她说。

“我老犯饿，”他说。

“那肯定是因为你在长身体呢，”她说。

“你这么觉得吗？”他说，“我们可以吃比萨，你爱吃比萨吗？”对他生命中最重要最特别的人问这么个问题，实在是奇怪。

但他又不得不问，因为他不知道答案是什么。他从没见过列娜吃比萨。

“我还不饿，”她说，“但我可以陪你坐坐，我们有好多事要聊呢。”

“太他妈对了，”他说。听到他说了句脏话，她有些吃惊，但同时又感到一丝兴奋，因为这提醒了她，他们俩现在都已经是成年人了。他既然能说这句“他妈的”，那回俄国的事看来便有可能。她一直把回俄国的打算藏在心里，仿佛它是一颗已经松动的牙齿，她会时不时去捅它一下，看看它究竟是不是真的。有时感觉它是，有时又似乎不是；有时候感觉很不错，有时候却糟极了。今天，它的感觉就好极了，绝对跟真的一样。

他们一起沿着街边的人行道开始漫步，肩靠着肩，两人的眼睛都瞅着脚尖。他们还不习惯在人行道上一起散步。与许多在城区里久住的小两口或老朋友不同的是，他们对散步时步子的快慢节奏尚无默契。瓦茨拉夫故意走得很慢，他怕把列娜落下。他们就这么别别扭扭往前走，过了几个路灯和几股路人，前面要横过马路了。

“你都忙些什么呢？”瓦茨拉夫问道。

列娜冲他顽皮地笑了笑。

“多了去了，”她说，“你都忙些什么呢？”她仍在微笑着。他都忙些什么，这个问题太搞怪了。就好像你与总统见面，你问他说，嘿，怎么样，还好吧？

“还是那些，”他答道，意思是，跟你离开时一样，还是魔术，还是试着用大脑意念保护你，还是试着用超自然的力量掌控事件的发展。

秘密行动

这个场景简直令人难以置信：瓦茨拉夫和列娜正面对面坐在比萨店里叫比萨吃，好像今天跟平日相比并没什么不同。

瓦茨拉夫吃东西的时候根本没法说话，他自己清楚这点，列娜也不为难他，所以还好，他们能相安无事。瓦茨拉夫吃东西的架势就像头猪。列娜生怕四处飞溅的比萨饼上的酱会落到自己身上，或是融了的乳酪会把自己给烫着。待瓦茨拉夫吃完三块比萨，列娜才一边从自己的那块上挑起一些乳酪，一边开始跟瓦茨拉夫讲她的俄国计划。

"我想去找我的父母，"她说。

"我是说，我的亲生父母。我现在有个妈，名副其实的妈，真正的妈。是她领养了我，我也很爱她，不过我还是想知道亲生父母的情况。"瓦茨拉夫留意到当列娜谈到她的新妈妈，她名副其实的妈妈时，声音极其平静。

"我想让你跟我一起去，要找到他们肯定会很困难，我还不知道究竟该怎么做，但我相信我们肯定能找到他们，我是说，这应该不会是不可能的。我敢肯定他们就在那里，只不过要想一个能找到他们的办法，像查档案什么的。"

瓦茨拉夫的咀嚼短暂地停顿了一下，他注视着列娜，他想问她一个问题，但她却没停下的意思。

"走之前，我们在这里要尽可能地多做些调查，也许会有收获。但我肯定我们要不了多久就会撞到墙的，有些信息你如果不亲自去的话，你是弄不到的，你知道吗？我们可能得挨门挨户上门打听，或是去一些犄角旮旯的地方寻找档案文件，或是通过别的什么办法。”

瓦茨拉夫很快意识到，列娜这个计划里的主意都是从电视里看来的。然而，她计划中的莽撞冒失与这位全A学生的超强自信也脱不了干系。在她看来，只要勤奋、肯干、执着，再加上大量的调查、走访和计划，什么事都能够办到。瓦茨拉夫奉行的也是同样的人生哲学。恰恰因为这个原因，他才会坚信，总有一天自己会成为一个成功的魔术大师。“问题是怎么到那去，具体点说，是到那里去所需的钱。但那也不过是个数字而已，再大的数字也是一加一数出来的，一元一元攒出来的。”她说。

这番话无疑又是出自一个聪明人之口，她不但洞悉自己所具有的智慧，而且知道，即使在外面广阔的世界里，也没谁能比她更聪明到哪儿去，所以她觉得没什么事是做不成的。想要寻找自己的亲生父母，这件事本身并不幼稚。她想，这种需要一定是人与生俱来，极其自然的，也是永恒的。列娜就像一只信鸽，就像一只回飞镖。她的身体里有一个发动机，总在永不停歇地寻找。

她仍在滔滔不绝地说着。

“关键是，只要我们下决心，就肯定能办到，你知道吗？我知道你肯定懂，只要我们决定去做，我们就能做到。那这件事不就妥了吗，基本上？”

“你知道胡迪尼说过什么吗？”他说：“‘就因为我老对自己说，你必须去做，这才使我做成了一些我本来无法做成的事情。’”

“这话我爱听，”她说。

“我猜你会的，”他说，他俩的脸都有些泛红。“首先，”他接着说，“我表个态，我肯定会和你一起去。”列娜对这点也从未有过怀疑。她点了点头。

“不过，对这个计划我有几个问题，还有几个建议什么的。但我怕你往别处想，觉得好像我不支持你似的。我绝对支持。”他说。“首先，你有十足的把握他们的确在俄国吗？”他问道。

“是。”

“理由呢？”他接着问，“如果你不知道他们在哪儿，你又怎么知道他们不在这里呢？”

“如果就在这里，就在美国，他们肯定会设法与我联系。那么现在，他们肯定都已经找到我了。”列娜说话的语气似乎她说的全都是事实，但对这点瓦茨拉夫可没她那么肯定。

“你怎么知道他们现在都还活着呢？”他又问道，但话刚出口他就有些后悔，也许他不该这么问。这个问题听起来太残酷，太令人伤心。

“这并不重要啊。万一我找到他们，而他们已经去世，那毕竟还是找到了。我只不过是想把这个窟窿给填上。我没想从他们那里得到什么，我只是想了解些情况。我想知道他们为什么来这里，为什么又把我扔下不管。我觉得换谁都会想弄明白这些事的。”

瓦茨拉夫回忆起他自己的父母同样也是移民来了美国，并且把他带到这里。他才意识到，他与家人之间很久都未谈及这档事了。他从没问过他的父母，他们当时在俄国的日子什么样，为什么他们要离开，什么都没问过。他们在餐桌上的话题都是关于学校、政治和其他所有的事情。瓦茨拉夫对他幼时在俄国的生活只有一点零星的记忆。他还记得，有一天他与另外一个小男孩在他们住的公寓大楼外面玩；还记得，当他们的飞机刚刚在美国降落，他却突然想起自己一个上发条的宇航员玩具忘在了家里，没被带来，还为此大哭了一场；他也记得，在飞机上，他那本心爱的关于胡迪尼的书始终与他形影不离。这就是他仅有的关于幼年的模糊记忆，那段往事从来没被提起过。瓦茨拉夫想把这些都告诉列娜，他想说，“我跟我父母住一起，但你认为大多数人都该了解的那些事，我也根本不清楚。”但他没把话说出来。我要想的话，就能够知道，他暗暗对自己说，列娜和我的不同就在这点。

“这个打算你会跟你父母说吗？”他问道。现在，他再次意识到他尚未完全了解列娜，光是一些最基本的他不了解的情况就已经可以列出一张长长的单子。

“父母？只有我妈。不，我不会告诉她，因为她绝对不会让我一个人出远门。你看啊，一个人？还是去俄国？甭想了。绝对得保密。”

那么，这便是一项特殊行动。瓦茨拉夫对特殊行动知之甚详：如果某件事非常重要，保密是绝对必需的，对此他非常能够理解。

“我也不会告诉我妈，她会被气疯的。”

听到瓦茨拉夫提到他妈，列娜浑身几乎颤了一下。她也说不清为什么。为什么一提到瓦茨拉夫他妈，她便会如此紧张呢？她脑子里有时似乎有一个个的洞。跟瓦茨拉夫在一起，感觉自然很好，但同时，她又觉得他时不时会在她心里一些阴暗脆弱的部位捅上几下。他问的那些问题很难回答，而且比她先前想象的还要刺耳，那种感觉就仿佛他总在她已经萎缩了的某块肌肉上摁来摁去一般。

“是啊，”她说，“我也觉得最好是谁也不知道。那样才好办。”

“好吧，”他说。他甚至连想都没想，为什么就非得他们两个人单独去，为什么这件事顺理成章就成了一个秘密。他已经欣喜若狂：他和列娜之间居然又有了一个新的秘密。

他们在比萨店外又溜达了一会。列娜对瓦茨拉夫说她得走了，还有个会得参加，是学生会的会议。是，很没劲的。但她是主席，她告诉他，当然了，那也还是很没劲。是的，她告诉他，这对以后申请大学入学可能会有些好处。这番话语，这段关于中学里头权术花招的交谈，正好避免了在他们久久相互凝视之际而无人言语的尴尬。他们真的不想就此分手，也不知道该如何说再见。

“哦，等等！”瓦茨拉夫说，“你姨呢？她能帮我们吗？她还住在第7大道附近吗？”

“她搬了，”列娜说，“回俄国了。”

“哦，那太可惜了。”瓦茨拉夫说，“她应该知道吧，对不对？”

“应该吧。”列娜说，“要能问问她就好了，可她走了。”

然后，两个人停了下来，都不说话。瓦茨拉夫赶紧把空白给填上，“明天还能再见你吗？”他话刚说完，列娜的“行”字就已经蹦了出来。还是在这里，放学以后。好的，已经说了无数遍，好的，好的，好的，还有那笑容，都快成傻呵呵的了。他们思忖着准备转过身，各自朝相反的方向走开去。谁也不知道该如何应付，如何面对今天的分手。突然，只见他们俩同时往前迈了一步，进入了拥抱彼此的距离。而当他们开始拥抱的时候，似乎一切都水到渠成。两个分别已久的老友在互相拥抱，这很自然。不过，两人脖颈部位的接触似乎多了点，就是脖子和下颚之间那处最柔软的部位。他们的拥抱少了些朋友间的活力，而更多的却是沉浸在一片无声的世界之中。

瓦茨拉夫离开时才想起，他忘了告诉她他最新的那个魔术，“神奇的古代埃及石棺”。她一定会特兴奋的，因为他们俩小时候就曾经梦想要一起做一个，现在他终于做成了。那是一个需要两个人合作表演的魔术，他尚未开始排练。他一直都在等着列娜回来。

次　日

他们并肩坐在佛特格林公园里的一棵树下。他们席地而坐，手指不住地抚弄着身旁的青草。这些小草可帮了他们的大忙，一来他们的手不用尴尬地闲着，可以拿着草摸一摸，拽一拽；二来在交谈的时候，他们的目光可以很自然地落在草叶上。

列娜的目光正停在草上，而瓦茨拉夫却在注视列娜。他不敢相信她活生生的就在自己眼前。

列娜对瓦茨拉夫说，她要把所有的事都讲给他听，然后，她便把几乎所有的事都告诉了他。

她把所有自己知道的他们俩认识之前的事都说给他听，这些事在他们九岁的时候从没被提及过。她跟他讲起了拉多什拉娃·多拉科伏什卡娅，讲起发现她死在浴盆里。她告诉他，至于去拉多什拉娃家之前她在哪里，以及她是怎么去到那儿的，她都一无所知。她还对他谈到当时是怎么等姨来接她，谈到了用蜡笔涂颜色，也谈到了没法开口与别人交谈。

瓦茨拉夫的感觉好极了，列娜正在把一切向他全盘托出。

他问她，还记不记得被人从姨家带走那天的事。她说是儿童福利局的人来把她带走的，后来又把她送到了埃米那里。她跟他说起埃米决定领养她那天的情形，那是列娜被送到埃米家的第二天。她向他描述她与埃米是如何商定她该怎么称呼埃米的，因为“EM”是埃米莉的名字“EMILY”里的前两个字母，也是头一个音节，而且也是“MOM”[①]这个字里的头一个字母，这样叫“EM”就等于同时叫了她埃米莉和妈妈，但又都不用叫全了。

瓦茨拉夫注意到列娜对有些事避而不谈。比如他妈妈打电话叫警察那部分，她就跳过去没提。他猜，也许那件事讲出来会让彼此尴尬吧，因为列娜被带走全是他妈妈的过错。他一直都为此埋怨妈妈，他想列娜肯定也一样。当然现在他已经不再为此生气，他知道妈妈当时也是出于好心，想帮忙，只不过有些反应过度，结果把一切都搞砸了，列娜也被人带走了。就因为列娜经常一个人被扔在家，就因为列娜的姨是个脱衣舞娘什么的，她就因此打电话报了警。列娜跟埃米在一起过，比以前幸福多了，这让他十分欣慰，她的苦日子总算熬出了头。不知怎么的，在他以往的想象之中，列娜被带走以后，她的日子应该会过得更糟的。也许这是因为他自己的日子变得更糟了吧。

太阳慢慢要下山了，空气里添了丝凉意。他把自己的运动衫替她披上；此刻，他自己是不可能觉得冷的。他们一直聊到天黑，公园马上要关门了。

他们站起身，朝地铁的方向走去。他对她说，他已经等不及了，他想马上和她一起开始排练魔术。他告诉她，自从她走后，他还从没找到过一个能替代她的助手。

她冲他笑了笑，说，她也急着想马上开始制订他们去俄国的计划。

---

① Mom，妈妈的昵称。

恋爱的时候，你觉得自己是飘着的

在一起的时候，瓦茨拉夫和列娜就会欣喜不已。他们的眼神那样狂热，如同两只饿狗，如同两个新皈依的教徒。分开时，他们则像行尸走肉一般在学校里出没，一丝都引不起别人注意。列娜平生头一回临上课前十分钟才在走廊里的储物柜旁边把作业做完。以往，作业布置下来，她都会在当天下午回家以后，坐在厨房的餐桌旁，一丝不苟地把它完成。而埃米总会像防火瞭望台上的工人一般，在一旁陪伴她，督促她。

从前，写作业可不是件省心事。那是片污染区，是个群魔乱舞之处，是片战场，更是一场歇斯底里的屠杀。曾经有那么多支铅笔被咬得连里面的铅芯都断掉，有那么多的纸曾被撕成碎片。连列娜自己都感到吃惊，她竟能这么快便改掉了自己的恶习。埃米更是大喜过望。列娜能够在餐桌旁很投入很着迷地做作业，一坐便是数小时，这与以往的大喊大叫和吵闹实在不可同日而语。但是，这不过是她心理失衡的另一种表现而已。

而瓦茨拉夫现在更是连考试都没时间复习。如今，吃午餐的时候，他也不讲笑话，也不和朋友们一起说笑，连魔术也都不练了。他整天忙着把他想对列娜说的话，想送给列娜的信记录下来。比如，他有多想她啦，他觉得有多幸福啦等等。同时，他也在忙着为去俄国的事做计划，列单子。如何筹款，需要问些什么问题，需要走访些什么地方，关于这些他都有了好多主意。他最新，最得意的一个办法就是通过魔术演出来筹集经费。这个办法完美无缺，方方面面都很周到。他和列娜又重新相聚在了一起。他们命中注定是要在一起的，他是位有名的魔术师，而她则是他可爱的助手。

一场风暴有许多风眼

瓦茨拉夫睡眼惺忪地走进学校。昨晚，他与列娜在电话上聊了一夜，睡了连一个小时都不到。整个一夜，他们都在制订计划。在他脑海里已开始浮现出这么一幅画面：他和她一起登上飞机，起飞，然后飞向一个他们从未去过的地方。他知道他们肯定能成功，因为没什么他们办不到的。

瓦茨拉夫没能在第一时间注意到莱恩的出现。他太累了，而且，他仍在想着列娜。他在想，如果同列娜在一起，即使在飞机上要呆上八个小时，那也是小事一桩。莱恩一直瞅着瓦茨拉夫从走廊那头朝他的储物柜走过来，她身边还有别的朋友在一起。她的那些朋友们也在一旁注视着。

“嗨，”瓦茨拉夫说，发觉有些不对头。

“你没来看我的演出，”她说。

“对不起，”他这才意识到自己已经完全把她给忘了。

“琳茜看见你了，”她说。

“什么？”瓦茨拉夫说。

“琳茜看见你和那个女孩坐在一起，在佛特格林公园里面。”

“什么？”他说。

“她看见你和一个留卷发的女孩在一起。”瓦茨拉夫这才第一次意识到，列娜和莱恩两个人可能是完全互相排斥的。

泪水从莱恩的眼眶里涌了出来。

“她只是一个朋友……”他的话刚开了个头，莱恩却已走开了。

恋爱的时候，你觉得自己在从天上往下掉

突然间，瓦茨拉夫觉得很对不住莱恩。说实话，自打列娜回来以后，他一点都没想起过莱恩。一时间，他的胃壁似乎蠕动了一下，脑子里也仿佛进了根刺。他觉得什么都可以跟列娜讲，便对她讲了。是在他们接下来那次见面时讲的。当时，他们依旧坐在公园里的树下。每当他们俩并肩在它的枝叶下坐着，每当他们把玩着从上面掉下的橡树果子，它便成了世界上最最特别的一棵树。

"你有没有注意到，那个，自从我们又相遇以来，除了咱俩见面，我们什么都没干。"他说。

"是啊，"她说，眼睛里闪着兴奋的光芒，"就跟疯了一样。"

"我几乎完全没学习。"

"我也是。真的是疯了。"她绞尽脑汁想举出个例子，举个例子好当作礼物送给他。"昨天我交上去的那篇实验报告，就是我上课前在楼道里花十分钟写出来的。"她脸上容光焕发，神采四溢，仿佛头颅里装了个闪亮的灯泡，而那些光就是从她的眼角眉梢流溢出来的一般。

"我还什么都没跟我妈说，她根本就不知道你的事，她不知道你回来了。"他说。

"是吗？我也一点都没跟我妈提起。我就是还不想说。"他觉得这句话肯定还有半截没说出来。除了他们的关系要保密之外，肯定还有别的原因，这一点他们俩都心知肚明。

"还有，直到今天，我都一个星期没跟我女朋友讲过话

了。”瓦茨拉夫说。话刚一出口，他就支起耳朵，注意听自己的话和它将会引起的反应。他说这话的时候尽量表现得轻描淡写，似乎他不过是在往一杯热巧克力中扔一小块糖。但他没料到的是，自己投下的是一块巨石。

“哦，是吗？我还真不知道你有女朋友。”她说。忍住眼泪？还是拿拳头揍他？她有点不知所措。她就知道自己不能太激动，不能失态。

“喔，对不起，我该早点告诉你的。”

“是吗？我想你是该早点说。”她来气了，就像一颗即将撞上地球的彗星。他看得出，她在极力抑制自己的情绪不要爆发，但来自她的碰撞已是顷刻将至，不可避免。

“你还有别的什么事也在瞒我吗？”列娜已经气得七窍生烟，她的声音在嗓子里哽噎着。

“那个，对不起啊，没早点告诉你我有女朋友这事。如果这件事真那么重要，我向你道歉。如果知道会这样，我早就告诉你了。”

“哦，是吗？它还真谈不上什么重要。你自己说的，没什么大不了的，是吧？好啊，没关系。”嘴上虽这么说，但她仍然怒气冲天。

“不，这重要，我想。我是说，你很重要。你太重要了，从我在那张椅子旁见到你到现在，我还没练过我的魔术呢。”瓦茨拉夫说。

“难以置信……”她笑着说了句，但又停了下来。

“什么？”

“我简直不敢相信你仍想当个魔术师。”她顿了一下，“说真的，别再幼稚了。”她的语气就仿佛想从事魔术这一行既可悲又不切实际。

瓦莰拉夫无奈地摇了摇头。

列娜站在那里，等着他往下说。

“我真不敢相信刚才的话是你说的。你还跟从前一模一样。”

我怎么可能会和从前一样呢？她在心里暗道，我从来就不知道自己现在是谁，从前又是谁。

“你就关心你自己，就关心你那堆他妈的破事儿。什么到俄国去啦，找你父母啦。你从没关心过我。”

“你什么都不告诉我，我怎么关心你？你的女朋友你不告诉我，你什么都不告诉我，我怎么会知道？”她拎起包，往外便走。

自打你出现的那一刻起，我便已经把她和所有别的事情都一起忘到脑后了，他在心里暗暗地说。我爱你，我会跟你一起去俄国，我会和你一道去任何你想去的地方。我的心一直都和你在一起，我一直都在等你回来，为了你我什么都愿意做，这点从来就没变过。他在心里说。但她已走远去了。

她不知道自己该做什么，该想什么。此刻，她脑子里千头万绪,乱成一团。她想，我爱他，但我也恨他。他居然会忘了告诉我他有女朋友？我恨她，为什么要恨她呢，我根本就不认识她。我简直没法相信，我竟会让他觉得我认为变魔术是件特别傻的事，我当然不是那么想的，是吗？或许我真的是那样想的？他说我的那些讲得对吗？我是那种人吗？他竟然会那么说我？

列娜陡然生出一种陌生而迷茫的愤懑。她飞快地冲下通往地铁的阶梯，脚下的水泥台阶也让她觉得格外陌生。地铁站里的一切看上去也同样如此奇怪，似乎这是一个以前她从未来过的地方。她的大脑在不停地运转，她其实根本不想从瓦莰拉夫身边走开。刚刚过去九十秒，但她觉得已如此漫长。她想回头，却又做不到。

瓦莰拉夫在原地又坐了一阵，因为他想，也许她会回来。他慢慢走下地铁的台阶，慢慢瘫坐在车厢里的座位上。他看看地，又看看窗。从第一次失去列娜　一直到现在，他还从未觉得如此孤独过。

余波：争吵还是和好

拉西娅已开始注意到了瓦莰拉夫的变化，最主要的就是，他那位女朋友不来了，她叫什么来着。这倒是件好事，对此她没太多要问的。这些天，瓦莰拉夫都在学校呆到很晚才回家。以往，在拉西娅回家之前，他会和女朋友一起在他卧室里做作业，现在这种情况已经没有了。

拉西娅当然担心瓦莰拉夫会因为那个女孩与他分手而受伤害。这是她不能容忍的。拉西娅觉得，要豁出去的话，她能用牙把那女孩给撕烂了，然后再把她那几根细骨头给吐出来。

埃米也注意到了一些变化。列娜变得比从前要快活，要轻松。她脸上常挂着笑。她不再像以往，只围着作业、学校和学生会的事情转悠。她甚至开始有了上课迟到的现象，而且，她有时会在外面和朋友玩到很晚才回家。埃米总是乐于见到列娜同他人交往，一贯都如此。

那天晚上，瓦莰拉夫和列娜早早便回到各自的家中，他们都把门重重地摔上，不吃饭，不接电话，连电视也不看。他们的妈妈们都以为这不过是青春期荷尔蒙分泌失调的又一个产物。她们都没能察觉出孩子们的真实感受，那便是：今天他们才亲身体验到，一个无比幸福和美好的世界，有时可能会毁于一旦，而且无法挽回。

列娜一路跑进楼上自己的房间，坐在地板上呜咽起来。地上铺着软软的地毯，她的手指便紧紧地抠进地毯里去。她的双腿交错着叠放在身下，牙咬得紧紧的。她哭得连喉咙都痛了。她的脑中一片晕天黑地，她觉得自己元气大伤，方寸已乱，她没法想象往后自己还能在人世间快乐地生活：美好的事物在顷刻间便会分崩离析，化作乌有，而不好的事一旦发生就永远都抹不去；不好的事注定会接踵而来，而美好的事物最终会是个什么结局却只有天才知道。

列娜原以为瓦茨拉夫绝对可靠，可他辜负了她。

瓦茨拉夫冲进自己的房间，使劲把门摔上。他在屋里踱来踱去，想弄明白刚才究竟发生了什么，以及下一步该怎么做。他想列出一个单子，但又觉得心里的那些念头无法诉诸纸笔，他写了停，停了写，如此这般，重复再三，写的是：

拿列娜怎么办？

拿列娜怎么办？

拿列娜怎么办？

前仰后合

列娜脸冲下在地上躺着，任凭地毯的绒毛蹭着她的脸颊。她眼睛半睁半闭，此刻觉得很享受，真正享受那种精疲力尽近乎虚脱的感觉，那种眼角犹湿梨花带雨的感觉。她觉得心满意足，便在地毯上睡了过去。

她醒来的时候，夜已很深。但列娜却不再觉得累。她感觉好极了。她开始觉得一切都会变得好起来，甚至胜过往日。她似乎看到一个新的开始，一个机遇。她拨通了瓦茨拉夫的号码。

乍一接到列娜的电话，瓦茨拉夫顿时把刚才的郁懑几乎全都抛到了脑后。她的道歉开始以后，他所有的恼怒也随之烟消云散，她嘲讽他的魔术所带来的伤心，此时也被忘了个一干二净。

“我不该那样发火。”

“没事，我能理解。”

“我再也不跟你吵了，我以后不会再跟你生气了。”

“不会了，我也一样，太让人难受了。”

列娜敏感地从整个事情中觉察到一丝机会。正因为这场争吵与接下来的和好如初，他们之间有了一个新的空间，新的转变，他们的关系也更加顺畅。以前从未能讲出口的话，现在突然便有了机会说出来。

“我爱你，”她说。

“我也爱你，”他答道，他觉得自己在站立不稳，在前仰后合。

“我是真的，”她说。

“我知道，你不用解释，”他说，“我知道，因为我的感觉和你一样。”

“不知道为什么，但我就是不想你和别人在一起。”她说。

他没说话。

“我知道这听起来很傻，是吧？”她说，“但我就是这么想的。”

“这不傻，”他说，“一点都不。”列娜跟他讲话的方式让他突然觉得，相比之下，莱恩就像一本弄丢了的游戏说明书，而事实上连那游戏本身也没有任何吸引力。瓦茨拉夫忘了，就在刚才，他还坚信自己什么都没做错，还坚信列娜不该为莱恩的事生气。是，他是该早些把女朋友的事告诉列娜，但他并不是故意瞒着她或在撒谎，他不过是忘了而已。

“真对不起。”他说，“我只想跟你在一起，其他人我谁都不想。”

列娜笑了，但她没说什么。

“我现在就想见你，”他说，“我马上过来。”

“现在都半夜了，”她说。

“我说的是真的，”他说，“我想单独和你在一起。”

“不行，”她说。

“那我明天来你们家，”他说。

“我妈明天一天都在家，”她说。

“那我们去我家，我妈要到晚饭的时候才回来，”他说，“我们下课后见。”

“好的，”她说，然后把电话挂了。她觉得异常平静，仿佛这一切原本都在她的意料之中，事实也的确如此。

早饭的时候千万别跟你妈说

窗外，天边已露出一丝晨曦，鸟儿正在纷纷苏醒。房间里除了淋浴的水声，一切都很安静。瓦茨拉夫的耳朵里能清楚地听到自己心脏发出的砰砰跳动声。

他设的闹钟一小时以后才会响，但他却早已醒来；分泌过旺的肾上腺激素正在他体内汹涌激荡，使他头晕脑涨，无法入睡。

一想到今天能同列娜单独相处，瓦茨拉夫就兴奋不已。现在，他脑子里除了此事别无所想。他特别担心早餐的时候自己会脱口而出，把这件事对妈妈讲出来。当她问他今天下午放学后有什么打算时，他费了老大力气才把那句已蹦到舌尖的话给堵了回去。

在物理课的课堂上，他的思绪仍萦绕在列娜身上。突然，他意识到莱恩的事仍悬而未决。而此刻，莱恩正赌气地坐在他前面两排。

一夜之间，他对列娜的渴望怎么会变得如同着了魔一般呢？她仿佛已经在他的生命里生根发芽，在不知不觉之中，她已从一颗细小的种子长成了一片参天大树。

他来到走廊，这才发觉朋友们的步子跟他不合拍。他们仍在谈论上午的伦理课，这堂课他基本上是从头到尾睡过去的；他们七嘴八舌地在聊一个他没看过也根本不感兴趣的电视节目。他弄不懂他们怎么会关心那些事情，他希望能跟他们提今天的这档美事。他觉得，他们和所有其他的事情一样，都正在与他渐行渐远。

列娜一觉醒来便格外快活，格外兴奋。在学校的一整天里，当她正全神贯注地学习动词的变化形式，或是在列时间表的时候，突然间，对瓦茨拉夫的思念会猛扑过来，把她整个人都给吞噬，她的全部思绪便会开始随着内心的期待而旋转。在相聚即将来临的那一刻，在亲吻和拥抱即将来临的那一刻，他们都忘了“福兮，祸之所伏”这句老话。时间在煎熬中一分一秒慢慢地流淌，世上所有其他的事情也随之变得更加微不足道。

刚一放学，列娜便一路跑着去找瓦茨拉夫，可人行道上所有的人都跟老太太似的，好像都在拄着根拐杖在水泥地上缓缓而行，列娜的路都被挡住了。而列娜是一分一秒都不能再等，她要立刻见到瓦茨拉夫。于是，她便在人流中穿来穿去，飞快地寻路而行。

看见她的时候，瓦茨拉夫强忍兴奋，想努力放慢步伐，就好像在课堂上你强忍着不笑出声，在葬礼上不打喷嚏一样。但当他一路跑着甚至是跳着来到她跟前时，他不再顾忌，他一把抓住她的手，说："我妈六点以前到不了家，赶紧走。"

这个地方我记得

有时，两个人手牵手的感觉，对这个人，那个人，或是对两个人都会如此强烈，以至他们不得不把手松开。他们的手各自搭着，静静地坐在地铁车厢里，仿佛两个喝得酩酊大醉之人正企图省过神来。

到瓦茨拉夫家那站的时候，他们俩都极度紧张和焦虑，皮肤都已经快绷不住体内兴奋的神经，脑腔早已容纳不下无限膨胀的欲望。

他们下了地铁。突然，列娜觉得眼前的这条人行道和这条街都似曾相识，自己仿佛正置身于噩梦中的一处险境。她觉得两耳发烫，每次医生验血，她的耳朵便会如此发烫。还有，此刻她什么也听不见，真的什么也听不见；但紧接着，她似乎又可以，因为她能听到有车从身旁开过，再接下来，她又什么都听不见了，仿佛有人把她的双耳严严实实地捂住了一般。

瓦茨拉夫正在看她。她想，他一定能从她脸上看出惊慌失措；他一定看得出，她浑身的血液此刻都正在化为酒精，轻飘飘地在刺激着她的大脑；或许，他也能看得出，她马上便将昏厥过去。

他注视着她，笑了，那是个实在、饱满的笑容。他说："你相信吗？你又回到这来了。"

"是呀，"列娜听见自己的声音在回答，那声音格外遥远。她不知道是不是还应该说点什么，于是开口说道："是呀，我真不敢相信。"她很吃惊，自己居然还能开口讲话，虽然她的声音听起来与以往不同。令她更惊讶的是，瓦茨拉夫似乎觉得她一切正常，似乎她一点事都没有。有那么一阵，连她自己都似乎觉得自己什么事都没有。在这条熟悉的人行道上，她交替着把一只脚挪到另一只的前面去。一步，一步，再一步，如果她不抬头，不看那些树，不看那些熟悉的房屋，她尚能坚持这么一步一步地走。于是，她就这样眼睛盯着自己的双脚，踏着奇怪的节奏，走在这条人行道上。

走在这片社区里，列娜仿佛又回到自己曾经死过一次的地方。这是个非常奇怪而又自相矛盾的感觉。仿佛一个人，一个活得好端端的人，在打量完四周后说，哎，是，我记得这个地方。我就是在这里死去的。

对列娜而言，这种矛盾的感觉会不会轻微一些呢？她一直到最近不是都还觉得她生命中的一部分已经丢失，已经腐烂，甚至都已经死掉了吗？是的，列娜内心的矛盾感还不是那么强烈。这些日子以来，她确实发现内心深处的某些东西已经死去，而今天她又阴差阳错地来到这里，来到这个案发现场。在她看来，一切都顺理成章。

瓦茨拉夫拉着她朝门口走去。列娜不得不抬头打量这房子。砖瓦如昨，门窗依旧，连门口的邮箱都没有变化。都没变，只不过跟她模糊的记忆相比，一切都显得格外清晰。此刻，面前的这所房子正摆出一副可憎的姿态，大声宣告着，只有它才是真的名副其实。

它用那么多生动的细节在证明：砖缝间的灰浆，车库的大门，纱门外摆着的那堆鞋，一切都和她记忆中的一模一样。

列娜根本没料到今天会重温这段往事。她根本不知道该怎么去应付这种心理感受。瓦茨拉夫正站在门前掏钥匙，在那一刻，她突然意识到自己害怕进到这屋里去。这房子仿佛是一把刀，你若被它割破过一次，以后它在你眼里的形象便将永远改变。

帝国的覆灭

瓦茨拉夫和列娜一同进了屋，屋里的一切依然如旧，丝毫没变。自始至终它都一直在这，不是虚幻的回忆，也绝对不是模糊残破的记忆，它是一个实实在在的地方。无论她曾把它忘却了多少，现在它正迥然展现在她眼前。瓦茨拉夫的父母一直恪守勤俭持家，他们是新移民，也是曾经的共产党。他们是来自一个遥远国度和时代的难民，在那里，他们几乎没有私人财产；在那里，你会为了一颗马铃薯和邻居家的女人打上一架。这么说也许夸张了些，但真是那样。事实上，他们曾都是一个庞大帝国的公民，而且亲眼目睹了这个帝国的覆灭。随之而来的是，他们的生活也被破坏殆尽。所以，即使现在到了美国，他们仍会省下每一分钱，盘子摔碎了用胶水粘上，沙发面子破了用线缝起来，他们无论如何也不会将还能用的地毯扔掉。

因为瓦茨拉夫就出生在这两个“什么都不扔，什么也不买”的前苏联难民家中，所以列娜此刻走进的这间房子仍与上一次她从这里离开，从她那一段生命中离开的时候一模一样。

所有的一切都朝她扑面涌来，她睁大眼睛使劲地呼吸，她担心自己将会失控。这时，瓦茨拉夫过来把她搂住，开始吻她，她想把他推开，想说，“不，我不能在这里呆下去，”但话却说不出来。

她的双膝不经意地稍稍弯了一下，这被瓦茨拉夫领会成她想靠他更近一些。于是，他抱住她，开始更多地吻她。

旧日熟悉的气息不断涌入她的鼻孔，昔日的场景也一幕幕在她脑中闪现。沙发上皮革清洗剂的气味，厨房里洗洁精的气味，奥列格的酒杯中伏特加的气味，还有拉西娅，她的香水味，她的脸，她的双颊，她的痣。

告诉你自己，真的发生了

列娜走到沙发前坐了下来，因为她觉得自己马上会晕过去。瓦茨拉夫走到她身边，她想开口说句什么，但话尚未出口，瓦茨拉夫已经扑在了她身上。他的双手撑在沙发两边，列娜的头被夹在中间，而他的脚仍稳稳地站在地板上。他在她身体上方以斜立俯卧撑的姿势站着，使劲地吻她，然后跪了下去，两只膝盖把她的臀部夹在了中间。他伏在她身上，不住地吻她，那感觉令人难以置信。他觉得他的吻还不够有力，他觉得他怎么也吻不够，吻成了一种折磨。

他从她身上爬起来，挨着她在沙发上坐下。他急促地呼吸着，如同在进行一项激烈的运动。接着，他把她拉过来坐在他腿上，开始更多更多地吻她。

他站起身说，“走，上我屋里去。”她头晕目眩地站起身，牵着他的手。她安慰自己说，她早料到这些事会发生，而且这也是她自己期待的。

列娜跟着瓦茨拉夫来到他屋里。她站在屋中间，四周的一切都落入眼底。他床头的墙上仍简单地粘贴着着大卫·科波菲尔的画像，还有数张用镜框装着的黑白照片，照片里面的瓦茨拉夫戴着大礼帽，穿着T恤衫，正从一顶帽子里往外掏出一只兔子来。她想，是谁给他照的这些照片呢。在他桌上，她认出了她在他九岁生日时送他的那本《魔术大师年鉴》，还有他那本讲哈里·胡迪尼的书。桌子上方的墙上钉了一只棕色纸袋，瓦茨拉夫在上面仔细地写了一张单子[①]。

重要的事情：

1．总有一天会成为一位出名的魔术师

2．列娜会成为一位迷人的助手

3．无论遇到什么困难和障碍，都应该坚持不懈

屋角还立着一只六英尺多高漆成金色的木箱子。古老的埃及神秘石棺。她知道那个肯定就是。她还记得，他们小时候曾坐在地板上，商量怎么才能造出一只来。还记得他们把《魔术大师年鉴》里面的详细介绍翻来覆去看了又看。这不就是吗？他还真做成了。她想问问他关于这个石棺的事，她想把节奏放慢一点，她想就说说话。但瓦茨拉夫把身体倾了过来，又开始吻她，他的手从她肩上游离到了她胳膊上，接着又落在了她的臀上。

每当他抚摸她，列娜都在努力品味个中的感觉。她一次又一次问自己，这感觉怎么样？她答不上来。不知怎么，她觉得惶惑，从

① 这张单子是瓦茨拉夫小时候在合家欢烤肉店用店里的纸袋写的。

她身体里有个声音在冲她大喊，注意，保持清醒，要出大事了。但她身体里更重要的一些部位却没有回应，仿佛电话铃响得都快把人吵死了，但总也不见有人来回答。她心里所有的那些个自我想必都上外头吃饭去了。

瓦茨拉夫飞快地把她的衬衣往上撩过头顶。列娜光着上身站在那里，自己也大吃一惊，仿佛她将要数到三，然后便跳进一个冰冷的大湖中去。她很惊讶自己的身体仍能应付自如，因为她的思维早已跟不上节奏。或许此刻她的脑子已经根本不在了。

列娜觉得头晕。屋里的气味似乎是从她吓人的烂掉了的身体里冒出来的，这气味那么强烈，那么羞耻，那么令人尴尬。她朝下看了看，仿佛能看到一缕烟雾正从自己的肚脐眼里往外飘散。

列娜剩下的唯有感官。他的手游走于她全身每一寸肌肤，为她带来无与伦比的愉悦。在他眼里，她的身体仿佛是自然界的奇迹或是造物主一件精致的作品。他的手小心翼翼，对她的身体充满着敬畏。她觉得似乎自己并没有裸着身体。从窗户的方向吹过来一习微风。瓦茨拉夫的确很高。他身上的衣服还一件未脱，而她却已身无寸缕。

列娜想定下神来，但她如同醉了一般，鼻子里闻到的全是陌生的气味。那气味像是从她已经遗失、腐烂甚至是死去了的那部分身体上发出的。看来她总算找到了遗失的那部分自己，即使没有，也不会太远了。因为离它发出的恶臭已经很近。

这个地方，这个今天她才真正发现的地方，是真实的。在过去的那些年里，这个地方曾经一直令她心力交瘁，梦绕魂牵。而此刻，它正掀起记忆的盖子，触碰深埋着的神经，往事在列娜的脑中开始变得越来越清晰。

瓦茨拉夫引着她来到他的床边。更多的吻开始了。他们的身体俯到了床上，他的动作似乎慢了下来。他缓缓地吻她，他的手在同一部位停留的时间逐渐变长，但他的动作并不体贴，也不温柔。她觉得自己仿佛在坐云霄车，不是最惊险的先上升再跌落的那段，而是吭哧吭哧慢慢往陡坡上爬的那段；在那段时间里，惧意会开始从你心底涌起，但你意识到已经无法脱身。

她仍在一遍遍试着与身体里某些遥不可及的部位取得联系，但它们依然没有任何反应。她在问自己一个重要的问题：这是我想做的吗？我说“可以”了吗？对这样一件重要的事说“可以”了吗？赶紧冷静下来，给我个答复。那些电视、电影和书中的女孩们对第一次跟人上床的时机似乎总是胸有成竹，拿捏得恰到好处。但列娜对此却一无所知。她并非犹豫不决，而是作为一个应该知道自己想要什么不要什么的人，她似乎已经不存在了。她躯壳里本应该在此事上替她拿主意的那部分身体仿佛消失了。

当他们的躯体缠绕在一起的时候，两个人都已经一丝不挂。他不断探索她的身体，将他们推向爆发的边缘。她心里暗自对自己说，真的发生了，看着点，注意了，真的发生了。

瓦茨拉夫长久以来为之神往的梦境成了现实。眼前这一幕，或者说眼前的她，正是他拼图里缺失的那一块，而今天他总算把它找着了；或者说他才是缺失的那一块，终于找到了自己的拼图。一切都完美无缺，天衣无缝。更不可思议的是，他觉得，即使把所有以此为题的诗歌绘画都拿来，也难道其妙处之万一。那种感觉如此奇妙，瓦茨拉夫觉得仿佛正处身于一个从未有过的躯壳之中，他无法思考，无法从纯粹的生理快感中抽身而出，他的理智已全部被感性吞噬。而列娜呢，列娜是另外一颗星球，他是在冷冷的黑暗天空中飞射而过的一颗星。他双手捧着她的头，他爱她这么深，他愿意用自己的身体帮她遮挡飞溅的陨石。他尽量地温柔，他问她，还好吗？

可她感觉不好。终于，她开始有了些感觉，不好的感觉。她觉得自己的身体，从脐下开始一直到喉咙，如同拉链被拉开了一般门户洞开，身体里面却是空空如也。那感觉就好像摸到一个橘子，结果发现它是空的，里面已经全部烂掉，你手指所触之处全都是软绵绵的感觉。

停　下

列娜抓住瓦茨拉夫的肩膀。

“停下，”她说。她想使劲大喊，但发出的声音却如同耳语一般轻微。他没听见。

“停下，”她又提高声音说了一遍，“求你，”他停下了，但并不是因为听见了她的话。

“我得从这儿出去，瓦茨拉夫。你得让我走。我很不舒服，我要去医院看医生，我得回家。送我回家吧。”虽然她话说得特别快，却听不见自己的声音。她想大声嚷，但却根本不能肯定自己有没有发出声音。她嘴里的话说得很快，耳中的声音却越来越轻，肺里的空气越来越稀薄，眼中的光彩也越来越黯淡，一种恐怖之感令她毛骨悚然。

瓦茨拉夫整个人僵在了那里。他纹丝不动，一声不吭。她被他紧紧压在身下，惊慌失措，无处可逃。等她扭动着身体，拼命挣扎着挣脱出来，才看到了他正目睹的那一幕：拉西娅正在门口站着。

拉西娅的所见所闻

今天上班，公司出了火警，警报声在仓库里响了整整一上午，没完没了，结果原来是警报系统出了故障。那声音太响，吵得人根本没法想事情。后来只好把消防队叫上门来，把警报系统拆开，以便把那个导致系统不管有火没火、有事没事都乱叫一通的地方给修好。经理对大家说："回家吧，今天算是什么也干不成了。"

拉西娅打开家门的时候听到了她最担心听见的声音：在床上翻来滚去的动静和低声的耳语。莱恩来了，她心想。那个小贱货又回来了。真的，她真这么想来着。她并不喜欢这样，不愿意这样想那个女孩，可她的真实想法就是这样。她慢慢穿过屋子，本没打算给他们来个突然袭击，她也怕太让他们难堪，其实更多的是怕瓦莰拉夫难堪。还有，她想先核实一下里面正发生的事和她的猜测是否一致。因此，她在过道里一点点往前挪，硕大的躯体悄无声息地移动着。

到了瓦莰拉夫门外，她听到一个女孩说话的声音，不是那个美国女孩五大三粗的嗓门。一点都不像。她能听到那女孩讲话的声音，声音很熟，同时也让人觉得不寒而栗——在夜间出没的窃贼，发出的就是那种声音。

绝对不是莱恩。

拉西娅推开瓦莰拉夫的房门。门只虚掩着，因为瓦莰拉夫根本没想到妈妈会这个时候回来。她看见她儿子正赤身裸体趴在一个女孩身上。那女孩留着爆炸式的发型，她的头发特别黑，黑得让人觉得没有颜色，是那种很深的地洞里的漆黑。瓦莰拉夫带回家的这个女孩是谁？满脑的焦虑和惶惑使她全然忘了要隐藏自己的身形，门被她完全推开了。拉西娅站在门口，嘴大大地张着，心急促地跳着。就在这时，瓦茨拉夫发现了她，他们的视线交汇在了一起。

那女孩看上去很不安，她开始使劲想从瓦茨拉夫身下挣脱出来，她的头朝这边扭了过来，拉西娅看清楚了（仿佛在做一个梦；梦中，每个人都戴着不属于自己的面孔，每扇门都通往错误的方向，连你那早已过世的爷爷也活过来了，但他的脑袋下面却长着一副马的身躯）那个女孩，她是一个死而复生之人，她来自另外的世界，另外的时空。

拉西娅又气又怕。即使为了她自己，列娜也应该离开此地，远走高飞，离那些痛苦的回忆越远越好。因为即便是对拉西娅，这个坚强得像颗冻硬的土豆一般的女人而言，那些往事也不堪回首。她又看见了当年的那个小女孩，那个拉西娅曾当作自己的孩子一样疼爱的女孩，那个她至今都仍想抱着她、哄她入睡，给她讲故事，一心一意保护她的女孩。小叶连娜，她从外太空回来了；她穿越死亡、来生和理想中的天国回来了；不管当初他们把她送到了什么地方，现在她又回来了。

列娜记起来了

当拉西娅的脸庞映入她的眼帘，所有的往事顿时都变得清晰起来。她想起来了，她记起来了，她以最快的速度把衣服套上，拔腿便跑。

瓦茨拉夫也跟着她跑了出去，但她实在太快，等他跑到门边的时候，她已经杳无踪影。

星球与尘土

瓦茨拉夫不知列娜朝哪边跑了。他沿着一个方向追出去三条街，却又怕列娜是朝相反的方向去了，于是便又回过头来，往另一个方向跑出去三条街。她不见了。他又把她给丢了。他以最快的速度跑着，泪水从他眼眶里不住地倾泻出来。他跑过一条又一条街，直到精疲力竭再也跑不动为止。

他回到家时，拉西娅正坐在厨房里的餐桌边等他。

两个人都不知该如何开口。

拉西娅有些懵了，从哪儿开始说呢？是该谈谈了。瓦茨拉夫不是那种不声不响便能对付过去的人，因为他是美国人，什么事他都得有个说法。什么事都得拿到台面上讲清楚。而对拉西娅而言，有些事是可以不谈的。虽然为了他，她也一直在努力作一个美国似的母亲，一个美国儿子的美国母亲。这是他想要的，也是他所需的。但要让她开口谈眼下这桩事，也未免太难为她。

他们先互相看了看，她目光停滞的时间比他长一点，而他几乎是一触即溃，立刻把视线又移到地板上，并且还发出一种很轻微的声音，轻到拉西娅几乎没听见。这让拉西娅觉得心痛，因为那是一种类似婴儿发出的声音，没有语言，只是纯粹的声响。

这时，他说道，“妈妈，我觉得我应付不了啦。”叫那声“妈妈”时，他的嘴唇开始微微地颤抖，她从他眼里看得出他要哭了。他已经很久没在她跟前哭过。她记不起他什么时候还曾哭过。自打他会跌跌撞撞走路以后，就再没见他哭过。

“我受不了啦，”他说。拉西娅深有同感，列娜这件事，她也同样受不了。

她早该知道，列娜若是要回来，肯定会弄得神神秘秘，偷偷摸摸，还会捎带着骗人。只要跟那个女孩沾上边，事情就总会变得偷偷摸摸，谎话连篇。这并非她的过错，她一生中经受过那么多的羞辱和伤心，除了靠小偷小摸和撒谎，她又还能有别的什么办法呢？所以才会总见她把吃的东西从拉西娅的冰箱里顺走，才总会用她的那双小手去偷窃一些对她有用的东西，从舆洗室里，从瓦莰拉夫屋里，从壁橱里，从每个可能的地方。

每次拉西娅送列娜回家，把她在床上安顿好，等她睡熟以后，她都要检查她的书包。她发现，那里面有瓦莰拉夫帮她做的作业，有她从他们家偷来的卫生纸、零食，还有牙膏、记事本和面包片。她尝试着去帮助这个女孩，所以她就照着书包里的东西列购物单。她会拿来些卫生纸给她，还有牙膏、新牙刷、上学吃的点心和多余的三明治。她会在她睡着以后把这些东西放在她的公寓里，而且她还会在自己家中显眼的地方摆上一些，好让她带回去。即使这样，列娜仍改不了小偷小摸的习惯。也许这是因为她需要的东西实在太多，也可能是因为羞耻和生存的危机感早已在她心里根深蒂固。或许，这一辈子她都得这么偷偷摸摸，撒谎作假下去。

同时，拉西娅也很惊讶。此前她从未料到，列娜对瓦莰拉夫的影响力会比瓦莰拉夫对她的更大。

的确如此。列娜好比是颗行星，而瓦莰拉夫则只是一片小小的尘土。列娜是头公牛，而瓦莰拉夫则是拴在她项上的一根小绳。瓦莰拉夫只是“史普尼克”卫星①四周涂抹的一小片颜料。拉西娅暗

① 1957年苏联发射的第一颗人造地球卫星“卫星一号”（Sputnik I）。

暗安慰自己，列娜之所以对瓦莰拉夫有那么大的影响是因为她是个女孩，而他是个才十几岁的男孩。不过，她对他的这种影响力一直都存在，甚至在她还瘦得跟棵草似的时候就是这样，当时本来只有大卫·科波菲尔才能入得了瓦莰拉夫的眼。列娜年幼时学到的如何获取力量的窍门使她有了一种支配男孩的魔力。瓦莰拉夫是个好孩子，他无欲无求，与世无争。而列娜却懂得如何先行一步攫取支配的力量。但这能怪她吗？拉西娅本人便会第一个回答你，不能。拉西娅的耳闻目睹告诉她，这根本就不是这个女孩的错。既然不是她的错，那是不是就意味着拉西娅愿意让这个女孩（如今她比当年更加强壮，更加有力，也更危险；而且还拥有了发育成熟的乳房、臀部和嘴唇，还有那双眼睛，就好似一洼清水上飘浮着的油光）留在儿子身边吗？不，她不想。

但她又着实心疼列娜，当她跟自己的孩子一样。

所有这些一股脑涌来，把拉西娅的脑子塞得严严实实，而她还根本没开始往深了想。她儿子依旧凄然坐在她身旁，不住的啜泣已使他神形俱惫，涕泪正肆意流淌在他那件干净漂亮的T恤衫上。

谈不上惩罚

拉西娅意识到，在儿子和列娜的事情上，她不能再想当然下去。

“你们俩到底怎么回事？”她问道。这么问似乎挺好，犹如撒了张大网出去。瓦莰拉夫瞅了她一眼，似乎在决定该怎么跟她说。

“你听着，”她对他说，“没人在生你的气，你没惹祸，也谈不上惩罚。别打什么小算盘，别学得跟她似的。跟我说说这究竟是怎么一档子事。”

从瓦莰拉夫脸上的表情看得出，他仍在暗暗权衡着，如果可能，他还是想把自己这艘战舰驶向一片相对安全的水域中去。

“你什么意思啊？什么叫别学得跟她似的？”他说。他已经不哭了，却愤愤不平地在看着拉西娅。

“说的就是背地里打小算盘，搞阴谋诡计。还有撒谎、偷东西，再加上作弊。这个那个，什么都弄得跟机密似的。秘密，瓦莰拉夫，你知道吗？她就像只松鼠似的，总把些破秘密藏在石头底下，藏在树底下，床底下，或者枕头套子里。没这么办事的。”

“你在说什么呢，妈？”他问道。

“她回来多久了？”她反问道。

“她不是回来了，她一直都在这里。一直都在布鲁克林。根本就没离开过。”他说这些的时候，仿佛拉西娅就是那位监狱长，就是那位一直以来把列娜同他强行隔离的监狱看守。

“你没回答我的问题。别装傻了。我今天才发现，你趁我上班的时间，在家里偷偷跟人上床。我简直不敢相信，而且还是跟列娜。你早该告诉我你在和她见面。别装傻了。我现在就要你回答我。到底多久了？”

“我也不知道，没多久吧。”他眼睛瞅着桌子说道。

“你一直在对我撒谎，一直都在偷偷摸摸，为什么？我每天都在问你，今天过得怎么样，我亲爱的儿子？而你总回答说，没什么。你个大骗子，还有谁说的谎比你更多吗？这件事你为什么要瞒着我？”

“为什么你需要知道？这么说，每天你都得跟个老大哥似的，得了解我的一举一动，包括我跟谁见面啰？”拉西娅不是很清楚老大哥的意思，但她很清楚瓦茨拉夫在试图发火，在试图宣泄年轻人的反叛。拉西娅决定用她最不擅长的伎俩来作出回击：装出一副可怜巴巴，格外伤心的模样。

“需要知道？哦，瓦茨拉夫，我原以为我们的关系很亲近。我还以为你会把所有的事都告诉我呢。你知道我对你的爱比海还深，为了让你能有现在的生活，我被迫远隔重洋离开了我自己的妈妈。我还以为，你，我唯一的儿子，我们之间很亲近。我还真不知道原来我想错了……”瓦茨拉夫不再气乎乎地看着拉西娅，他眼眶里又涌满了泪水。

她把瓦茨拉夫给说哭了。拉西娅很高兴吗？不，但她觉得一丝欣慰，因为瓦茨拉夫对她气冲冲的举动似乎已经化为乌有，而且他也不再用一腔邪火来应对她问他的问题。

“这事是怎么发生的？”她说。她等了片刻，因为她知道他其实想告诉她，但他有些害怕。

“她给我打的电话，然后我们放学后见面，就是这样。”

“那莱恩呢？”她说，她总算把那个名字想起来了，说得丝毫不差。她知道，莱恩肯定是像人们常说的，没戏了。瓦茨拉夫没说话，不过他抽泣的声音更响了。

拉西娅能深深体会到莱恩的痛苦。因为许多善良可爱的好女孩都有过这种经历。她们的心都被男孩的薄情给伤透了。而那些个野女孩，动不动就蹦到床上吆喝着，“想做吗？快来吧。”男孩子都是被她们这些人给勾跑的。

“这件事你为什么要背着我撒谎？”拉西娅说。

“是对我，妈。你应该说为什么在这件事上对我撒谎。”

“听着，”拉西娅说，“你把事情瞒着我，不让我知道，所以我才说背着我撒谎。把您的英语教学停下来吧，我的美国先生。我在问你问题呢。为什么要保密？你觉得我不会同意是吧？你就这么恨我吗？”

“很显然我并不恨你。她不想让别人知道她要寻找她亲生父母的那档事。我也不明白，不知道为什么这事非得弄成个秘密不可，反正后来就这样了。”他也想不起更多的原因，为什么他会同意列娜要瞒着他妈，以及他是怎么开始在此事上撒谎的。

“你刚才说要去找她的亲生父母是什么意思啊？”拉西娅放低了声音，她很柔和地问道，“你们打算上哪儿去找她父母呢？”

瓦茨拉夫已经精疲力尽，实在没力气再编一套瞎话了。

“俄国，”他答道。拉西娅猛吸了口气让自己镇定下来，她提醒自己，瓦茨拉夫能把这件事告诉她已经够不错了。但她又生出一种感觉，仿佛自己打开冰箱时，在冰淇淋盒子上面发现了一颗地雷，而此刻她正小心翼翼地要把它从家里搬出去。

“俄国？”她不紧不慢地问，声音仍然很柔和。

“是啊。”

拉西娅想起了那个她已与之告别的国度，想起她为了离开那里所历尽的艰辛，尤其是当时她做出的那些极其困难的人生决定。她禁不住想，才这么几天的工夫，这个女孩究竟是如何把她儿子拖进这个充满谎言和性的陷阱的呢？不仅如此，她还打算带着他和她一起去俄国找人，找两个连自己亲生骨肉都可以置之不理的家伙。他们这可是要去前苏联这个庞然怪物的头上捋虎须啊。

“那你打算跟她一起去啰？去俄国？什么时候？”

“不知道，妈，我们还没买票呢。”

“你本来打算什么时候跟我说呢？”她问。

“迟早会说的，”瓦茨拉夫答道，但声音并不响亮，因为他思前想后，列娜的计划里似乎根本没有“我们迟早要告诉他们”这一条。列娜的计划虽然没明说，但她设想的绝对是不让他们的妈妈和家人知道，因为他们绝对不会允许这个计划，但这个计划又必须进行，所以就只能跟家里撒谎了。瓦茨拉夫想起了他们所做的安排：他偷偷从家里溜出去，搭一大早的地铁上列娜家汇合。此刻他终于意识到列娜真正想让他干的了：离家出走，登上飞机，谁也不让知道，就这么消失掉。我决不会对我妈干出这种事来，他心里暗想，但同时他又很恐惧，因为他已在那条路上走出了很远。对此他心里跟明镜似的。

“她也没打算告诉她自己的妈妈。”为了让气氛缓和一些，他又说了一句。

“她有个妈？”拉西娅问道。列娜有一个不叫拉西娅的妈妈，这让她悲喜交加。

“她被人领养了，她特喜欢她妈。”瓦茨拉夫深吸了口气，“我也就知道这么多。”他自然不会知道。列娜回来了，她说话的声音那么小，她让他感觉特棒，而且她有她的秘密和计划，她还拥有一种神秘和力量。但拉西娅不清楚列娜是否明白当初的事，是否明白当初到底发生了什么。列娜遭受过伤害，经历非常悲惨，对列娜的疼爱之情永远都会在拉西娅心里占据一席之地。

拉西娅知道，有可能列娜并不明白，但这或许只是她的猜想。列娜也许根本就不清楚当初发生的事意味着什么。她并不是成心要回来，要找到瓦茨拉夫，征服他，教他撒谎，做那些事。她不过是个迷途的小女孩，不过是在寻觅着某些东西。列娜肯定是因为觉得瓦茨拉夫能帮她找到那些东西。除此之外，列娜并没有别的什么阴谋。

爸爸了解得最清楚

瓦茨拉夫的头趴在桌上。他在想，为什么列娜要从他身边跑开。他无法理解。他无法想象自己会从列娜身边跑开。

房门开了，瓦茨拉夫知道进来的是谁。他懒得抬头。瓦茨拉夫的爸爸每天都是这个准点回家。

奥列格进到厨房，发现晚餐还根本没开始准备，而且瓦茨拉夫和拉西娅看上去似乎都刚刚哭过一场。

“怎么了这是？”他看着他们俩，边说边去冰箱里拿他的伏特加。

没人搭他的话。

“到底什么事？发生什么悲剧了？”

“列娜回来了，”瓦茨拉夫一把鼻涕一把泪地答道。

“列娜？”奥列格说，他的口气仿佛列娜此人并不是宇宙的中心。

“对啊，列娜。”瓦茨拉夫说。

“哦，那个女孩，被她姨的男朋友给糟蹋了的那个？是那个吗？那家伙就是个人渣，死在监狱里了。”

拉西娅脸上的表情凝住了。瓦茨拉夫却觉得脸上的皮肤似乎正从自己的头盖骨上一层层往下脱落。

奥列格瞅了瞅拉西娅，她的表情告诉他，他刚才说漏了一件不该透露的事。

“怎么了？”奥列格问。

“他不该知道这些，”拉西娅轻声说，“我没打算让他知道。”

“为什么？”奥列格说，“他这么大了，能懂了。”

“奥列格，”拉西娅说，“够了。”

“妈，是真的吗？”瓦茨拉夫轻轻问道，一副特别小心的样子。“你说是因为她姨没照顾好她，才给警察打电话的。”

“我报警，”拉西娅答道，“是因为我看到了一些事。”

“你看到了？”他问道，“你看到什么了？”

“不是我看到的，是我了解到的，我知道很久了。”她说，她把头深深埋了下去，因为她禁不住哭了。“我一直都知道，后来又亲眼看见，所以我不能再听之任之下去。”

“你知道些什么？”瓦茨拉夫说，他这么问是因为他不愿相信“被糟蹋”那句话是真的。他多么希望事情的真相是别的什么，别的什么都行。

“有些事是没法说出口的。你知道我指的是什么。瓦茨拉夫，求求你别让我说出来，别惩罚我了。对不起，我当时不得不那么做，我真的没法再忍下去了，有谁知道呢？我真的尽可能地忍了很久。”此刻，瓦茨拉夫和拉西娅都在哭，而奥列格则仿佛在一旁看着一出用外语演的肥皂剧。

“你知道些什么？”瓦茨拉夫轻声问道，“你看到什么了？”他仍然拒绝相信，拒绝理解。他好似炸弹爆炸前那死一般的沉默，好似“砰”的那声轰鸣前计时器发出的嘀嗒、嘀嗒、嘀嗒之声。

“瓦茨拉夫，她那时还年幼，又没人照顾，当时的境况很不好。你还要我告诉你什么呢？”

“我问的不是这个，”瓦茨拉夫说。

“瓦茨拉夫，都已经到现在了，那件事就还那么重要吗？”

“你一定得告诉我。当时她离开了我们，你就装作好像她从来没存在过一样，但我可还是个孩子，当时我的心都碎了。”瓦茨拉夫情不自禁地嚷了起来。他边嚷边大口喘着气。“她走以后，我难过得要命。我就是想知道到底发生了什么事。本来她跟我们在一起，后来却走了，走了那么久，我一直都在想她，从来就没停止过，从没停过。而现在，她刚刚回来，今天却再一次走了，我再也受不了了。求你了，妈，求你了，妈，求你了，妈，求你了……”因为一口气没接上来，他的声音弱了下去。

虽然他仍在问她发生了什么，但其实他已知道答案，他只不过在求她把那个答案全盘否定。

“瓦茨拉夫，”拉西娅说。

“请告诉我到底发生了什么事，”瓦茨拉夫重复道。

“我已经说过了，”她说。

“没有，”他说。

“那个男的，对她干了些特别坏的事……”

“不，”他说。

“那时我还不是很确定。那天她病了，待在家没去学校，我特别担心。当时她一直都那么瘦，有时什么都不吃，但过一阵，她又狼吞虎咽什么都往肚子里塞，你还记得吗？我当时就想，肯定有什么地方不对劲，可她又没人照顾。所以，那天我就去她家看她，我走进去，就看到了。”她说。

“不，”他说。

“我看到他了，”她小心翼翼地选择自己的措词，心里怕极了，“他被我给撞上了。”

“不，”瓦茨拉夫大声喊了起来，“不，不，不，不。”渐渐的，喊声变成了尖叫，尖叫又仿佛变成了一道把古老森林无情劈裂的闪电；接踵而至的是无垠的大陆在顷刻间全都分崩离析，地球裂成了碎片，天空与陆地分离，留下的是只有一片漆黑的世界。

瓦茨拉夫跑出厨房，一头扎进自己屋里，扔下她和他爸呆在那里，扔下她独自坐在那里。

奥列格挨着拉西娅坐了下来，把她的手握在自己手里。

“我真的尽力了，”拉西娅对着屋里，对着丈夫，也对着她自己，说道。

得而复失的记忆

列娜喘不上气来。列娜无法将看到的那一幕从脑海中抹去。在地铁上，列娜发誓，她永远不会对别人说起这件事。她不想告诉瓦茨拉夫，而且永远都不会再和他讲话。其实，这件事不可能透露给别人，因为她根本无法用语言来描述脑中浮现出的那个场景，也无法把它从记忆的禁锢中解放出来。她决心忘了它。她决心再一次将它淡忘。她真希望自己的大脑能彻底停止运转。她努力让自己不去想，什么事都不想，但那种有人用手把她的身体往下压，把她的膝盖往两边扳开的感觉已经化为她身体的一部分，无论如何都无法消除。

拉西娅的面容不断浮现在列娜眼前，不是今天的那一幕，而是列娜九岁那年她站在列娜姨家门口的那幕。此刻，列娜终于想起来了：那天，她意识到拉西娅是来救她的：那天，拉西娅脸上的恐惧神情令她惊恐不已。

一种似曾相识的感觉在她心里油然而生，似乎她做了一件为人不齿之事。她试图告诉自己这不是她的错。拉西娅知道这丝毫不能怪列娜自己。因为每天夜里，她都得独自与叶卡捷琳娜和她那帮狐朋狗友一起，住在那所房子里，柔弱无助，没人呵护。生为列娜并非她的错。她曾一度远离那一切，那个地方，那段日子，那段伤痛和迷茫，但同时，她也远离了瓦茨拉夫和拉西娅。在她脑中不断回放的那丑恶的一幕之中，拉西娅的面孔也总在里面出现。拉西娅总能把她拖回到对那段往事的回忆中去。在她回来之前，在她回想起这些事以前，她的状态要好得多。她真应该和埃米呆在一起，去追求一个光明的未来；她真应该守着她的甘菊茶和那帮老给埃米家送来新鲜菜蔬的好朋友；她应该守着埃米的那些朋友，同他们一起到屋外坐坐，一边仰望星空一边喝着酒聊聊男人。还有埃米那着实迷人的音乐，那法国农场式样的仿古木质家具，睡床上的被褥以及亮丽的枝形吊灯。

列车载着列娜正驶向她的幸福之乡。此刻，她已开始把刚才发生的事情抛在脑后。埃米是天上的神祇，是她降临到地球上拯救了列娜；她是那轮红日，是列娜在余生中注定要围之运行的宇宙中心。此刻，列娜的父母已不存在，瓦茨拉夫已不存在，拉西娅也不复存在，她的姨和那个男人也通通都不复存在。埃米是一座充满温馨、信任与安全的城堡，她从来都是，也将永远都是。列娜觉得自己重获了新生，列车载着她在地底下飞也似地驶向她心中的太阳，此刻，她不再有任何感觉。

列娜到了家。她刚把门推开，房子里明亮清新的气息，像开着的窗户，像好闻的香波，朝她迎面袭来。

列娜在厨房里找到了埃米，她正在靠窗的椅子上坐着看书。炉子上在煮什么东西，是蔬菜汤，而不是罐头汤，也不是味道特重冬天喝的那种汤，更不是罗宋汤，只是清淡的蔬菜汤。这简直太妙了，少许的胡萝卜、南瓜，还有嫩绿的西葫芦，埃米会用一个大陶盆来盛它，因为她就是如此别具匠心。她还会端出一盘脆皮面包，还有酒，连列娜也能品上几口。

餐桌已摆设好，上面还放了束花。不是普通的花，而是从树上摘来的带着花的一段树枝。埃米从她的书本上抬起头来，发现列娜正朝那花凝视。

"今天我去散了一会儿步，发现了这些花，没法不把它们带回来。它们太美了，不是吗？我把它们从树上摘了下来，当时我立刻想，如果每个人都这样，大家可就没花可看了，但我这次还是得这么干。回家的路上，我把它藏在购物袋里，我挺害怕的，好像有人要把我逮起来似的。"

看到列娜脸上的表情，埃米不禁站起身来。她刚问了一句："出什么事了？"列娜便已经像磕在地板上的鸡蛋一样，完全崩溃了。

吟吟吟

瓦茨拉夫在他屋里拨着电话。

电话那头拿起听筒的人正在和别人说笑。她说了声"喂"，她的声音温和而轻松。背景里似乎还在放着音乐。

“喂，对不起，打搅你了吗？”瓦茨拉夫说，打电话通常不是这么开头的，他原本也没打算这么说。

“噢，没有，”她答道，“我们刚坐下准备用晚餐的。没关系，有什么事我能效劳的吗？”

“嗯，我是瓦茨拉夫，如果列娜在，我想找她讲话。”他说，但那个女人没回答，因为她没听见他的话。

“很抱歉，宝贝，你叫什么来着？”

“我的名字叫瓦茨拉夫，”他说。

“列娜现在没法接电话，”她说，她的声音突然间严肃了起来，但接着，她又轻声加了一句，“很对不起。”然后，电话就挂了。

直到那个女人把电话挂断，瓦茨拉夫才恍然大悟，方才那个甜美温和的声音的主人一定就是列娜的妈妈，她的新妈妈，她真正的妈妈，她的养母，怎么说都行。

瓦茨拉夫很生气，她竟然不让他同列娜通话。他只得暗暗提醒自己，她成为列娜的妈妈已经十年了，她也许比他更了解列娜。这个念头让他愈加觉得伤感。刹那间，所有的一切在他眼中都变得伤感起来，他的卧室，孤独而又黑暗，他的妈妈正在厨房里独自哭泣。更残酷的是，此刻列娜家却是一派幸福的氛围。屋外黑黢黢的一片，所有的一切看上去都那么孤独，实在是太孤独了。

埃米莉走回列娜身边，后者正裹着条毯子坐在沙发上。当列娜告诉埃米莉，她无法接受自己重新记忆起来的那段往事，她无法再生活下去时，埃米莉的心都碎了。但埃米莉却知道，列娜其实能够好好活下去。也许，她终于可以翻开生活中新的一篇了。

去莫斯科找答案

次日清晨，瓦茨拉夫醒得很早，他在屋里穿好了衣服。他决定今天不刷牙，不冲淋浴，甚至也不撒尿。他不打算再同拉西娅谈什么。如果现在去舆洗室，她便能听见动静，她便会知道他已经起来而且做好了准备，那样她便会想法阻止他。他对自己说，他可以到麦当劳去撒尿，还可以买包口香糖来嚼代替刷牙。什么也不能阻拦他去找列娜。

他打开自己卧室的屋门，妈妈正如同一堵墙似的站在门口。

“你又偷偷摸摸，”她说，她的声音带着特别重的俄国腔，跟克格勃的特务一般。他朝她瞪了一眼。“你打算偷偷溜出去找列娜，找她谈。”

“妈，让我走。”

“听着，等等。我就说一句，这是一大团纠缠在一起的问题，明白吗？你，我，列娜，还有她的家庭，都乱极了。所以，别以为这只牵扯着一件事。我就说这么多。”

“让开，”他说。

“再等一下，”她说，“等等，列娜想知道她亲生父母在哪里，是吧？这个你用不着去俄国。瓦茨拉夫，我们现在就跟住在莫斯科几乎没什么两样。”

“妈，为什么现在跟我谈这个？我现在要去找列娜谈谈。”他说。

“就为了这件事要去趟俄国，实在是太傻了，你要找的每个人都在这里。”她说。

“我现在不是去俄国，我是去公园坡。”瓦莰拉夫说。

“如果列娜想知道她亲生父母的事，她应该去问她姨。”

“什么？”瓦莰拉夫问。

“列娜的姨，叶卡捷琳娜，她就住在第7街。”

“我知道，以前我每天都接列娜一起上学。等等，她现在还住那里吗？”

“是，当然了。”拉西娅说这话时的口气，就仿佛人从来都不需要搬家，就仿佛瓦莰拉夫问的是那位姨的肩膀上长的还是不是同一颗脑袋，或者她有没有换一颗更好更漂亮的脑袋。

“列娜说她走了……列娜说她现在在俄国。”

“列娜，她的毛病多了。”拉西娅说，她看得出瓦莰拉夫已经嗅出了些什么，他脸上有受到伤害的神色。

“她骗了我，”他说，“我要去找叶卡捷琳娜谈谈。”

“可以，”她说，身子却一动也没动，“行。我同意让你去，我希望你能了解真相，能理解当时的情形。我不会拦着你。”她边接着说，边把他拦住，“我就是想让你吸口气，稳定一下情绪，想好了究竟要问她些什么，同她聊些什么，还有你想告诉她些什么。如果只是憋着一肚子火去和她谈，不会有什么好结果。”

“行，”他说。

“我想让你知道，解决这种事没什么灵丹妙药，没什么像魔术一样能立竿见影的办法，列娜的烦心事很多，你没法一下子把所有的——”她的话被他打断了。

“我知道了，妈。”他说，顿了一下，又找补了一句，“谢谢你。”

他把她的身体挤到一旁，甩开两条长腿走到门边，然后迈步走到屋外的清晨里去，那速度比他自己预想的还要快。

瓦茨拉夫沿着大街朝列娜的姨家走去。此刻他意识到，自己多么希望这段路能够再长一些。他多么希望自己早已忘却那个地方在哪儿。他还有许多别的心愿。他在后悔，怎么刚才自己没注意到现在才刚刚早上七点半。

那个相同的问题犹如过山车一般，三番五次不断从他心里冒出来：为什么她不从她姨那里开始打听起呢？为什么要骗人？为什么非要去俄国？

他呼吸着清晨的空气，寻思着他至今已获悉的信息，他觉得这也讲得通。让列娜回头去找她姨，那太难受了；而且要想跟她谈，要想问她问题，也不是件容易的事。列娜不愿回到那个地方去，这也还合情合理，太合乎情理了。

列娜的谎话像条蛆虫似地在他脑子里钻来钻去，把里面所有的东西都搅得稀巴烂，把好端端的脑子搅成了一摊热乎乎的充满着嫉妒、失信和猜疑的烂泥。他想，列娜在别的事上是否也曾骗他来着。如果连真假都辨别不了，你又怎么能了解事情的真相，又怎么能做成任何事情呢？他可从来都没骗过列娜。列娜曾让他替她撒过谎，她曾让他骗过他妈，也许还有些别的什么事。也许吧。说不好。如果你的脑子已经被谎话给搅成一团糟，你便也讲不出什么名堂来。

瓦茨拉夫想啊想，怎么也理不出个头绪。但他觉得，如果能把所有的线索，列娜的和妈妈的，都拼在一起，事情也许就会有转机。但其实，他根本就没奢望事情会有任何起色。他只是想，事情总会变的，变化就是好的，因为他再也无法忍受现在的这种局面。

若能挖掘出事情的真相，便可以阻止一场错误的大搜索。她非要去俄国不可的要求便不会再那么理直气壮。俄国。这个字眼，现在在瓦茨拉夫心里，已经成了令人恶心的代名词，愚蠢而且令人恶心。

这么早在清晨的户外漫步，他觉得挺好。他有种预感，与列娜的姨即将进行的谈话，一定也能同样顺利。

他觉得他正在替列娜治愈一处积年的创伤，正在关闭一扇大门。在他看来，他并非正在大张旗鼓地肆意侵犯什么人的隐私。列娜想要了解这些，他不过想让她如愿以偿。列娜真正想要的是什么，对这个问题，他觉得自己不可能会弄错，更不可能全盘皆错。

还有一点，他知道，如果他这么做了，列娜便会接他的电话，绝对会的，无论如何都会的。

瓦茨拉夫走上列娜姨家门前的台阶，用力敲了敲门。

好久都没有反应。瓦茨拉夫看了看表，又在门上敲了起来。他打算等上两分钟，然后再接着敲。第三轮敲过之后，也就是大概过了六分钟，门旁的百叶窗上传来窸窸窣窣的声音。接着，门被打开一条缝，列娜的姨像只猫一样从缝里偷偷钻出身来。她直盯着瓦茨拉夫的眼睛，不只是盯着看，更像是要深深地楔进去。她瞅他的那种神情在明白无误地暗示，此时此地，她立刻便可以和他上床。他想不出还能用什么别的方式来描述她此时的神态。

她也没说“嗨”，只是摆出一副这样的姿势。瓦茨拉夫吓了一跳，他想开口说话，也想逃之夭夭。过了一会儿，他才镇静下来。

“我能和你谈谈吗？”他问。

“谈吧，”她说。

“我认识你，我也认识列娜。”接之而来的是一个很长的停顿，仿佛超人迫使整个世界都停止了运转。

“进来吧，”她说了句，便转身进了屋。

特琳娜

瓦茨拉夫跟着进到屋里。他还从未到这屋里来过，甚至在他小时候也没有过。光线很暗，空气里有股发霉的味道。屋里四下一片狼藉，脏盘子、外卖盒子和空烟盒扔得比比皆是。

“很抱歉，我把你吵醒了吗？我知道现在还很早。”瓦茨拉夫站在门口，而列娜的姨在厨房里摸索着，想煮点茶喝。他不知还能说点什么别的。

“把我吵醒？没有，我还没开始上床睡呢。”

她一脸浓妆，是那种浓墨重彩的晚妆，但看上去那妆不是新化的，而是隔过一夜。她的头发也是前一天做的。她腿上穿着灰色的运动绒裤，上面有许多镶着黄边的大白圆点的图案；上身穿着件带网眼的黑色紧身上衣；她的下背、肚脐上方的皮肤以及两胸之间的乳沟都暴露在外。她身上似乎有股变质的牛奶味，或是烟味，难闻极了。

“你喝茶吗？”她说。

“好的，谢谢您，女士。”

“去你妈的女士。叫我特琳娜。”她在厨房里说，“你坐。”她接着说道，听上去似乎有点生气。

瓦茨拉夫在沙发上坐下，他觉得浑身与四周格格不入。他举止失措，不知双手该往哪儿搁才好。

她把茶端给他，然后在沙发的另一头坐了下来。她把腿盘起来压在身子底下坐着，那高难的姿势跟列娜的如出一辙。递给瓦茨拉夫的茶杯看起来很脏，但在她的目光注视之下，他还是喝了。可是，他从杯子里取出的茶叶袋却没处扔。她拈出一支烟，点着了。瓦茨拉夫很清楚，屋里没开窗户，也没电扇，什么都没有。他本想连问都不问便从她那里拿支烟过来抽，他想让她知道，他是个大男人，不是小屁孩儿，他并不怵她。他的眼光停留在烟盒上，却终于没敢动。

她把自己杯里的茶叶袋扔进烟灰缸，已经有一只发干的茶叶袋在那里面躺着了。

“你想问什么？”她说。她一边吞云吐雾，抿着茶，一边打量他。她的眼睛一直盯着他，像只猫。

“我想知道列娜的事，”他说。她盯着他看了好一阵，好长一阵。她仿佛是一台拥有巨大内存的电脑，此刻正忙着上传信息，排列文档。我想打听的事她肯定全都清楚，他心里暗道。

“我什么都不知道，”她说，“我都好多年没见过她了。”

“我想问的不是这个，我想知道在那之前的事。她和你住在一起时的事。”

“那个我是不会说的，”她说。

他很清楚她所谓不愿谈及的是那个男人，她那个男朋友。

“再往前，”他说，“她被带走之前的事，我也不想问。”他说，“我想知道的是列娜的父母亲是怎么回事，她爸，她妈，都怎么了，她怎么到的这里。”

“你干嘛要知道这个？”她说。

“因为她想知道，”他坦诚地说，还特意更正了一下，“列娜自己想知道。”

“她想要什么，你都会遂了她的愿。”听了她这句话，瓦茨拉夫不禁心想，为什么这帮人，这些个妓女，街上的疯子，还有地铁里那些无家可归的人，他们看事情总能这么一针见血呢？不管什么时候他们都是这样。

“那她为什么不自己来问我？”特琳娜问。列娜为什么不愿回到这里来，这个原因难道还有谁看不出来吗？

“她并不知道我来这儿。”

姨点了点头。看来他已满足了她所有的先决条件，她会把事情告诉他了。但是，虽然已决定告诉他，她却仍会让他接着等。瓦茨拉夫看得出，对于究竟要不要告诉他，她的心理防线已经部分松动，但具体怎么给他讲还得她说了算。

特琳娜从她脱衣舞的生涯中学会了与人讨价还价，勾心斗角。应该怎样把观众望眼欲穿的东西一步步呈献出来，对此她颇有心得；只有按部就班去做，等她最终做完，观众才会打心眼里想以厚报回赠。

她又点着一支烟，然后把盘坐在沙发上的腿伸开来，接着又再盘了回去，然后又用手理了理头上染过的头发。她不想让他太过舒服。她得手了。他决定先开这个口。

“列娜的亲生父母现在在哪儿？”他说。

“死了，”她毫不犹豫地脱口而出，她的声音很大而且很刻薄，把他吓了一跳。

“在哪儿？”他接着问。

“什么在哪儿？”她说，似乎觉得这话非常可笑，“他们死了，没什么哪儿，这不是在上地理课，不是吗？你要是死了就哪儿都不是，或者哪儿都是，对不对？”

“我是想问他们在哪儿死的，”瓦茨拉夫接着问，“在这里吗？在布鲁克林？”他问。她笑了。

“你压根儿什么都不知道，”她说。他怎么可能知道呢？他当然没法知道了。她在嘲笑他，奚落他。他恨她。

“他们从来就没到过这里。他们是在俄国死的，俩都是。”

“怎么回事？”

“听着，如果你以为这是一出罗密欧与朱丽叶，那你怕是没戏了。他们俩从来就没在一起过。他们不过是在一起鬼混罢了。折腾出了列娜，还有一堆脏床单。甚至连他姓什么，她都不知道。”

“难道他们不爱对方吗？”他仍不依不饶。看来，他原来的猜测大多都是错的。他原打算把今天打听到的故事作为一份精致的情人礼物送给列娜，但现在看来。这办法是行不通了。

“他们爽过头了，”她说。

“你什么意思啊？”他问。

“他们俩吸毒，你知道那是什么吗？是罪犯，瘾君子。还有偷，她还偷东西。她就是因为偷被人杀了。在大街上。”

“她在大街上被人给杀了？”他问道。

“她是在监狱里头被杀的，”她说。

“对不起，”他说，但话刚出口他就恨上了自己。他原本想着要像电视里的侦探一样来盘问她；他觉得，是她隐瞒了本属于他的秘密，所以他非把这个秘密从她身上榨出来不可。但等到真正做起来，他对她却是听之任之，又礼貌，又道歉的。因为这才是他为人的本色。“能不能请你从头到尾跟我说一遍。我想知道整个故事。好吗？”

她点了点头。

“好吧，好。这要求不过分。我就从最开始讲起。当时俄国的情况很糟，那是，让我想想，一九九一年？不是，列娜是一九九三年出生的。当时整个国家都分裂了，政府每天都在垮台。一切都一团糟。没有吃的，没有工作，到处都是犯罪，所以你想想，当时每个人都像人们常说的，没一个是他妈干净的。你付得起账，你就把东西拿走。你用伏特加来换，用身体来换，用什么都行。没错吧？”

“腐败，”瓦莰拉夫嘟囔了一声。

“是的。”她接着说，“所以当时什么都缺。我们家也特别惨，特别破，我们的父亲没了工作，整日里就和别的男人坐在一起喝酒。他人并不坏，但当时情况就是这样。就像你们国家这里的大萧条一样。它能让男人变得什么都不是，变得像条狗或像个罪犯，或是跟个女人似的。当时我们的父亲就是这样，一文不值。

“到处都是犯罪。连去外面逛逛，去上学，都成了很危险的事。列娜他妈，她的名字跟列娜的一样，但在俄语里我们不把它缩短了叫，就是‘叶连娜’。叶连娜比我大十岁。我们俩中间本来还有个兄弟，但他没活下来。早产。如果可能，我们的妈妈情愿喊着他的名字，拿我们，她的两个女儿，去把他换回来。一堆淌着污血的烂肉而已，没说过一句话，没哭过一声，也没撒过一滴尿，但无论如何，她都会拿我们俩去换回一个带把儿的小子。她会说，‘主啊，如果您能把我的阿列克还给我，我情愿把这两个小女孩都奉献给您。’

“叶连娜，她那时的境况糟极了。当时，也有些女孩吃穿什么都不缺，而且还常常出入一些高档场所，成了那里被人注视追捧的中心。而我们家呢，就像我刚刚说的那样。还有我。当时我还在家呆着。每次只要叶连娜在家，我妈便会吩咐叶连娜照顾我，而她自己却常常喝得酩酊大醉，然后睡得跟头死猪似的。叶连娜总是尽可能哄我开心，她给我做玩具娃娃，陪我玩。但其实她心里很难过。尽管我当时还小，但我也能感觉得到。你自己的姐姐，怎么会看不出来呢。”特琳娜长长地吸了口气。

“于是她便和那些女孩混到了一块。”列娜的姨说这句话时，就仿佛它是今天这番谈话的结束语——仿佛下面已没什么要说的了。瓦茨拉夫暗暗等着她接着往下说，却不见她有什么动静。她就坐在那儿，一边抽烟，一边打量着自己的指甲。

“对不起，我不知道你刚才说的是什么意思。”瓦茨拉夫说。

“她不去念书了，她跟着那帮女孩一起到街上混去了，靠卖肉来赚钱，来换些好玩意儿。非要我这么讲你才听得懂？”列娜的姨吼了起来。瓦茨拉夫不禁在心里提醒自己，要把“我姐姐是个妓女”这句话说出口，并不容易。

“听起来她好像也没别的法子，”瓦茨拉夫说，想软化一下气氛。特琳娜对这话也不爱听，她做了个鬼脸，似乎这屋里什么地方有坨大便，她能闻到却找不出来在哪儿。

“总会有其他办法的，”她不屑地啐了一口。

“她什么时候开始沾上毒品的呢？”他问道。

“卖屄和吸毒在那种地方是不分家的，不是吗？”听她的口气似乎瓦茨拉夫该是这方面的专家。在此之前，还从来没有一个活生生的女人当着瓦茨拉夫的面说出“屄”这个字眼。从没有过。

“女孩子得靠毒品撑着才能不停地卖下去，可到后来，她们却突然变成为了弄到毒品而卖。”

瓦茨拉夫脑中闪过一个可怕的念头。

“列娜的父亲莫非就是那些男人中的一个？拿钱跟她换……”

“跟她上床？他给的可能是毒品，不是钱。他是个毒品贩子，还入了帮派。也有可能他什么都不给。就是白玩。”

“也就是说，他们俩并不是一对恋人，一起约会什么的？”

“不是。”

“原来这样。那你认识他吗？”

“不认识。只是后来他们俩被逮住，在法庭上见过。”

“他们俩是一起被逮住的吗？”他问。

“那天正赶上有一场对毒品贩卖团伙的突击搜查，他在那儿，她也在。当时出了桩杀人案，死者是个有钱人家的女孩，一位重要人物的女儿。他们俩都是因为她的死一起被抓的。”

“是他们俩一起杀的她吗？”

“总之是有人动手杀人，谁知道呢。也许是他们干的吧。反正叶连娜说根本不关她的事。就这么阴差阳错把她也给拽上了。出庭的时候她由始至终一直都在哭，但那个男的却一声也没吭。警察呢，他们说这俩人是为了谋财而把那个女孩给杀了。属于抢劫行凶。”

瓦茨拉夫被弄糊涂了。看样子，列娜的妈妈是不是参与了杀人，是不是真的无辜，这位姨是不会给他一个痛快的回答的。但这些对他来说又再重要不过。所有的细节通常都会指向同一个答案，只有它才最合情合理，才能盖棺定论，才能在逻辑上讲得通。

“等等……是不是她本来就是无辜的？无辜却被处死？”瓦茨拉夫眼里充满了惊恐，不敢相信世界上竟然还有地方能发生这种事。特琳娜早已经习惯了美国人脸上这种大惊小怪的表情。她烦死了这种样子，她看着就觉得累。

“没有，她没被处死……她是不是冤枉无关紧要。她犯的事多了，卖淫、偷窃、吸毒，每件都够让她到法庭上走一趟。她是个罪犯，在他们眼里，她就是块烂泥。没什么区别。”

“你当时在场吗？出庭的时候？”

“在，我去是因为我妈不肯去，对她来说，已经没有叶连娜这么个女儿了。”特琳娜站起身，直愣愣地盯着瓦茨拉夫的眼睛。不知什么缘故，他觉得她的神情仿佛在冲他说，关于这个案子她不会再回答更多的问题，而且这里面的某些隐情至今都还在勾起她心里的伤痛。

“你还要茶吗？”她说。

“我还有，刚才那杯还没喝完呢。”他边说边看了一眼那碗凉了的茶。

她从厨房的水池里拿起一只碟子，用水冲了冲，又搁了回去。

“出庭的时候我还不知道她怀孕了。他们不准我和她讲话。”

“那审判完以后，你有没有去监狱看过她呢？”瓦茨拉夫问。

“没有。出完庭，她被判有罪，然后我就被他们打发回家了，但没有正式宣判。他们说要过段时间再宣判。现在我明白了，他们是在等她把孩子生下来。她是在监狱里生的，然后他们就把她给杀了。”

“等等，你什么意思？列娜是什么时候交到你手上的？”

“他们通知我到监狱去一趟，我还以为是叶连娜要见我。我就去了，想着能见叶连娜一面，结果他们把这个婴儿交给了我。我就问了，‘这孩子是怎么回事，叶连娜又在哪儿？’他们告诉我说，‘这是叶连娜的孩子，她人在医院。’我说要见叶连娜，而他们说不可能。”

“他们就这么把列娜交给你了？”

“是叶连娜要求他们把孩子托付给我的。我当时压根儿就不知道还有孩子这档事。”

“然后他们杀了她？叶连娜？”瓦茨拉夫急不可耐地想把所有的事情都理顺。

“是的，我知道他们肯定这么做了。六个星期之后，他们寄来封信，说她得肺结核死了。但其实那天在监狱，他们把孩子交给我，但是又对我说不能让我见叶连娜，那时我就知道，她已经死了。”

“你觉得是有人杀了她，处决了她？然后再拿这番瞎话来糊弄人吗？”

“我觉得她肯定是死了，不管是生孩子时死的，得肺结核死的，还是吃枪子儿死的，都没多大区别。他们想让她死，她就得死。后来有传言说，当时监狱里头是有些犯人得肺结核死了。所以可能是真事，也可能不是。也许当时他们真的得了肺结核，还有可能是狱方为了让疾病蔓延而故意不替他们医治。不管哪种情况，既然有人想让他们死，他们就死了呗。”

“那你当时怎么办呢？”

“我把孩子带回了家，”她死死盯着瓦茨拉夫，逼着他往下问。

“这么说她爸不想要她？”

“你是指跟叶连娜一起受审的那个男的，谁知道呢，他是不是这孩子她爸还不一定呢。反正不管她爸到底是谁，是这个男的还是另外哪个贩毒的或者拉皮条的，都不能把孩子交给这号人，是吧？”

“那是。”

“别提她爸了，”她说，“他就是块烂泥，什么都不是。死人一个。罪犯一个。屁都不如。把他忘了的好。”

“那你是怎么到这里来的呢？”瓦茨拉夫问道，对会不会再问及列娜她爸却不置可否。

“我妈根本就没正眼瞅过这孩子，也从来没摸过没抱过她。我看得出，她是想整个把叶连娜这个人给忘了。她实在没法面对这个孩子，她可受不了这个。于是，我就给她买了奶粉，想方设法照看她，我去上班的时候就请我的女友们到家里来帮忙带她。我妈真的是一点忙都不肯帮。

“有一天，她忽然递给我一本护照，上面是叶连娜的名字，还有一些替这孩子伪造的证件和飞往纽约肯尼迪国际机场的机票。她告诉我赶紧收拾行李，第二天一早就走。飞机票不是她买的。她的家族里当时已经有人到了布鲁克林，这些人干的多半是国际毒品走私、贩卖妇女，或者是洗钱销赃的行当。这些人里头有些和我们有亲戚关系。于是我妈便和他们联系上了，她说她有个闺女和她刚生下的孩子，她想把这娘俩送到美国去，而且我们到了那里能派上用场。就这样，她把我们送上了来美国的飞机。”

“为什么护照用的是叶连娜的名字呢？”

“这个嘛，我猜我妈在她入狱之前就已经在给她张罗这事，把她办来美国。”

“她是打算拉她一把吗？”瓦茨拉夫问道，他糊涂了。

“她那是打算把她给卖了，”姨说，“就像她把我给卖了一样。”

“把你卖了？”

“她把我送到这里来是替那些人干活的。他们骗你，说你替他们干活是为了还清他们为把你弄来美国所花的钱、办假护照的钱、飞机票的钱；他们还帮你租公寓，花钱帮你办绿卡，还以你的名义四处坑蒙拐骗。这样他们就把你给陷了进去。你也没法报警，没法逃走。他们会以你的名义办一些信用卡，或者用你的名义申请买车的贷款，一来是因为你的信用记录很干净，二来是因为没有他们，你根本买不起这些东西。而且他们说了，为了买这些东西，你已经欠了他们一大笔钱，而且这个数目每天都还在往上涨。有些女孩还真以为她们能有机会把债还清，她们数着挣来的钱，每天都盼着能靠这份活替自己挣出一份自由。但渐渐地，她们一个个最终都选择了放弃，一辈子都成了那帮人的奴隶。她们不再想怎么逃出去，她们开始自暴自弃，甚至开始同那帮男人约会，她们开始染上毒品，就这样让那些男人把她们的一辈子都给毁了。”

瓦茨拉夫心里明白这不仅仅是那些女孩的故事，也是特琳娜自己的故事。

“跟我约会的那个男人，他并不是乱摸列娜的那个。”

“什么？”瓦茨拉夫失声道，他惊呆了，又一次被弄糊涂了。

“是他的一个什么朋友，一个在夜总会里喝醉了的痞子，那天他本是来家里找我的，结果我不在，他发现了列娜。我一直都尽量让她离我们的住所远远的，但那天我不知道她病了，没去上学。反正后来你妈来了，她瞧见了，便偷偷溜到外面拨了911。他们到的时候，他已经不在了。于是警察来了，他们问这是谁干的，我就对他们说是我男朋友干的。我欠的钱和债都是他的。我跟他们说他老打我们，老是乱摸列娜。”

“什么？你撒谎了？”瓦茨拉夫问。

“你妈看到的那个人，他什么事都没有，我那个男朋友则进了监狱，而我也就自由了，他们把列娜也给接走了，这一来我也再不用替她操心。”

“但他并没有碰过列娜？”瓦茨拉夫问道。

“没有，他干不出那种事。我也不会容忍那种事发生在列娜身上。就那么一次，他那个朋友喝醉了，闯上门来找我。我很清楚，只要我声称他一直在乱摸列娜，加上他们在列娜身上发现的证据，再加上你妈妈的目击证词，他就得在监狱里呆上一辈子，那样的话，我和列娜两个人就都安全了。”

“但真正干这事的那人，他躲过去了？”瓦茨拉夫问道，一副怒不可遏的样子。

“当天他躲过了警察那关，是的，但现在他已经完蛋了。”特琳娜答道。

瓦茨拉夫使劲琢磨着她的话。

“我尽量让列娜能吃饱，也尽量让她在学校呆着，不让她接触到我这些事。我们刚到美国的时候，我把她托付给一个老太太，但她后来死了。我不想带着列娜，我不想她看见那些男人，也不想她被那些男人看见。他们都是些人渣。我不想她搅到这些事里面来，包括我上班的夜总会、毒品，还有那些个罪犯，所有这些。都是因为我姐才让我们沦落到这里，我真希望她和我都能从这个可怕的地方逃出去。”

特琳娜停了下来，她嘴上的烟还燃着，但她却又点了一次。

“我爱我姐，我想替她做些好事。”

瓦茨拉夫默默地等着，让她歇了口气。她抬起手背把眼角的泪水揩去。看到这一幕，他把目光挪开了。

“社会福利局的人把列娜接走的时候，我就知道她的幸福总算来了。她会有一个干净漂亮的住处，她会因为从此离开我和我所处的环境而获得安全，也会因为远离那些男人和那样的生活而安全。这是我一直想让她得到的。我真高兴这实现了，你看是不是？”

“后来，那个男人进了监狱，我也就从他那里解脱出来。我现在是个全职学生，读护士专业。我仍在夜总会跳舞，但只是为了挣学费，那是我唯一的法子。等我拿到注册护士的证书，我就自由了，我就可以有工资，有福利，什么都有了。还有一年我就能读完。护士的起薪一年就有九万美元，够不错了。等到我能让列娜脸上有光，等到她长大成人而且安全的时候，我就能再见她了。就这么回事。这就是所有我能告诉你的。这个故事你现在从头到尾都知道了。”

瓦茨拉夫一句话也说不出来。

“你想把所有这些都告诉列娜。那好，我只想问你一件事，然后你爱怎么做都行。我知道，你是个男人，你有自己的主意，你会按你觉得对的去做。”她停了停，又嘬了口烟。

“但现在情况是这样，列娜对所有这些都一无所知。为了保护她，这些可怕的事我都没让她知道。我保护了她。我把她送得远远的。而现在你却把她重新拖回到这些事里面来。我觉得，你知道吗，可能她还没有这种心理准备。她还很脆弱，还不是一个乐观成熟的成年人。我也不是很了解，我很久没见过她了，你最了解她。也有可能她已经准备好了。”

瓦茨拉夫的目光在她脸上搜寻着，他察觉出她似乎有一丝嘲弄他的意思。她的眼神透露出她希望他做或者不做某件事，但她却不明明白白地说出来。

“我在想，既然你能来，而她没来，这就说明很可能她还没准备好。现在你可以从我这走了，该跟你说的我都说完了。”

她背过身去，走进了厨房，把水龙头给拧开。然后，她转过身来，看着瓦茨拉夫，语气软了许多。

“我真的很累了，再见吧。”

布鲁克林不过是个小区

瓦茨拉夫朝列娜家走去。这里离列娜家很远，中间隔着整个布鲁克林区。但布鲁克林不过是个小区而已，又不是个国家。虽然列娜的家在六英里之外，但瓦茨拉夫也能一步步走过去。瓦茨拉夫机械地轮流把双脚一前一后踩到地上，人行道的路面被他一步步蹬到了身后。他必须得挺住，不能让自己在街上停下来。他觉得自己仿佛正独自一人在空旷的世界里慢慢穿行。首先他走到了海洋大街，接着走完了整条米德伍德大道；他穿过了一队队身着海蓝色裙子的唧唧喳喳的哈西德[①]少女，和一位位发型雷同手推婴儿车的年轻的妈妈们。他又径直穿过了迪特玛斯公园。在这周围，街道的一边是门廊高耸、草坪精致的维多利亚式豪宅，另一边却是门牌标志被重漆过七八回的一排卖酒的店铺。接下来，他经过的是展望公园。公园里，树上的叶子正焕发出争奇斗艳的色彩，而树下过往的人们却似乎根本没人留意。他们都在自顾自地跑步、遛狗和讲手机。

瓦茨拉夫不停地走啊，走啊，又走了很久。

当他终于走到列娜家门口时，他已经知道自己该怎么做。

与瓦茨拉夫家的环境相比，列娜住的这片小区别有一番美感。

---

① 犹太教的一个教派。

这一片都是高大的联排式住宅，每幢房子都有着富丽堂皇的窗户，瞅着像一只只聪颖而又成熟的眼睛。它们看上去博学老成、美丽端庄，而不像瓦茨拉夫住的小区那样，使人觉得拥挤狭小、犬牙交错。这里树木林立，外形颀秀的一棵棵绿树就那么婷婷伫立在街道两旁，相互交错的枝叶在头上搭出一片宛如天棚的绿色林荫。此刻，瓦茨拉夫脚下不再是光秃秃的人行石道，取而代之的是一层落叶铺就的精美地毯。

列娜家的房子透着一股美国式的舒适感，这种感觉是瓦茨拉夫家的房子从不具备的。他们家里总有股味儿，门口的垫子从来都不匹配，风格也迥然各异。

门铃发出一声动听的音响，是一阵悠长的铃声，像真正的铃声。那是两段又长又慢的旋律，叮，咚，叮，咚。屋里传来了笑声，传来了嚷声。“我——来——开！”那笑声在过来开门的一路上都没中断过。

一个女人使劲地把门打开，那是扇很重的门。屋里充满了温馨的灯光，仿佛列娜的妈妈从哪儿学会了用一只只柑橘来做成灯泡。

列娜的妈妈身形也很娇小，大概和列娜差不多高，肯定比瓦茨拉夫要矮。她一头长发，带些白色还有金黄，或许是一头金发正在渐渐变白。但她看上去很年轻，她有一个很年轻的下颌，在额前还留有整齐的刘海。几丝皱纹爬上了她的眼角，使她看起来颇有些阅历，但她的下颌依旧年轻。她穿着一条黑色的裙子，两只胳膊露在外面，即使在室内，她脖颈上仍系着一条类似纱巾的东西。她戴着手镯，好多只手镯，像盔甲一般，从手腕开始一直挂满半条小臂。连大拇指上都戴着数只戒指。她正冲瓦茨拉夫微笑，他看得出她已经知道他的身份。她的身体做出了一个欢迎的姿势，她把手搁在他的肩上，给了他一个拥抱，然后把他拉进屋去。

“瓦茨拉夫，”她说，似乎一直都在等待他的到来。她牵着他的手，带着他往里走。瓦茨拉夫觉得，列娜一定已经把一切都告诉了埃米莉。

“来，”她说，“过来。”她领着他一路穿堂过室。这屋里透着一丝古怪，虽然也还算正常。屋里的摆设似乎没打算墨守成规，古怪的玩意儿随处可见。在屋里四周，颜色各异的布料织品摆得到处都是，而且颜色丝毫都不搭配，墙上还挂了许多油画，连一处空白都没留下。尽管如此，它看上去比瓦茨拉夫家里还是要漂亮得多。

厨房跟他们家的也有天壤之别。厨房很大，台子上摆着成摞的书，有三束不同的花分别插在三只花瓶里，还有数只吊着的花盆从天花板上悬挂下来。

列娜正在餐桌旁坐着看书。当她看见瓦茨拉夫时，她脸上的表情怔住了。

“列娜，”埃米莉说，“我们都别太激动，好吗？这不是在演《我们的日子》[①]，我们就当自己是个普通人。他是因为心里有你，才会上这儿来。没事的，我们就都谈谈好了，好不好？”她看了看瓦茨拉夫。

他双眼紧盯着列娜，仍在犹豫。列娜穿着一条带格子的粉色睡裤，两只胳膊缩在一件超大号的渔人织花毛衣里。她从没看上去像此刻这般娇小，在桌子旁缩成一团。

“好，”他说，“我想把真相告诉你。”

① 美国最著名的肥皂剧集之一。

列娜什么也说不出来。

“关于你父母的，”他说，“我都知道了。”

列娜抬头看了看她妈，犹如一名幼童被蜜蜂蜇了一下，到现在才刚刚开始感到刺痛和灼热。

“瓦茨拉夫，”埃米说，“你坐下说。”

瓦茨拉夫坐了下来。在椅子里他觉得浑身都不自在，觉得似乎连脸该往哪放手该往哪搁都已经忘了。没有人说话。

“我今天来是想告诉你你父母的真实情况。”瓦茨拉夫开口了，列娜笔直地盯着他的眼睛看着。

“我去找过你姨，她是你妈妈的亲妹妹。就是你小时候同她住在一起的那个人。她现在仍住在那间公寓里。现在我都还记得，那时让我去那里一趟我有多紧张。她把你父母的事都跟我说了，他们所有的事情。”

列娜蹙着的眉头告诉他，她是多么急切地想知道这一切，同时又是多么害怕。埃米莉在餐桌旁挨着列娜坐了下来，她朝瓦茨拉夫点点头。

“我知道你自己不愿意上那儿去，我知道你其实也不想让我去。我知道你为什么没把这事告诉我。没关系。我去了，什么事都没有。”瓦茨拉夫喘了口气。

真 相

他们俩都是学生。你爸爸妈妈都是莫斯科大学的博士生，他们都拿到了那里的奖学金，他们非常优秀。你姨说，当时谁都知道他们俩是最聪明的一对儿，每个人都在谈论他们。

她是位科学家，而他是位诗人，他们俩第一次在大学餐厅里相遇便一见钟情。当时，他们俩分别在餐厅的两头，但却依然发现了对方，于是他们便走到了一起。在那一瞬间，他们什么都明白了。他们一起走出餐厅，静静地没说一句话，似乎平生第一次看到了天空、绿树、青草以及远处建筑上的圆顶。在他们相遇的第一个月里，他们只是拉拉手而已，这并不是因为什么责任，什么尊重，也不是出于原则、信仰或是克制，而是因为他们俩都觉得任何别的什么行为都嫌太快太过了，那样会把他们给毁了，给害了，那会把他们的心、他们的头和他们的手指尖都给炸飞掉。

当然，他们没有永远这么等待下去。

当时，在那个地方，每天都有游行示威。学生们抗议、暴动，他们反对政府，反对暴政，他们痛恨面包店前那一条条长队，痛恨那片坚硬的铁灰色的天空，甚至痛恨那种丑陋压抑的建筑风格。他们走上街头，抗议示威，并联合了一大批同样优秀的作家、诗人、科学家、雕塑家、新闻记者，以及那些愿意探索新事物、新观念和新理论的人们。他们站在街头，举着标语，他们边游行边高声唱着一首首鼓舞人心而又美丽动人的歌曲。

他们遭到了警察的包围和殴打。他们因为他们的信念、信仰和美好的理想而被关进了监狱。到了这种时候，你就不得不考虑到曾经有人就是因为想了不该想的事而失踪。而他们的失踪正是政府一手炮制的。他们被投进了监狱，没有谁能享有公平的审判或类似的待遇。

她通过狱方给他送去了最后一封信，告诉他她怀孕了，怀上了你。她在信中说，我们永远都将在一起，在那遥远的星空，在那如茵的草地，在高大坚固的狱墙里，在深夜婆娑的树影中，更在我们的女儿身上。

他也给她去了最后一封信。信中说，我爱你，我已经有了世上一个人能拥有的最美的一生。他们从我们身上什么也夺不走，我们曾经拥有过一切。

他收到她的信是在他被处决的前一天，而他的信是她在分娩的前一天收到的。

你一落地，他们就把她给带走了，而把你交给了她的妹妹。他们给了你她的名字，一个美丽的名字，叶连娜。阳光[①]。

你姨她尽了力。她把你带到了这里，你外婆帮忙把你安全地弄到了美国。她当时也还年轻，她尽力了。不容易啊，你总让她回忆起她失去的姐姐。她的美丽和才华都被你继承了下来。她很清楚自己无法很好地照顾你，所以有段时间她才会把你托付给那个老太太。当她得知你现在很安全，她真的很欣慰。她很爱你。她也很过意不去，她一直都在为此事难过。

人们知道他在撒谎

列娜的妈妈，埃米莉，心里明白他所说的并非实情，但她也知道瓦茨拉夫并不是在骗人。

瓦茨拉夫相信他说的全都是事实。

列娜知道他说的不是真的，但她爱极了他讲的这个故事，她完全沉浸在了故事里，它就像个童话，像首歌，像妈妈坐在床头讲的故事，也像一个魔术戏法。

---

① Yelena在俄语中是阳光，亮光的意思。

她爱瓦茨拉夫，她对他的爱将永志不渝，除非有一天谎言能够变为现实。就这样，他们俩永远相爱了下去。

致谢

首先谢谢你们，我的父母。你们是宇宙中最棒的父母，没有之一。谢谢你们给了我一切。

科林，我最好的朋友，我的左膀右臂，我的避风港。谢谢你，亲如兄弟的你。

林赛，感谢你为我做的一切。谢谢你一如既往的支持，哪怕是是在我做蠢事的时候。我爱死你了。谢谢你，像姐妹一样的你。

感谢我的祖父母，他们教会了我永恒之爱的含义。那是宇宙间最了不起的秘密之一，我将永远感激。

非常感谢莫莉·弗莱德里奇、露西·卡森和保罗·奇罗内，谢谢他们的澎湃热情、高明建议和无尽耐心。

苏珊·卡米尔和诺亚·埃克使这本书以现在的样了出版。若有任何不足，都是我个人的问题。

威廉·塔普利教会我如何写作，告诉我必须动笔。关于他的记忆伴随我每一次提笔。

塞巴斯蒂安·舒尔曼，谢谢他及时解救我于俄语翻译的困境。

朱莉·扎尔基西安在成书之前就读到了这个故事，她是我能够坚持写完的唯一理由。她是我最好的朋友和灵魂伴侣，同时又是一位出色的作家和读者，对此我深感幸运。

我在布鲁克林的智慧、善良的朋友们，还有世界上最好的人——我在田纳西州的大家庭，是你们用爱和欢笑包围了我。谢谢你们。

这本书中，我冒昧地提到了关于科尼岛的一些事情。我不会就此列份清单；相反，我鼓励您坐上Q线地铁到科尼岛去，登上摩天轮看看风景，再到马戏剧院看一看美丽而天才的希瑟·哈莉黛。请自己去发现。